U0152338

神神鬼鬼

神神鬼鬼

魯迅 胡適 老舍 等
陳平原 編

香港城市大學出版社
City University of Hong Kong Press

項目統籌	陳小歡
實習編輯	梁思敏（香港城市大學中文及歷史學系三年級）
書籍設計	蕭慧敏

國際統一書號：978-962-937-386-3

出版

香港城市大學出版社
香港九龍達之路
香港城市大學
網址：www.cityu.edu.hk/upress
電郵：upress@cityu.edu.hk

©2020 City University of Hong Kong

Gods and Ghosts

(in traditional Chinese characters)

ISBN: 978-962-937-386-3

Published by

City University of Hong Kong Press
Tat Chee Avenue
Kowloon, Hong Kong
Website: www.cityu.edu.hk/upress
E-mail: upress@cityu.edu.hk

Printed in Hong Kong

目錄

編輯說明

本「課堂外的讀本系列」由陳平原、錢理群、黃子平教授分別編選。

為了尊重原作,除了個別標點及明顯的排印錯誤外,本叢書的一些習慣用法及其措辭均依舊原文排印,其中個別不符合當下習慣者,請讀者諒解。

收聽有聲書方法

本書每篇文章均提供免費錄音,讀者可選擇以下其中一種方法收聽:

方法一: 以智能手機掃描文章右上角之二維碼(QR code),即可收聽該篇文章之錄音。

方法二: 登入 Youtube.com 網站:

    i. 搜尋 "CityUPressHK";

    ii. 然後點擊 CityUPressHK 頻道;

iii. 進入 CityUPressHK 頻道後，點擊「播放清單」，然後選擇
【課堂外的讀本系列•神神鬼鬼】，收聽有關文章的錄音。

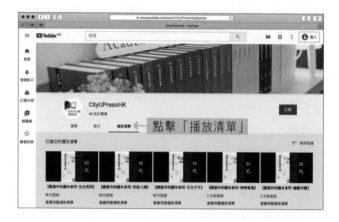

方法三： 直接登入【課堂外的讀本系列•神神鬼鬼】播放清單網頁：

https://www.youtube.com/watch?v=RdEFOPTcM7s&list=PL7Jm9R068Z3v7j1-rNq7xVb72YWVoQdoT

序言

陳平原

　　據説，分專題編散文集我們是始作俑者，而且這一思路目前頗能為讀者接受，這才真叫「無心插柳柳成蔭」。當初編這套叢書時，考慮的是我們自己的趣味，能否暢銷是出版社的事，我們不管。並非故示清高或推卸責任，因為這對我們來説純屬「玩票」，不靠它賺名聲，也不靠它發財。説來好玩，最初的設想只是希望有一套文章好讀、裝幀好看的小書，可以送朋友，也可以擱在書架上。如今書出得很多，可真叫人看一眼就喜歡，願把它放在自己的書架上隨時欣賞把玩的卻極少。好文章難得，不敢説「野無遺賢」，也不敢説入選者皆「字字珠璣」，只能説我們選得相當認真，也大致體現了我們對二十世紀中國散文的某些想法。「選家」之事，説難就難，説易就易，這點如魚飲水，冷暖自知。

　　記得那是一九八八年春天，人民文學出版社約我編《林語堂散文集》。此前我寫過幾篇關於林氏的研究文章，編起來很容易，可就是沒興致。偶然説起我們對二十世紀中國散文的看法，以及分專題編一套小書的設想，沒想到出版社很欣賞。這樣，一九八八年暑假，錢理群、黃子平和我三人，又重新合作，大熱天悶在老錢那間十平方米的小屋裏讀書，先擬定體例，劃分專題，再分頭選文；讀到出乎意料之外的好文章，當即「奇文共欣賞」；不過也淘汰了大批徒有虛名的「名作」。開始以為遍地黃金，撿不勝撿；可沙裏淘金一番，才知道好文章實在並不多，每個專題才選了那麼幾萬字，根本不夠原定的字數。開學以後又

泡圖書館，又翻舊期刊，到一九八九年春天才初步編好。接着就是撰寫各書的導讀，不想隨意敷衍幾句，希望能體現我們的趣味和追求，而這又是頗費斟酌的事。一開始是「玩票」，愈做愈認真，變成撰寫二十世紀中國散文史的準備工作。只是因為突然的變故，這套小書的誕生小有周折。

對於我們三人來說，這遲到的禮物，最大的意義是紀念當初那愉快的學術對話。就為了編這幾本小書，居然「大動干戈」，臉紅耳赤了好幾回，實在不夠瀟脫。現在回想起來，確實有點好笑。總有人問，你們三個弄了大半天，就編了這幾本小書，值得嗎？我也說不清。似乎做學問有時也得講興致，不能老是計算「成本」和「利潤」。唯一有點遺憾的是，書出得不如以前想像的那麼好看。

這套小書最表面的特徵是選文廣泛和突出文化意味，而其根本則是我們對「散文」的獨特理解。從章太炎、梁啟超一直選到汪曾祺、賈平凹，這自然是與我們提出的「二十世紀中國文學」概念密切相關。之所以選入部分清末民初半文半白甚至純粹文言的文章，目的是借此凸現二十世紀中國散文與傳統散文的聯繫。魯迅說五四文學發展中「散文小品的成功，幾乎在小說戲曲和詩歌之上」（〈小品文的危機〉），原因大概是散文小品穩中求變，守舊出新，更多得到傳統文學的滋養。周作人突出明末公安派文學與新文學的精神聯繫（〈雜拌兒跋〉和《中國新文

學的源流》），反對將五四文學視為歐美文學的移植，這點很有見地。但如以散文為例，單講輸入的速寫（sketch）、隨筆（essay）和「阜利通」（feuilleton）[1]固然不夠，再搭上明末小品的影響也還不夠；魏晉的清談、唐末的雜文、宋人的語錄，還有唐宋八大家乃至「桐城謬種選學妖孽」，都曾在本世紀的中國散文中產生過遙遠而深沉的回音。

面對這一古老而又生機勃勃的文體，學者們似乎有點手足無措。五四時輸出「美文」的概念，目的是想證明用白話文也能寫出好文章。可「美文」概念很容易被理解為只能寫景和抒情；雖然由於魯迅雜文的成就，政治批評和文學批評的短文，也被劃入散文的範圍，卻總歸不是嫡系。世人心目中的散文，似乎只能是風花雪月加上悲歡離合，還有一連串莫名其妙的比喻和形容詞，甜得發膩，或者借用徐志摩的話：「濃得化不開」。至於學者式重知識重趣味的疏淡的閒話，有點苦澀，有點清幽，雖不大容易為入世未深的青年所欣賞，卻更得中國古代散文的神韻。不只是逃避過分華麗的辭藻，也不只是落筆時的自然大方，這種雅致與瀟灑，更多的是一種心態、一種學養，一種無以名之但確能體會到的「文化味」。比起小說、詩歌、戲劇，散文更講渾然天成，更難造假與敷衍，更依賴於作者的才情、悟性與意趣——因其「技術性」不強，很容易寫，但很難寫好，這是一種「看似容易成卻難」的文體。

---

1. 阜利通：英文 feuilleton 的音譯，指短篇小品文。

選擇一批有文化意味而又妙趣橫生的散文分專題彙編成冊，一方面是讓讀者體會到「文化」不僅凝聚在高文典冊上，而且滲透在日常生活中，落實為你所熟悉的一種情感，一種心態，一種習俗，一種生活方式；另一方面則是希望借此改變世人對散文的偏見。讓讀者自己品味這些很少「寫景」也不怎麼「抒情」的「閒話」，遠比給出一個我們認為準確的「散文」定義更有價值。

　　當然，這只是對二十世紀中國散文的一種讀法，完全可以有另外的眼光、另外的讀法。在很多場合，沉默本身比開口更有力量，空白也比文字更能說明問題。細心的讀者不難發現我們淘汰了不少名家名作，這可能會引起不少人的好奇和憤怒。無意故作驚人之語，只不過是忠實於自己的眼光和趣味，再加上「漫說文化」這一特殊視角。不敢保證好文章都能入選，只是入選者必須是好文章，因為這畢竟不是以藝術成就高低為唯一取捨標準的散文選。希望讀者能接受這有個性有鋒芒因而也就可能有偏見的「漫說文化」。

一九九二年九月八日於北大

導讀

陳平原

一

了解一個民族，不能不了解其鬼神觀念。説到底，人生事不就是生與死？生前之事歷歷在目，不待多言；死後之事則因其神秘莫測、虛無飄渺，強烈地吸引着每一個民族的先民們。「鬼之為言歸也」（《爾雅》）。問題是活蹦亂跳的「人」，歸去後還有沒有感覺，還能不能活蹦亂跳，這實在讓人放心不下。據説，當子貢向孔子請教死人有知無知時，孔子的回答頗為幽默：「欲知死人有知將無知也，死徐自知之，猶未晚也。」（劉向《説苑》）可惜世上如孔子般通達的人實在不多，「無事自擾」的常人，偏要在生前爭論這死後才能解開的謎。

在一般民眾心目中，「鬼」與「神」是有很大區別的。前者禍害人間，故對之畏懼、逃避，驅趕其出境；後者保佑人間，故對之崇敬、禮拜，祈求其賜福。「畏」與「敬」、「趕」與「求」本是人類創造神秘異物的兩種心理基因，只不過前者坐實為「鬼」，後者外化為「神」。這樣，「鬼」、「神」彷彿有天壤之別，由此引申出來的各種詞彙也都帶有明顯的情感趨向。「鬼域」與「神州」不可同日而語；君子必然「神明」，小人只能「鬼黠」；説你「心懷鬼胎」、「鬼鬼祟祟」，與説你「神機妙算」、「神姿高徹」根本不是一回事。只是在強調其非人間或非人力所能為這一點上，鬼、神可以通用。比如「鬼工」就是「神工」，「神出鬼沒」

與「鬼使神差」中鬼神不分。至於「文化大革命」中使用頻率最高的「牛鬼蛇神」，更是把鬼神一鍋煮了。

也有努力區分鬼、神的哲人，着眼點和思路自然與一般民眾不同。漢代的王充以陰陽講鬼神，稱「陰氣逆物而歸，故謂之鬼；陽氣導物而生，故謂之神」（《論衡》）。宋代的朱熹則賦予鬼、神二名以新義，將其作為屈伸、往來的代名詞，全無一點宗教意味：「氣之方來皆屬陽，是神；氣之反皆屬陰，是鬼。午前是神；午後是鬼。初一以後是神；十六以後是鬼。草木方發生是神；凋落是鬼。人自少至壯是神；衰老是鬼。」（《朱子語類》）如此說神鬼，已失卻神鬼的本來意義：天下萬事萬物都是神鬼，神鬼也就沒有存在價值了。

我之不想區分神、鬼，並非鑒於哲人的引申太遠和民眾的界說模糊，而是覺得這樣說起來順些。本來人造鬼神的心理，就像一個硬幣的兩面，根本無法截然分開。說近的，現實生活中多的是「以鬼為神」或者「降神為鬼」，鬼、神的界限並非不可逾越。說遠的，先秦典籍中「鬼神」往往並用，並無高低聖俗之分，如《尚書》中的「鬼神無常享」、《左傳》中的「鬼神非人實親」、《禮記》中的「鬼神之祭」，以及《論語》中的「敬鬼神而遠之」等。先秦時代的鬼、神，似乎具有同樣的威力，也享受同樣的敬畏與祭祀。

再說，詳細辨析鬼神觀念的發展變化，並加以準確的界定，那是學者的事。至於文人的說神道鬼，盡可不必過分認真，太拘泥於概念的使用。否則，文章可能既無「神工」也無「鬼斧」，只剩下一堆大白話。也就是說，如果是科學論文，首先要求「立論正確」，按照大多數經過科學洗禮的現代人的思路，自然最好是宣傳無神論，或者大講不怕鬼的故事。可作為文藝性的散文，則鬼神不分沒關係，有鬼無鬼也在其次，關鍵在「怎麼說」，不在「說什麼」。只要文章寫得漂亮，說有鬼也行，說無鬼也行，都在可讀之列。有趣的是，大多數有才氣有情趣的散文，不說有鬼，也不說無鬼，而是「疑鬼神而親之」——在鬼神故事的津津樂道中，不時透出一絲嘲諷的語調。或許，堅持有神鬼者和一心辟神鬼者，都不免火氣太盛、教誨意識太強，難得雍容自適的心態，寫起散文來自然浮躁了些。

二

周作人在〈談鬼論〉中曾經說過，他對於鬼故事有兩種立場不同的愛好，一是文藝的，一是歷史的（民俗學上的）。對於二十世紀的中國作家，還應加上第三種立場的愛好：現實政治鬥爭的。從藝術欣賞角度談鬼、從民俗學角度談鬼，與從現實鬥爭角度談鬼，當然有很大不同。不應該單純因其角度不同而非此即彼或者揚此抑彼，但這並不意味着不

可以對其有所褒貶。只是必須記得，這種褒貶仍然有 社會學的、民俗學的和文藝學的差別。

對於二十世紀的中國作家來說，生活實在太緊張太嚴肅了，難得有餘暇如周作人所吟詠的「街頭終日聽談鬼」。這就難怪周氏〈五十自壽詩〉一出來，就引起那麼多激進青年的憤怒。現實中的神鬼為害正烈，實在沒有心思把玩鑒賞。於是，作家們拿起筆來，逢神打神，遇鬼趕鬼。雖說鬼神不可能因此斬盡殺絕，畢竟盡到了作家的社會責任。

後人或許不理解這個時代的作家為什麼熱衷於把散文寫成「科普讀物」，甚至提出了「了解鬼是為了消滅鬼」這樣煞風景的口號，比起蘇東坡的「姑妄聽之」，比起周作人的「談狐說鬼尋常事」，未免顯得太少雅趣。陳獨秀的話部分解答了這個問題：「吾國鬼神之說素盛，支配全國人心者，當以此種無意識之宗教觀念最為有力。」（〈有鬼論質疑〉）致力於社會進步的現代中國作家，不能不請科學來驅鬼──即使明知這樣做沒有多少詩意。是的，推遠來看，鬼神之說挺有詩意，「有了鬼，宇宙才神秘而富有意義」（許欽文〈美麗的吊死鬼〉）。可當鬼神觀念糾纏民心，成為中國發展的巨大障礙時，打鬼勢在必行，作家也就無權袖手旁觀，更不要說為之袒護了。清末民初的破除迷信、八十年代的清算現代造神運動，都是為了解放人的靈魂。如此巨大的社會變革，從人類發展史來看，不也挺有詩意嗎──當然，落實到每篇文章又是另一回事。

文人天性愛談鬼，這點毋庸諱言。中國古代文人留下那麼多鬼筆記、鬼詩文、鬼小說和鬼戲曲，以至讓人一想就手癢。雖說有以鬼自晦、以鬼為戲、以鬼設教之別（劉青園〈常談〉），但談鬼可自娛也可娛人，我想，這一點誰也不否認。李金髮慨嘆：「那兒童時代聽起鬼故事來，又驚又愛的心情！已不可復得了，何等可惜啊！」（〈鬼話連篇〉）之所以「不可復得」，因為接受了現代科學，不再相信神鬼。倘若摒棄鬼神有利於社會進步，那麼少點「又驚又愛」的刺激，也不該有多大抱怨。這也是為什麼這個世紀的文人儘管不乏喜歡談鬼說神的，可大都有所克制，或者甚至自願放棄這一愛好的原因。

　　三十年代中期，《論語》雜誌擬出版「鬼故事專號」，從徵文啟事發出到專號正式發排才十五天時間，來稿居然足夠編兩期，可見文人對鬼的興趣之大。除周作人此前此後均曾著文論鬼外，像老舍、豐子愷、梁實秋、李金髮、施蟄存、曹聚仁、老向、陳銓、林庚、許欽文等，都不是研究鬼的專家，卻也都披掛上陣。好多人此後不再談鬼，很可能不是不再對鬼感興趣，而是因為鬼神問題在二十世紀中國，基本上是個政治問題，而不是文化問題。要不打鬼，要不閉口，難得有姑妄言之、姑妄聽之的「小品心態」。也就三十年代有過這麼一次比較瀟灑而且富有文化意味的關於鬼的討論，餘者多從政治角度立論。不說各種名目的真真假假的「打鬼運動」，即使編一本《不怕鬼的故事》或討論一出鬼戲，

都可能是一場政治鬥爭的訊號或標誌。這麼一來，談神說鬼成了治國安邦的大事，區區散文家也就毋庸置喙了。勉強要說也可以，可板起面孔佈道，筆下未免滯澀了些。

<h2 style="text-align:center">三</h2>

「可憐夜半虛前席，不問蒼生問鬼神」，李商隱的《賈生》詩，曾令多少懷才不遇的文人感慨唏噓。時至二十世紀，再自命「賈生才調更無倫」者，也不敢奢望「宣室求賢訪逐臣」了。即便如此，不談蒼生談鬼神，還是讓人膽怯乃至本能地反感。古代文人固然甚多喜歡說鬼者，知名的如蘇軾、蒲松齡、紀昀、袁枚等，可據說或者別有懷抱、或者寄託幽憤。今人呢？今人實際上也不例外，都是兼問蒼生與鬼神。正當「鬼故事專號」出版之際，就有人著文捅破這層窗戶紙，訴說不談國事談鬼事的悲哀，結論是「客中無賴姑談鬼，不覺陰森天地昏」（陳子展〈談鬼者的悲哀〉）。

茶棚裏高懸「莫談國事」的告示，可並不禁止「白日說鬼」；報刊中要求輿論一律，可也不妨偶爾來個「鬼話連篇」。無權問蒼生，只好有閒談鬼神，這是一種解釋；無權直接問蒼生，只好有閒假裝談鬼神，這又是一種解釋。中國現代作家中無意於蒼生者實在太少，故不免常常

借鬼神談蒼生。魯迅筆下「發一聲反獄的絕叫」的地獄裏的鬼魂（〈失掉的好地獄〉），老舍筆下無處無時不令人討厭的「不知死的鬼」（〈鬼與狐〉），周作人筆下「附在許多活人身上的野獸與死鬼」（〈我們的敵人〉），還有李伯元筆下的色鬼、賭鬼、酒鬼、鴉片煙鬼（〈説鬼〉），何嘗不是都指向這「清平世界朗朗乾坤」？清人吳照《題〈鬼趣圖〉》早就説過：「請君試説閻浮界，到底人多是鬼多？」

不管作家意向如何，讀者本來就趨向於把鬼話當人話聽，把鬼故事當人故事讀，故不難品味出文中隱含的影射、諷喻或者根本就不存在的暗示與引申。即使把一篇純屬娛樂的鬼故事誤讀成意味深長的政治寓言也不奇怪，因為「鬼世界」本就是「人世間」的摹寫與諷喻。正如曹聚仁説的：「為鬼幻設十殿閻羅，幻設天堂地獄，幻設鬼市鬼城，也是很可哀的；因為這又是以人間作底稿的蜃樓」（〈鬼的箭垛〉）。一般地説，「牽涉到『人』的事情總不大好談，説『鬼』還比較穩當」（黃苗子〈《鬼趣圖》和它的題跋〉）。但也有例外，説鬼可能最安全也可能最危險，因為鬼故事天生語意含糊而且隱含諷刺意味。當社會盛行政治索隱和大眾裁決，而作者又沒有任何詮釋權時，鬼故事便可能絕跡。誰能證明你的創作不是「影射現實發泄不滿」？「鬼」能證明嗎？

還有另外一種説鬼，不能説無關蒼生，但確實離現實政治遠些，那就是從文化人類學角度出發，借助鬼神的考察來窺探一個民族的心靈。

不同於借鬼神談蒼生，而是談鬼神中的蒼生，或者說研究鬼中的「人」。這就要求多一點理解，多一點同情，多一點文化意味和學識修養，而不只是意氣用事。周作人說得好：「我不信人死為鬼，卻相信鬼後有人，我不懂什麼是二氣之良能，但鬼為生人喜懼願望之投影則當不謬也。」（〈鬼的生長〉）雖說早在公元一世紀，哲學家王充就說過鬼由人心所生之類的話：「凡天地之間有鬼，非人死精神為之也；皆人思念存想之所致也」（《論衡》）。但是，王充着眼於破有鬼論，周作人則注重鬼產生的文化心理背景，兩者仍有很大差別。在理論上，周作人談不上什麼建樹，他所再三引述的西方人類學家茅來則等對此有更為精細的辨析。不過，作為一個學識頗為淵博的散文家，認準「鬼後有人」，「聽人說鬼實即等於聽其談心」（〈鬼的生長〉），在中國古代典籍中鈎稽出許多有關鬼的描述，由此也就從一個特定角度了解了「中國民族的真心實意」。經過周氏整理、分析的諸多鬼故事，以及這些談論鬼故事的散文小品，確實如其自稱的，是「極有趣味也極有意義的東西」。至於這項工作的目的與途徑，周作人有過明確的表述：「我們喜歡知道鬼的情狀與生活，從文獻從風俗上各方面去搜求，為的可以了解一點平常不易知道的人情，換句話說就是為了鬼裏邊的人。」（〈說鬼〉）代代相傳的輝煌經典，固然蘊藏着一個民族的靈魂；可活躍於民間、不登大雅之堂的鬼神觀念及其相關儀式，何嘗不也代表一個民族心靈深處的隱秘世界？前者

歷來為學者所重視，後者在思想史研究上的意義尚未得到普遍的承認。當然，不能指望散文家作出多大的學術貢獻，可此類談神說鬼的散文確實引起人們對鬼神的文化興趣。借用汪曾祺的話，「我們要了解我們這個民族」（〈水母〉），因此，我們不能撇下鬼神不管。在這方面，散文家似乎仍然大有可為。

四

本世紀初，正當新學之士力主驅神斬鬼之時，林紓翻譯了「立義遣詞，往往託象於神怪」的莎士比亞的戲劇和哈葛德的小說。為了說明專言鬼神的文學作品仍有其存在價值，林紓列出兩條理由，一為鬼神之說雖野蠻，可「野蠻之反面，即為文明。知野蠻流弊之所及，即知文明程度之所及」（《〈埃及金塔剖屍記〉譯餘剩語》）；一為政教與文章分開，富國強兵之餘，「始以餘閒用文章家娛悅其心目，雖哈氏、莎氏，思想之舊，神怪之託，而文明之士，坦然不以為病也」（《〈吟邊燕語〉序》）。用老話說，前者是認識意義，後者為文學價值。

三十年後，梁實秋再說莎士比亞作品裏的鬼，可就只肯定鬼是莎氏戲劇中很有用的技巧，而且稱「莎士比亞若生於現代，他就許不寫這些鬼事了」（〈略談莎士比亞作品裏的鬼〉）。或許一般讀者還沒有真正擺

脫鬼神觀念的束縛，還很難從文化人類學角度客觀考察鬼神的產生與發展，故文學作品不宜有太多鬼神。說起古代的鬼詩、鬼畫、鬼戲、鬼小說來，作家們大致持讚賞的態度，可一涉及當代創作，則都謹慎得多，不敢隨便表態。「如果是個好鬼，能鼓舞人們的鬥志，在戲台上多出現幾次，那又有什麼妨害呢？」這話說得很通達。可別忘了，那是有前提的：「前人的戲曲有鬼神，這也是一種客觀存在，沒有辦法可想。」（〈有鬼無害論〉）也就是說，廖沫沙肯定的也只是改編的舊戲裏的鬼神，至於描寫現代生活的戲裏能否出現鬼神，仍然不敢正面回答。

這裏確實不能不考慮中國讀者的接受水平。理論上現代戲也不妨出現神鬼，因那只是一種可供選擇的藝術技巧，並不代表作家的思想認識水平，更無所謂「宣傳迷信」。可實際上作家很少這麼做，因尺度實在不好把握。周作人在談到中外文學中的「殭屍」時稱，此類精靈信仰，「在事實上於文化發展頗有障害，但從藝術上平心靜氣的看去，我們能夠於怪異的傳說的裏面瞥見人類共通的悲哀或恐怖，不是無意義的事情」（〈文藝上的異物〉）。反過來說，倘若不是用藝術的眼光，不是「平心靜氣」地欣賞，鬼神傳說仍然可能「於文化發展頗有障害」。了解二十世紀中國讀者的整體文化水平以及中國作家普遍具有的啟蒙意識，就不難理解為什麼作家們對當代創作中的鬼神問題舉棋不定、態度曖昧。直到八十年代中期，這種情況才有所改變。

至於為什麼鬼神並稱，而在這個世紀的散文中，卻明顯地重鬼輕神，想來起碼有兩個值得注意的原因：一是鬼的人情味，一是散文要求的瀟灑心態。不再是「敬鬼神而遠之」，民間實際上早就是敬神而驅鬼。現代人對於神，可能崇拜，也可能批判，共同點是走極端，或將其絕對美化，或將其絕對醜化，故神的形象甚少人情味，作家落筆也不免過於嚴肅。對鬼則不然，可能畏懼，也可能嘲諷，不過因其較多非俗非聖亦俗亦聖的人間味道，故不妨對其調笑戲謔。據說，人死即為鬼，是「自然轉正」，不用申請評選；而死後為神者，則百年未必一遇。可見鬼比神更接近凡世，更多人味。傳說裏鬼中有人，人中有鬼，有時甚至人鬼不分；作家講起此類鬼而人、理而情的鬼故事來，雖也有一點超人間的神秘色彩，可畢竟輕鬆多了。而這種無拘無束的寬鬆心境，無疑更適合於散文小品的製作。

　　對於鬼神在藝術創作中的作用，作家們雖一再提及，其實並沒有認真的研究。老舍也不過說說鬼神可以「造成一種恐怖，故意的供給一種人為的哆嗦，好使心中空洞的人有些一想就顫抖的東西——神經的冷水浴」（〈鬼與狐〉）；而邵洵美分析文學作品中使用鬼故事的「五易」，則明顯帶有嘲諷的意味（〈鬼故事〉）。如果說這個世紀的散文家在研究文藝中的鬼方面有什麼值得注意之處的話，一是諸多作家對羅兩峰《鬼趣圖》的評論，一是魯迅對目連戲中無常、女吊形象的描述。「這鬼而人，

理而情，可怖而可愛的無常」（〈無常〉），這「大紅衫子，黑色長背心，長髮蓬鬆，頸掛兩條紙錠」，「準備作厲鬼以復仇」的女吊（〈女吊〉），借助於魯迅獨特的感受和傳神的文筆，強烈地撼動了千百萬現代讀者的心。這種鬼戲中的人情，很容易為「下等人」領悟；而羅兩峰的《鬼趣圖》和諸家題跋，則更多為文人所賞識。現代作家未能在理論上說清鬼詩、鬼畫、鬼戲的藝術特色，可對若干以鬼為表現對象的文藝作品的介紹評析，仍值得人們玩味——這裏有一代文人對鬼神及「鬼神文藝」潛在而濃厚的興趣。

一九九〇年六月二十七日

有鬼論質疑

陳獨秀

　　吾國鬼神之說素盛，支配全國人心者，當以此種無意識之宗教觀念最為有力。今之士大夫，於科學方興時代，猶復援用歐美人之靈魂說，曲徵雜引，以為鬼之存在，確無疑義，於是著書立說，鬼話聯篇，不獨己能見鬼，而且攝鬼影以示人。即好學尊疑之士，亦以遠西性覺 Inivition（日本人譯為直覺，或云直觀，或云觀照。吾以為即釋家之所謂「自心現量」，乃超越感官之知覺也，與感覺 Sensibility 為對文。）哲學方盛，物質感覺以外，豈必無真理可尋？遂於不能以科學能釋之鬼神問題，未敢輕斷其有無。今予亦採納尊疑主義，於主張無鬼之先，對於有鬼之說多所懷疑，頗期主張有鬼論者賜以解答。

　　吾人感覺所及之物，今日科學，略可解釋。倘云鬼之為物，玄妙非為物質所包，非感覺所及，非科學所能解，何以鬼之形使人見，鬼之聲使人聞？此不可解者一也。敢問。

　　鬼果形質俱備，唯非普通人眼所能見；則今人之於鬼，猶古人之於微生物，雖非人人所能見，而其物質的存在與活動，可以科學解釋之，當然無疑。審是則物靈二元說，尚有立足之餘地乎？此不可解者二也。敢問。

鬼若有質，何以不佔空間之位置，而自生障礙，且為他質之障礙？此不可解者三也。敢問。

或云鬼之為物有形而無質耶？夫宇宙間有形，無質者，只有二物：一為幻象，一為影像。幻為非有，影則其自身亦為非有。鬼既無質，何以知其為實有耶？此不可解者四也。敢問。

鬼既非質，何以言鬼者，每稱其有衣食男女之事，一如物質的人間耶？此不可解者五也。敢問。

鬼果是靈，與物為二，何以各仍保其物質生存時之聲音笑貌乎？此不可解者六也。敢問。

若謂鬼屬靈界，與物界殊途，不可以物界之觀念推測鬼之有無，而何以今之言鬼者，見其國籍語言習俗衣冠之各別，悉若人間耶？此不可解者七也。敢問。

人若有鬼，一切生物皆應有鬼；而何以今之言鬼者，只見人鬼，不見犬馬之鬼耶？此不可解者八也。敢問。

一九一八年五月十五日《新青年》第四卷第五號

（選自《陳獨秀著作選》（一），上海：上海人民出版社：1984 年）

辟《靈學叢志》

劉半農

由南而北之「丹田」謬説，余方出全力捨擊之；捨擊之效驗未見，而不幸南方又有靈學會，若盛德壇，若《靈學叢志》出現。

陳百年先生以君子之道待人，於所撰《辟靈學》文中，不斥靈學會諸妖孽為「奸民」，而姑婉其詞曰「愚民」；余則斬釘截鐵，劈頭即下一斷語曰「妖孽」，曰「奸民作偽，用以欺人自利」。

就余所見《靈學叢志》第一期觀之，幾無一頁無一行不露作偽之破綻。今於顯而易見者，除玄同所述各節外，略舉一二，以判定此輩之罪狀：──

（一）所扶之乩，既有「聖賢仙佛」憑附，當然無論何人可以扶得，何以「記載」欄中，一則曰「扶手又生」，再則曰「以試扶手」，甚謂「足征扶手進步，再練旬日，可扶鬼神論矣」，及「今日實無妙手，真正難扶」云云。試問所練者何事？豈非作偽之技，尚未純熟耶？此之謂「不打自招」！（楊璿《扶乩學説》中，言「扶乩雖童子或不識字者，苟宿有道緣，或素具虔誠之心，往往應驗，」正是自打巴掌。）

（二）玉英真人《國事判詞》中，言「吾民處旁觀地位，⋯⋯尚望在位者稍知省悟，⋯⋯庶有以蘇吾民之困，⋯⋯」試問此種説話，豈類「仙人」口吻！想作偽者下筆失檢，於不知不覺之中，以自己這身份，為「仙人」之身份，致露出馬腳耳。

（三）《性靈衛命真經》之按語中，言「此經舊無譯本，係祖師特地編成」。既稱無譯本，又曰特地編成，其自相矛盾處，三尺童子類能知之。然亦無足怪。米南宮之法帖，既可一變而為米占元，則本此編輯滑頭書籍之經驗，何難假造一部佛經耶？

（四）佛與耶與墨，教義各不相同，乃以墨子為佛耶代表，豈佛耶兩教教徒，肯犧牲其教義以從墨子耶？且綜觀所請一切聖賢仙佛中，並無耶教教徒到台，請問墨子之為耶教代表，究係何人推定？又濟祖師《宗教述略》中，開首便言「耶穌之說，並無精深之理，不足深究其故」；中段又言耶教「盛極必招盈滿之戒，如我教之當晦而更明也」。此明明是佛教與耶教起哄，墨子尚能以一人而充二教之代表耶？

（五）所請聖賢仙佛，雜入無數小說中人。小說中人，本為小說家杜撰，借曰世間真有鬼，此等人亦決無做鬼之資格。而乃拖泥帶水，一一填入，則作偽者之全無常識可知。吾知將來如有西人到壇，必可請福爾摩斯探案，更可與迦茵馬克調弄風情也！

（六）簡章第九條謂「每逢星期六，任人請求醫方，或叩問休咎疑難」，此江湖黨「初到揚名，不取分文」之慣技也。下言「但須將問題先交壇長壇督閱過，經許可後，方得呈壇」，此則臨時作偽不可不經之手續，明眼人當諒其苦心！

（七）關羽衛瑾濟顛僧等所作字畫，均死無對證，不妨任意塗造，故其筆法，彼此相同，顯係出自一人之手。唯岳飛之字，世間流傳不少，假造而不能肖合，必多一破綻，故挖空心

思，另造一種所謂「香雲寶篆」之怪字代之，此所謂「鼫鼠五技而窮」。

（八）玉鼎真人作詩，「獨行吟」三字，三易而成，吳稚輝先生在旁匿笑，乩書云：「吾詩本隨意湊成，……不值大雅一笑也。」真人何其如此虛心，又何其如此老臉！想亦「扶手太生」，臨場恍惚，致將擬就之詞句忘卻，再三修改，始能勉強「湊成」耳！

（九）丁福保以默叩事請答，乩書七絕一首，第一語為「紅花綠柏幾多年」，後三語模糊不能全讀；後云，「此本不可明言，因君以默禱我故，余亦以詩一首報。」以此與第六項所舉參觀之，未有不啞然失笑者。

以上九節，均為妖人作偽之鐵證，益以玄同文中所述各節，吾乃深恨世間之無鬼，果有鬼者，妖人輩既出其種種杜撰之伎倆以污蔑之，鬼必鹽其腦而食其魂！至妖人輩自造之謬論，如丁福保謂禽獸等能鬼，丁某似非禽獸，不知何由知之；又言鬼之行動如何，飲食如何，丁某似尚未墜入惡鬼道，不知何由知之（友人某君言，「丁某謂身死之後，一切痛苦，皆與靈魂脫離關係；信如某言，世間庸醫殺人，當是無上功德」）；至俞、復之謂「鬼神之說不張，國家之命遂促」；陸某之將其所作《靈魂與教育》之謬論，刊入《教育界》——《教育界》登載此文，正是適如其分；然使知識淺薄之青年見之，其遺毒如何？如更使外人調查中國事情者見之，其對於中國教育，及中國人之人格所下之評判又如何？——則吾雖不欲斥之為妖言惑眾，不可得矣！

雖然，彼輩何樂如此？余應之曰，其目的有二，而要不外乎牟利：

（一）為間接的牟大利，讀者就其「記載」欄中細觀之，當知其用意。

（二）為直接的牟小利，而利亦不甚小。中國人最好談鬼，今有此技合嗜好之《靈學叢志》應運而生，余敢決其每期銷數必有數千份之多，益以會友，會員，正會員，特別會員等年納三元以至五十元之會費，更益以迷信者之「隨意捐助」，豈非生財有大道耶？

嗚呼！我過上海南京路吳艦光倪天鴻之宅，每聞笙簫並奏，鐃鼓齊鳴，未嘗不服兩瞽用心之巧，而深嘆伏拜桌下之善男信女之愚！今妖人輩擴兩瞽之盛業而大之，欲以全中國之士大夫為伏拜桌下之善男信女，想亦鑒夫他種滑頭事業之易於拆穿，不得不謀一永久之生計。惜乎作偽之程度太低，洋洋十數萬言之雜誌，僅抵得《封神傳》中「逆畜快現原形」一語！

七年四月，北京

（選自《劉半農文選》，北京：人民文學出版社，1986 年）

送灶日漫筆

魯迅

　　坐聽着遠遠近近的爆竹聲，知道灶君先生們都在陸續上天，向玉皇大帝講他的東家的壞話去了，但是他大概終於沒有講，否則，中國人一定比現在要更倒楣。

　　灶君升天的那日，街上還賣着一種糖，有柑子那麼大小，在我們那裏也有這東西，然而扁的，像一個厚厚的小烙餅。那就是所謂「膠牙餳」了。本意是在請灶君吃了，粘住他的牙，使他不能調嘴學舌，對玉帝說壞話。我們中國人意中的神鬼，似乎比活人要老實些，所以對鬼神要用這樣的強硬手段，而於活人卻只好請吃飯。

　　今之君子往往諱言吃飯，尤其是請吃飯。那自然是無足怪的，的確不大好聽。只是北京的飯店那麼多，飯局那麼多，莫非都在食蛤蜊，談風月，「酒酣耳熱而歌嗚嗚」麼？不盡然的，的確也有許多「公論」從這些地方播種，只因為公論和請帖之間看不出蛛絲馬跡，所以議論便堂哉皇哉了。但我的意見，卻以為還是酒後的公論有情。人非木石，豈能一味談理，礙於情面而偏過去了，在這裏正有着人氣息。況且中國是一向重情面的。何謂情面？明朝就有人解釋過，曰：「情面者，面情之謂也。」自然不知道他說什麼，但也就可以懂得他說什麼。在現今的世上，要有不偏不倚的公論，本來是一種夢想；即使是飯後的公評，酒後的宏議，也何嘗不可姑妄聽之呢。然而，倘以為那是真正老牌的公論，卻一定上當，——但這

也不能獨歸罪於公論家，社會上風行請吃飯而諱言請吃飯，使人們不得不虛假，那自然也應該分任其咎的。

記得好幾年前，是「兵諫」之後，有槍階級專喜歡在天津會議的時候，有一個青年憤憤地告訴我道：他們哪裏是會議呢，在酒席上，在賭桌上，帶着說幾句就決定了。他就是受了「公論不發源於酒飯說」之騙的一個，所以永遠是憤然，殊不知他那理想中的情形，怕要到二九二五年才會出現呢，或者竟許到三九二五年。

然而不以酒飯為重的老實人，卻是的確也有的，要不然，中國自然還要壞。有些會議，從午後二時起，討論問題，研究章程，此問彼難，風起雲湧，一直到七八點，大家就無端覺得有些焦躁不安，脾氣愈大了，議論愈糾紛了，章程愈渺茫了，雖說我們到討論完畢後才散吧，但終於一哄而散，無結果。這就是輕視了吃飯的報應，六七點鐘時分的焦躁不安，就是肚子對於本身和別人的警告，而大家誤信了吃飯與講公理無關的妖言，毫不瞅睬，所以肚子就使你演說也沒精彩，宣言也——連草稿都沒有。

但我並不說凡有一點事情，總得到什麼太平湖飯店，擷英番菜館之類裏去開大宴；我於那些店裏都沒有股本，犯不上替他們來拉主顧，人們也不見得都有這麼多的錢。我不過說，發議論和請吃飯，現在還是有關係的；請吃飯之於發議論，現在也還是有益處的；雖然，這也是人情之常，無足深怪的。

順便還要給熱心而老實的青年們進一個忠告，就是沒酒沒飯的開會，時候不要開得太長，倘若時候已晚了，那麼，買幾個燒餅來吃了再說。這麼一辦，總可以比空着肚子的討論容易有結果，容易得收場。

膠牙餳的強硬辦法，用在灶君身上我不管它怎樣，用之於活人是不大好的。倘是活人，莫妙於給他醉飽一次，使他自己不開口，卻不是膠住他。中國人對人的手段頗高明，對鬼神卻總有些特別，二十三夜的捉弄灶君即其一例，但說起來也奇怪，灶君竟至於到了現在，還彷彿沒有省悟似的。

　　道士們的對付「三尸神」，可是更利害了。我也沒有做過道士，詳細是不知道的，但據「耳食之言」，則道士們以為人身中有三尸神，到有一日，便乘人熟睡時，偷偷地上天去奏本身的過惡。這實在是人體本身中的奸細，《封神傳演義》常說的「三尸神暴躁，七竅生煙」的三尸神，也就是這東西。但據說要抵制他卻不難，因為他上天的日子是有一定的，只要這一日不睡覺，他便無隙可乘，只好將過惡都放在肚子裏，再看明年的機會了。連膠牙餳都沒得吃，他實在比灶君還不幸，值得同情。

　　三尸神不上天，罪狀都放在肚子裏；灶君雖上天，滿嘴是糖，在玉皇大帝面前含含糊糊地說了一通，又下來了。對於下界的情形，玉皇大帝一點也聽不懂，一點也不知道，於是我們今年當然還是一切照舊，天下太平。

　　我們中國人對於鬼神也有這樣的手段。

　　我們中國人雖然敬信鬼神；卻以為鬼神總比人們傻，所以就用了特別的方法來處治他。至於對人，那自然是不同的了，但還是用了特別的方法來處治，只是不肯說；你一說，據說你就是卑視了他了。誠然，自以為看穿了的話，有的也的確反不免於淺薄。

（選自《魯迅全集》3卷，北京：人民文學出版社，1981年）

搗鬼心傳

魯迅

中國人又很有些喜歡奇形怪狀，鬼鬼祟祟的脾氣，愛看古樹發光比大麥開花的多，其實大麥開花他向來也沒有看見過。於是怪胎畸形，就成為報章的好資料，替代了生物學的常識的位置了。最近在廣告上所見的，有像所謂兩頭蛇似的兩頭四手的胎兒，還有從小肚上生出一隻腳來的三腳漢子。固然，人有怪胎，也有畸形，然而造化的本領是有限的，他無論怎麼怪，怎麼畸，總有一個限制：孿兒可以連背，連腹，連臀，連脅，或竟駢頭，卻不會將頭生在屁股上；形可以駢拇，枝指，缺肢，多乳，卻不會兩腳之外添出一隻腳來，好像「買兩送一」的買賣。天實在不及人之能搗鬼。

但是，人的搗鬼，雖勝於天，而實際上本領也有限。因為搗鬼精義，在切忌發揮，亦即必須含蓄。蓋一加發揮，能使所搗之鬼分明，同時也生限制，故不如含蓄之深遠，而影響卻又因而模糊了。「有一利必有一弊」，我之所謂「有限」者以此。

清朝人的筆記裏，常說羅兩峰的《鬼趣圖》，真寫得鬼氣拂拂；後來那圖由文明書局印出來了，卻不過一個奇瘦，一個矮胖，一個臃腫的模樣，並不見得怎樣的出奇，還不如只看筆記有趣。小說上的描摹鬼相，雖然竭力，也都不足以驚人，我覺得最可怕的還是晉人所記的臉無五官，渾淪如雞蛋的山中厲鬼。因為五官不過是五官，縱使苦心經營，要它兇惡，總也逃不出五官的範圍，現在使

它渾淪得莫名其妙，讀者也就怕得莫名其妙了。然而其「弊」也，是印象的模糊。不過較之寫些「青面獠牙」，「口鼻流血」的笨伯，自然聰明得遠。

中華民國人的宣佈罪狀大抵是十條，然而結果大抵是無效。古來盡多壞人，十條不過如此，想引人的注意以至活動是決不會的。駱賓王作《討武曌檄》，那「入宮見嫉，蛾眉不肯讓人，掩袖工讒，狐媚偏能惑主」這幾句，恐怕是很費點心機的了，但相傳武后看到這裏，不過微微一笑。是的，如此而已，又怎麼樣呢？聲罪致討的明文，那力量往往遠不如交頭接耳的密語，因為一是分明，一是莫測的。我想假使當時駱賓王站在大眾之前，只是攢眉搖頭，連稱「壞極壞極」，卻不說出其所謂壞的實例，恐怕那效力會在文章之上的吧。「狂颷文豪」高長虹攻擊我時，說道劣跡多端，倘一發表，便即身敗名裂，而終於並不發表，是深得搗鬼正脈的；但也竟無大效者，則與廣泛俱來的「模糊」之弊為之也。

明白了這兩例，便知道治國平天下之法，在告訴大家以有法，而不可明白切實的說出何法來。因為一說出，即有言，一有言，便可與行相對照，所以不如示之以不測。不測的威棱使人萎傷，不測的妙法使人希望——饑荒時生病，打仗時做詩，雖若與治國平天下不相干，但在莫明其妙中，卻能令人疑為跟着自有治國平天下的妙法在——然而其「弊」也，卻還是照例的也能在模糊中疑心到所謂妙法，其實不過是毫無方法而已。

搗鬼有術，也有效，然而有限，所以以此成大事者，古來無有。

十一月二十二日

（選自《魯迅全集》四卷，北京：人民文學出版社，1981 年）

從拜神到無神

胡適

一

紛紛歌舞賽蛇蟲，酒醴牲牢告潔豐。

果有神靈來護佑，天寒何故不臨工？

這是我父親在鄭州辦河工時（光緒十四年，一八八八年）做的十首《鄭工合龍紀事詩》的一首。他自己有注道：

霜雪既降，凡俗所謂「大王」、「將軍」化身臨工者皆絕跡不復見矣。

「大王」、「將軍」都是祀典裏的河神；河工區域內的水蛇蝦蟆，往往被認為大王或將軍的化身，往往享受最隆重的祠祭禮拜。河工是何等大事，而國家的治河官吏不能不向水蛇蝦蟆磕頭乞憐，真是一個民族的最大恥辱。我父親這首詩不但公然指斥這種迷信，並且用了一個很淺近的證據，證明這種迷信的荒誕可笑。這一點最可表現我父親的思想的傾向。

我父親不曾受過近世自然科學的洗禮，但他很受了程頤、朱熹一系的理學的影響。理學家因襲了古代的自然主義的宇宙觀，用「氣」和「理」兩個基本觀念來解釋宇宙，敢說「天即理也」，「鬼神者，二氣（陰陽）之良能也」。這種思想，雖有不徹底的地方，

很可以破除不少的迷信。況且程朱一系極力提倡「格物窮理」，教人「即物而窮其理」，這就是近世科學的態度。我父親做的《原學》，開端便說：

> 天地氤氳，百物化生。

這是採納了理學家的自然主義的宇宙觀。他做的《學為人詩》的結論是：

> 為人之道，非有他術：
> 窮理致知，反躬踐實，
> 黽勉於學，守道勿失。

這是接受了程朱一系格物窮理的治學態度。

這些話都是我四五歲時就唸熟了的。先生怎樣講解，我記不得了；我當時大概完全不懂得這些話的意義。我父親死的太早，我離開他時，還只是三歲小孩，所以我完全不曾受着他的思想的直接影響。他留給我的，大概有兩方面：一方面是遺傳，因為我是「我父親的兒子」。一方面是他留下了一點程朱理學的遺風；我小時跟着四叔唸朱子的《小學》，就是理學的遺風；四叔家和我家的大門上都貼着「僧道無緣」的條子，也就是理學家庭的一個招牌。

我記得我家新屋大門上的「僧道無緣」條子，從大紅色褪到粉紅，又漸漸變成了淡白色，後來竟完全剝落了。我家中的女眷都是深信神佛的。我父親死後，四叔又上任做學官去了，家中的女眷就自由拜神佛了。女眷的宗教領袖是星五伯娘，她到了晚年，吃了長齋，拜佛唸經，四叔和三哥（是她過繼的孫子）都不能勸阻她，後

來又添上了二哥的丈母，也是吃長齋唸佛的，她常來我家中住。這兩位老太婆做了好朋友，常勸誘家中的幾房女眷信佛。家中人有病痛，往往請她們唸經許願還願。

二哥的丈母頗認得字，帶來了《玉曆鈔傳》，《妙莊王經》一類的善書，常給我們講說目連救母遊地府，妙莊王的公主（觀音）出家修行等等故事。我把她帶來的書都看了，又在戲台上看了《觀音娘娘出家》全本連台戲，所以腦子裏裝滿了地獄的慘酷景象。

後來三哥得了肺癆病，生了幾個孩子都不曾養大。星五伯娘常為三哥拜神佛，許願，甚至於招集和尚在家中放焰口超度冤魂。三哥自己不肯參加行禮，伯娘常叫我去代替三哥跪拜行禮。我自己年幼身體也很虛弱，多病痛，所以我母親也常請伯娘帶我去燒香拜佛。依家鄉的風俗，我母親也曾把我許在觀音菩薩座下做弟子，還給我取了個佛名，上一字是個「觀」字，下一字我忘了。我母親愛我心切，時時教我拜佛拜神總須誠心敬禮。每年她同我上外婆家去，十里路上所過廟宇路亭，凡有神佛之處，她總教我拜揖。有一年我害肚痛，眼睛裏又起翳，她代我許願：病好之後親自到古塘山觀音菩薩座前燒香還願。後來我病好了，她親自跟伯娘帶了我去朝拜古塘山。山路很難走，她的腳是終年疼的，但她為了兒子，步行朝山，上山時走幾步便須坐下歇息，卻總不說一聲苦痛。我這時候自然也是很誠心的跟着她們禮拜。

我母親盼望我讀書成名，所以常常叮囑我每天要拜孔夫子。禹臣先生學堂壁上掛着一幅朱印石刻的吳道子畫的孔子像，我們每晚放學時總得對他拜一個揖。我到大姊家去拜年，看見了外甥章硯香（比我大幾歲）供着一個孔夫子神龕，是用大紙匣子做的，用紅紙

剪的神位，用火柴盒子做的祭桌，桌子上貼着金紙剪的香爐燭台和供獻，神龕外邊貼着許多紅紙金紙的聖廟匾額對聯，寫着「德配天地，道冠古今」一類的句子。我看了這神龕，心裏好生羨慕，回到家裏，也造了一座小聖廟。我在家中尋到了一隻燕窩匣子，做了聖廟大庭；又把匣子中間挖空一方塊，用一隻午時茶小匣子糊上去，做了聖廟的內堂，堂上也設了祭桌，神位，香爐，燭台等等。我在兩箱又添設了顏淵、子路一班聖門弟子的神位，也都有小祭桌。我借得了一部《聯語類編》，抄出了許多聖廟聯匾句子，都用金銀錫箔做成匾對，請近仁叔寫了貼上。這一座孔廟很費了我不少的心思。我母親見我這樣敬禮孔夫子，她十分高興，給我一張小桌子專供這神龕，並且給我一個銅香爐；每逢初一和十五，她總教我焚香敬禮。

這座小聖廟，因為我母親的加意保存，到我二十七歲從外國回家時，還不曾毀壞。但我的宗教虔誠卻早已摧毀破壞了。我在十一二歲時便已變成了一個無神論者。

二

有一天，我正在溫習朱子的《小學》，唸到了一段司馬溫公的家訓，其中有論地獄的話，說：

形既朽滅，神亦飄散，雖有剉燒舂磨，亦無所施。……

我重讀了這幾句話，忽然高興的直跳起來。《目連救母》，《玉曆鈔傳》等書裏的地獄慘狀，都呈現在我眼前，但我覺得都不怕

了。放焰口的和尚陳設在祭壇上的十殿閻王的畫像，和十八層地獄的種種牛頭馬面用鋼叉把罪人叉上刀山，叉下油鍋，拋下奈何橋下去餵餓狗毒蛇，——這種種慘狀也都呈現在我眼前，但我現在覺得都不怕了。我再三唸這句話：「形既朽滅，神亦飄散，雖有剉燒舂磨，亦無所施。」我心裏很高興，真像地藏王菩薩把錫杖一指，打開地獄門了。

這件事我記不清在哪一年了，大概在十一歲時。這時候，我已能夠自己看古文書了。禹臣先生教我看《綱鑒易知錄》，後來又教我改看《御批通鑒輯覽》。《易知錄》有句讀，故我不覺吃力。《通鑒輯覽》需我自己用朱筆點讀，故讀的很遲緩。有一次二哥從上海回來，見我看《御批通鑒輯覽》，他不贊成，他對禹臣先生說，不如看《資治通鑒》。於是我就點讀《資治通鑒》了。這是我研究中國史的第一步。我不久便很喜歡這一類的歷史書，並且感覺朝代帝王年號的難記，就想編一部《歷代帝王年號歌訣》！近仁叔很鼓勵我做此事，我真動手編這部七字句的歷史歌訣了。此稿已遺失了，我已不記得這件野心工作編到了哪一朝代。但這也可算是我的「整理國故」的破土工作。可是誰也想不到司馬光的《資治通鑒》，竟會大大的影響我的宗教信仰，竟會使我變成一個無神論者。

有一天，我讀到《資治通鑒》第一百三十六卷，中有一段記范縝（齊梁時代人，死時約在西曆五一○年）反對佛教的故事，說：

縝著《神滅論》，以為「形者神之質，神者形之用也。神之於形，猶利之於刀。未聞刀沒而利存，豈容形亡而神在哉」？此論出，朝野喧嘩，難之，終不能屈。

我先已讀司馬光論地獄的話了，所以我讀了這一段議論，覺得非常明白，非常有理。司馬光的話教我不信地獄，范縝的話使我更進一步，就走上了無鬼神的路。范縝用了一個譬喻，說形和神的關係就像刀子和刀口的鋒利一樣；沒有刀子，便沒有刀子的「快」了；那麼，沒有形體，還能有神魂嗎？這個譬喻是很淺顯的，恰恰合一個初開知識的小孩子的程度，所以我愈想愈覺得范縝說的有道理。司馬光引了這三十五個字的《神滅論》，居然把我腦子裏的無數鬼神都趕跑了。從此以後，我不知不覺的成了一個無鬼無神的人。

　　我那時並不知道范縝的《神滅論》全文載在《梁書》（卷四十八）裏，也不知道當時許多人駁他的文章保存在《弘明集》裏。我只讀了這三十五個字，就換了一個人。大概司馬光也受了范縝的影響，所以有「形既朽滅，神亦飄散」的議論；大概他感謝范縝，故他編《通鑒》時，硬把《神滅論》摘了最精彩的一段，插入他的不朽的歷史裏。他決想不到，八百年後這三十五個字竟感悟了一個十一二歲的小孩子，竟影響了他一生的思想。

　　《通鑒》又記述范縝和竟陵王蕭子良討論「因果」的事，這一段在我的思想上也發生了很大的影響。原文如下：

　　　子良篤好釋氏，招致名僧，講論佛法。道俗之盛，江左未有。或親為眾僧賦食行水，世頗以為失宰相體。

　　　范縝盛稱無佛。子良曰，「君不信因果，何得有富貴貧賤？」縝曰，「人生如樹花同發，隨風而散，或拂簾幌，墜茵席之上；或關籬牆，落糞溷之中。墜茵席者，殿下是也。落糞溷者，下官是也。貴賤雖復殊途，因果竟在何處？」子良無以難。

這一段議論也只是一個譬喻，但我當時讀了只覺得他說的明白有理，就熟讀了記在心裏。我當時實在還不能了解范縝的議論的哲學意義。他主張一種「偶然論」，用來破壞佛教的果報輪迴說。我小時聽慣了佛家果報輪迴的教訓，最怕來世變豬變狗，忽然看見了范縝不信因的譬喻，我心裏非常高興，膽子就大的多了。他和司馬光的神滅論教我不怕地獄；他的無因果論教我不怕輪迴。我喜歡他們的話，因為他們教我不怕。我信服他們的話，因為他們教我不怕。

三

我的思想經過了這回解放之後，就不能虔誠拜神拜佛了。但我在我母親面前，還不敢公然說出不信鬼神的議論。她叫我上分祠裏去拜祖宗，或去燒香還願，我總不敢不去，滿心裏的不願意，我終不敢讓她知道。

我十三歲的正月裏，我到大姊家去拜年，住了幾天，到十五日早晨，才和外甥硯香同回我家去看燈。他家的一個長工挑着新年糕餅等物事，跟着我們走。

半路上到了中屯外婆家，我們進去歇腳，吃了點心，又繼續前進。中屯村口有個三門亭，供着幾個神像。我們走進亭子，我指着神像對硯香說，「這裏沒有人看見，我們來把這幾個爛泥菩薩拆下來拋到茅廁裏去，好嗎？」

這樣突然主張毀壞神像，把我的外甥嚇住了。他雖然聽我說過無鬼無神的話，卻不曾想到我會在這路亭裏提議實行搗毀神像。他

的長工忙勸阻我道：「糜舅，菩薩是不好得罪的。」我聽了這話，更不高興，偏要拾石子去擲神像。恰好村子裏有人下來了。硯香和那長工就把我勸走了。

我們到了我家中，我母親煮麵給我們吃，我剛吃了幾筷子，聽見門外鑼鼓響，便放下面，跑出去看舞獅子了。這一天來看燈的客多，家中人都忙着照料客人，誰也不來管我吃了多少麵。我陪着客人出去玩，也就忘了肚子餓了。

晚上陪客人吃飯，我也喝了一兩杯燒酒。酒到了餓肚子裏，有點作怪。晚飯後，我跑出大門外，被風一吹，我有點醉了，便喊道：「月亮，月亮，下來看燈！」別人家的孩子也跟着喊，「月亮，月亮，下來看燈！」

門外的喊聲被屋裏人聽見了，我母親叫人來喚我回去。我怕她責怪，就跑出去了。來人追上去，我跑的更快。有人對我母親說，我今晚喝了燒酒，怕是醉了。我母親自己出來喚我，這時候我已被人追回來了。但跑多了，我真有點醉了，就和他們抵抗，不肯回家。母親抱住我，我仍喊着要月亮下來看燈。許多人圍攏來看，我仗着人多，嘴裏仍舊亂喊。母親把我拖進房裏，一群人擁進房來看。

這時候，那位跟我們來的章家長工走到我母親身邊，低低的說：「外婆（他跟着我的外甥稱呼），糜舅今夜怕不是吃醉了吧？今天我們從中屯出來，路過三門亭，糜舅要把那幾個菩薩拖下來丟到茅廁裏去。他今夜嘴裏亂說話，怕是得罪了神道，神道怪下來了。」

這幾句話，他低低的說，我靠在母親懷裏，全聽見了。我心裏正怕喝醉了酒，母親要責罰我；現在我聽了長工的話，忽略想出了

一條妙計。我想：「我胡鬧，母親要打我；菩薩胡鬧，她不會責怪菩薩。」於是我就鬧的更兇，說了許多瘋話，好像真有鬼神附在我身上一樣！

我母親着急了，叫硯香來問，硯香也說我日裏的確得罪了神道。母親就叫別人來抱住我，她自己去洗手焚香，向空中禱告三門亭的神道，說我年小無知，觸犯了神道，但求神道寬洪大量，不計較小孩的罪過，寬恕了我。我們將來一定親到三門亭去燒香還願。

這時候，鄰舍都來看我，擠滿了一屋子的人，有些婦女還提着「火箝」（徽州人冬天用瓦爐裝炭火，外面用篾絲作籃子，可以隨身攜帶，名為火箝），房間裏悶熱的很。我熱的臉都紅了，真有點像醉人。

忽然門外有人報信，說，「龍燈來了，龍燈來了！」男男女女都往外跑，都想趕到十字街口去等候看燈。一會兒，一屋子的人都散完了，只剩下我和母親兩個人。房裏的悶熱也消除了，我也疲倦了，就不知不覺的睡着了。

母親許的願好像是靈應了。第二天，她教訓了我一場，說我不應該瞎說，更不應該在神道面前瞎說。但她不曾責罰我，我心裏高興，萬想不到我的責罰卻在一個月之後。

過了一個月，母親同我上中屯外婆家去。她拿出錢來，在外婆家辦了豬頭供獻，備了香燭紙錢，她請我母舅領我到三門亭裏去謝神還願。我母舅是個虔誠的人，他恭恭敬敬的擺好供獻，點起香燭，陪着我跪拜謝神。我忍住笑，恭恭敬敬的行了禮，——心裏只怪我自己當日扯謊時，不曾想到這樣比挨打還更難為情的責罰！

直到我二十七歲回家時，我才敢對母親說那一年元宵節附在我身上胡鬧的不是三門亭的神道，只是我自己，母親也笑了。

十九，十二，廿五，在北京

（原載《新月》3卷4號，選自《四十自述》，上海：亞東圖書館，1933年）

談迷信之類

茅盾

辛亥革命的「前夜」，鄉村裏讀「洋書」的青年人有被人側目的「奇形怪狀」凡三項：一是辮髮截短了一半，末梢蓬鬆，頗像現在有些小姑娘的辮梢，而辮頂又留得極小，只有手掌似的一塊，四圍便是極長的「劉海」；二是白竹布長衫，很短，衣袖腰身都很窄小，褲腳管散着；三呢，便是走路直腿，蒲達蒲達地像「兵操」，而且要是兩三個人同走，就肩挨肩的成為一排。

當時這些年青人在鄉間就成為「特殊階級」。而他們確也有許多特殊的行動。最普通的便是結伴到廟裏去同和尚道士辯難，坐在菩薩面前的供桌上，或者用粉筆在菩薩臉上抹幾下。碰到迎神賽會，他們更是大忙而特忙；他們往往擠在菩薩轎子邊說些不尷不尬的話，乘人家一個眼錯，就把菩薩頭上的帽子摘了下來，藏在菩薩腳邊，或者把菩薩的帽子換了個方向，他們則站在一旁拍掌大笑。

當時的青年「洋」學生好像不自覺地在幹着「反宗教運動」；他們並沒有什麼組織，什麼計劃，他們的行動也很幼稚可笑，然而他們的「朝氣」叫人永遠不能忘卻。他們對於宗教的認識，自然很不夠，可是他們的反對「迷信」，卻出自一片熱忱，一股勇氣，所以鄉下的迷信老頭子也只好搖着頭說：「這些天不怕地不怕的小夥子，菩薩也要讓他們幾分了！」

去年我到鄉下去養病，偶然也觀光了「青天白日」下的「新政」，看見一座大廟的照牆上赫然寫着油漆的標語:「省政府十戒」。其中第一條就是戒迷信！廟前的戲台上原來有一塊「以古為鑒」的橫額，現在也貼上了四塊方紙，大書着「天下為公」，兩邊的木刻對聯自然也改穿新裝，一邊是「革命尚未成功」，一邊當然是「同志仍須努力」了。這種面目一新的派頭，在辛亥革命時代是沒有的，於是我微笑，我感到「時代」是畢竟不同了！

　　然而後來我又發見廟裏新添的許多善男信女恭獻的匾額中有一方寫着「信士某某率子某某」者，原來就是二十五年前「菩薩也要讓着幾分」的「洋」學生。他現在皈依在神座下了！並且他「率子某某」皈依了！並且我也看不見二十五年前蒲達蒲達地直了腿走路的年青人在鄉間和菩薩搗亂了！從前那個「洋學堂」只有幾十個學生，現在是幾百了，可是他們都沒有什麼「奇形怪狀」。他們大都是中產階級的子弟，也和二十五年前的一樣。不過他們和二十五年前的「前輩先生」顯然有點不同，就在他們所唱的歌曲上也可以看出來了；從前是「男兒志氣高，年紀不妨小」，而現在卻是「毛毛雨」了！於是我又微笑，我不很明白這到底也是不是「時代」不同了麼？

　　從前和菩薩搗亂的青年人讀《古文觀止》，做《秦始皇漢武帝合論》，知道地是圓的球形，知道「中國」實在並不居天下之中，知道富強之道在於船堅炮利——如此而已。他們的頭腦實在遠不及現在的年青人，然而他們和當時社會及至家庭的「思想衝突」卻又遠過於現在的年青人。近年來中國是「進步」了，簇新的標語，應時應節的宣傳綱領，——例如什麼紀念日的什麼「國貨運動周」，

「航空救國周」,「拒毒運動周」等等,都輪流貼滿了鄉村裏小茶館的泥牆。正所謂「力圖建設」,和二十五年前的空氣相差十萬八千里。這在認識不足的年青人看來,當然覺得自己和社會之間沒有什麼了不起的不調和。而況他們的家庭既不禁止他們進學校,也不禁止他們自由結婚。

並且即使有些不順眼的事情也都以堂皇的名義來公開實行,即如小小的迎神賽會亦何嘗不在迷信之外另找一個冠冕堂皇的名目——振興市面。

今年大都市裏天天嚷着「農村破產」,「救濟農村」。於是「振興農村」的棉麥借款就應運而生。鄉村間也要「振興市面」的,恰好今夏少雨,於是祈雨的迎神賽會也應運而生。一個鄉鎮的四條街各自舉行了一次數十年來未有的大規模的迎神賽會。一位「會首」說:「我們不是迷信,借此振興市面而已!」這句話自然開通之至。因而假使有些「讀洋書」的年青人夾在中間幫忙,也就「合理」得很。

迎神賽會總共鬧了一個月光景。而且一次比一次「更見精彩」。聽說也花了萬把塊呢。然而茶館酒店的「市面」卻也振興了些。有人估計,賽會的一個月中,鄰近鄉鎮來看熱鬧的人,總共也有萬把人;每人花費二元,就有二萬元,也就是「市面」上多做了二萬元的生意。這在市面清淡的現今,真所謂不無小補。

有一位「躬與其盛」的先生對我說:「最熱鬧的一夜,四條街都擠滿了人,約有十萬的看客。輪船局臨時添了夜班,航船和快班船也添了夜班,甚至有一夜兩班的。有幾個鄰鎮向來沒有輪船交通,此時也都開了臨時特班輪。」

所以把一切費用都算起來，在賽會的一個月間，市面上至少多做了十萬元的生意。這點數目很可使各業暫時有起色，然而對於米價的低落還是沒有關係。結果，賽會是賽過了，雨也下過了，農民的收成據說不會比去年壞，不過明年的米價也許比今年還要賤些呢……。

原載《申報月刊》第二卷第十一期，一九三三年十一月十五日出版

（選自《茅盾散文速寫集》，北京：人民文學出版社，1980年）

談狐仙

唐弢

我乑生在中國，耳朵裏聽慣了狐仙的事跡，而且也確曾碰見過幾隻類似傳說的狐仙。因此肚子裏有些疙瘩，萬一不吐，怕會害上憂鬱病，跳進黃浦江去，有負「愛惜民命」者在江邊釘立木牌的盛意。

但我所知道的終究有限。據說狐是狡猾的東西，種類甚繁，大別為二，即是華狐和洋狐。洋狐不一定是仙，雖然《伊索寓言》裏的狐也會講話，但這明明是寓言，是假託。華狐則不然，在中國，沒有狐則已，一有狐，那就非仙不可！

狐仙的形成，由於苦心修煉的很少，大都是取法採補：化成油頭滑腦的「洵美且都」的小白臉，身上灑些外國香水，掩去一身狐臭，再用國產宮粉把臉皮搽得厚厚的，尾巴藏在褲襠裏，放出種種媚態，專向一般入世未深，青春的活力正在奔騰的貞男和處女進攻。為着在自己名下添一個仙字，不惜把青年們強姦得面黃肌瘦，形消骨立，終至一命嗚呼，這便是狐仙的伎倆。

有些不肯相信狐仙的硬漢子，就往往受她的捉弄。她不顧事實，高興玩就玩。放火燒去人家的眉毛，把馬桶套在人家的頭上等等，總之，幸災樂禍，卑鄙齷齪，唯有她幹得最巧妙。

附庸風雅，哼幾句「我愛你愛」的肉麻詩，也是她的拿手，要是你明明白白的指出她不通，她就會惱羞成怒，老遠的飛一塊磚瓦過來，打得你頭破血流。

　　仙人本來是六根清靜的，但狐仙卻喜歡擠在人叢裏搗亂，一直到被人們捉住了尾巴。

　　這便是狐仙，由狡猾的狐狸變成的狐仙！

一九三三年八月二十八日

（選自《唐弢雜文集》，北京：三聯書店，1984 年）

土地和灶君

唐弢

　　據說中國人是欺善怕惡的，連對待鬼神也不能免。兇惡的如火神判官之類，奉承唯恐不周；老實至於像土地和灶君，那就隨時都有被欺的可能了。

　　但也不能說沒有例外。譬如財神，並不像火神判官那樣可怕，卻同樣受着殷勤的供奉。這，自然是欺善怕惡之外的「另一問題」。

　　土地，是並不具備這「另一問題」的。

　　這土老兒，生來既沒有血盆似的口，銅鈴似的眼，又不曾操人們生死之權。雖然是神，卻常常受人驅使。忠臣落難，善士遭殃，甚至一個無所表見的庸人，只要心地好，遇有危險，土地也得四處奔走，尋求解救的方法。這種忠於公理，努力為低下層人們服務的，在中國，至少在目前的中國，是不被重視的！

　　由於不被重視，接着就受揶揄起來。

　　土地不常有廟，即使有，也只雞塒那麼一間。一年到頭，從沒有香火旺盛的時候，善男信女的布施，是不會到這土老兒頭上來的。並不是醉心洋化，愛學外國小姐的時髦，可是土地的面上，卻紗巾似的籠着蜘蛛網。

　　這樣，模模糊糊，他抬起頭來，便只看得見太陽照到的地方。

至於灶君，也是一位好好菩薩，雖然不是為着要救國，卻長年坐在火炕上，鼻子對着煙囱，好比口銜煙斗，與《論語》派諸賢有同好。眼看腳下一碗葷一碗素的煮好，端出，甜鹹酸辣，味道也盡有好的，他卻沒有份；但人們吃了以後，萬一肚痛起來，卻還得怪他，不是説「肚痛埋怨灶君」嗎？

　　一到送灶那天，灶君照例要到天堂去兜一轉，向玉皇大帝報告善惡。聰敏的人們就替灶君餞行，吃了幾隻糍粑，兩片嘴唇全給糊住，再也張不開來。到得玉皇大帝面前，只能指手畫腳的啞啞一陣，就此了事。

　　給蜘蛛網罩住的眼睛再也看不到黑暗，給糍粑糊住的嘴唇再也説不出善惡。時代，便在這上面停住了，靜靜地。

一九三三年九月一日

（選自《唐弢雜文集》，北京：三聯書店，1984 年）

白晝見鬼
半間樓閒話

薫宇

　　前個四五天上海各報載過一則白晝見鬼的新聞：有一個鞋匠在光天化日之下遇着四個鬼拖下黃浦江去。新聞記者先生們用他們的老手法夾敍夾議地把這段怪聞敍述出來，而歸結到它可供科學家的研究。

　　在中國，科學還算得摩登，雖是比不了姑娘們的赤腿。不過科學，研究科學，和研究科學的科學家，似乎是三件各不相關的東西：造牙粉，造肥皂……——科學；中學生，大學生讀數學的，物理的……教科書——研究科學；國內或國外的理工科大學畢業生——科學家。研究科學為的是成科學家，已成科學家不用再研究科學，所以中國永遠沒有真的科學，除了造牙粉，造肥皂……，也就為此，中國人不但夜晚見鬼，白晝也見鬼。

　　現在有沒有科學家在埋頭研究鬼，無從知道，不過像科學靈乩一流，卻充不來數；而白晝見鬼這類的新聞，也不足供科學家的研究。科學家的研究，第一個仇敵便是「以耳代目」，和它對抗的便是觀察和實驗，從觀察和實驗中得到真憑實據。事實已過去了，既莫由觀察，也無從實驗，只好歸到「信之則有不信則無」中，從那兒研究起。

科學家否定鬼，將這些現象歸到見鬼的人的神經錯亂，但這不能使人相信，因為他們會舉出些無從證實的反證來。本來單是這麼地否定還不夠，假如能照樣用人工造出鬼來，那就由不得你不相信了。沒有懂得天體運行的法則的時期，你可以說月蝕是天狗吃月。沒有懂得電的作用的時期，你可以想像天空中有個雷公還有個電母。然而現在什麼時候要月蝕，蝕的情況怎樣，從幾點幾分鐘起到幾點幾分鐘止，照了科學的法則都可以預先告訴你，這總不能說人會給月和天狗推算流年，由不得你不相信天體運行的科學。用了電可造車，造燈，傳像，傳話，怎樣可以不觸電，怎樣可以用電處死人，到了這境地再也不得不否定雷公和電母。

　　關於鬼，虛心點兒說，——科學家最需要虛心——除了神經錯亂所造成的以外，即或還有人力尚不能理解和處置的一部分，那也只是天體力學未成立時的天狗，電學未昌明時的雷公電母。宇宙間也許正有比電力還微妙的另一種或幾種力存在是科學家還不會觸到的。

　　然而這不可用來擁護吞煙鬼，吊死鬼，落水鬼之類。幾個月以前，淞滬路上發生過一件摩登女郎投到軌道上給火車軋死的慘事。許多人就歸到是鬼討替身，和吞煙，吊死，落水的一般。討替身也者，屈死鬼找一個頂缺的人，好讓自己投生也。人死為鬼，以及鬼還要投生為人，這是否確實可信姑且放下。單以軋死鬼而論，也就無存在之理。先有火車而後有軋死鬼，這是順理成章的推斷。既然如此，就不免有第一個軋死鬼。軋死是討替身，這第一個軋死的創造者，是誰拖去做替身的？討替身之說，既不可通，則吞煙，吊死，落水與鬼無關，很是明白。而除了討替身，吞煙鬼，吊死鬼，

落水鬼，又從沒有露過面，這些鬼的存在用不到否定也只好歸於被否定了。

提倡科學，在中國已有幾十年，而就是今年，上午報紙上雖登載着月蝕的預告，夜晚全上海還是鼓鑼喧闐，火炮連天。學過生理衞生乃至於人體解剖的，一到生了病，仍舊相信陰陽五行，生克治化，甚而至於倒水飯，吞香灰。災荒來了，活佛，天師，牧師一例請來祈禱。

在這烏煙瘴氣的景況中，我想：要談科學先得驅鬼。不然你儘管把飛機，無線電……說得有條有理，總及不來封神榜，七俠五義之類的神通廣大，而免不了依然白晝見鬼！

（選自《太白》第 1 卷第 1 期，1934 年 9 月 20 日）

迷信
甕牖剩墨之八

王力

　　人類之所以有迷信的舉動，無非為的是求福和除災。求福是積極的，除災是消極的；迷信畢竟是偏於消極方面。譬如你勸一個鄉下人說：「如果你要發財，只需去祈求某神，」他不一定相信你；等到他的兒子病重的時候，你再勸他去祈求那神，他就非信從你的話不可了。假使人類沒有死的恐怖，迷信的事情就會消滅了一大半，我相信。

　　世間的事情，要算迷信界最沒有辦法；同時，也要算迷信界最有辦法。說最沒有辦法，因為：「閻王註定三更死，誰人敢留到五更？」說最有辦法，卻是因為迷信的人或主持迷信的人能隨心所欲，創造許多事物。普通總說是神造人；其實在迷信界卻是人造神。自從中國有了科舉，道家就創造一個梓潼帝君（即文昌）來適應文人的需要；從中國佛教興盛之後，釋家因要迎合國人求嗣的心理，就創造一個「送子觀音」。人怕鬼，因而想起鬼一定也怕「鬼中之鬼」。於是道士們妙想天開，又造出「人死為鬼，鬼死為聻」的學說來了，只要門上貼一張「聻」字符，表示「鬼中之鬼在此」，鬼看見了就不敢進去。此外，道士們可以自封大官，擅發護照，錫箔店可以發行元寶和鈔票，這大都可以說是隨心所欲嗎？

説起鬼神，首先令人聯想到香。焚香的風俗是中國上古所沒有的，後來它才跟着佛教傳入中國。道士們的焚香，又是跟和尚學來的。在民眾的眼光看來，香的效力很大。我們那邊的俗話説：「狗屎受了三天的香火就有神」。無論祭祖、拜神、求佛，必須先焚香然後可以磕頭；據説正式的詛咒也需焚香，否則只是嚇嚇生人而已，鬼神決不理會那些不焚香的詛咒。我生平只見過一個不守規則的道士：他給人家「送鬼」的時候，一面問主人要香燭和洋火，一面先喃喃作咒起來，等到香燭點着，祭品擺好，他已經收了謝禮，向主人告辭了。這因為他生意太好的緣故，是不足為訓的。

　　中國人的祈禳顯然是一種賄賂。豬頭三牲給神吃了還不算，再送上若干「元寶」。既是賄賂，窮人或慳吝人就要吃虧。譬如打官司的兩造[1]都向某神許願，一定是雞肥豬頭大的一方面得到勝利；又如某人病重，他的妻兒求神希望他好，他的仇人求神希望他死，如果所求的是同一個神，那人的死活就要看元寶的大小多少而定。但是，除了賄賂之外，人們還有對付鬼神的辦法。關亡魂的時候，如果鬼不肯説實話，可以用繩子綁縛着他（其實是男巫或女巫），迫他吐實。每年臘月二十三日，灶君照例要上天報告人間的善惡，人們除了給他相當的賄賂之外，還拿「糖元寶」糊在他的嘴上，讓他在玉皇跟前張不開口。

　　祭祀祖先，向來不歸入迷信一類。生前既然應該贍養，死後的祭祀自不能謂之賄賂。「祭神如神在」，所以向來反對釋道的人也很虔誠地奉祭祖先。但是，有些事情似乎是超出於〈祭義〉[2]之外

---

1. 兩造指打官司的原告、被告雙方。
2. 《禮記》中的一篇。

的，叫做迷信也未嘗不可。譬如中元節，它是起源於道教和佛教。直到現在，還是很盛行的。北平的北海每年七月十五日的晚上，漪瀾堂和五龍亭擠滿了人。蓮花燈未必真的好看，團圞明月底下的紅男綠女卻是一年到頭看不到的。超度陣亡將士是用這一日；北平大學醫學院致祭被解剖的人似乎也是用這一日。據說中元節是鬼節，地獄裏的鬼蒙恩放假一天。人們自然不肯承認自己的祖宗是地獄裏的鬼，但是不妨趁此也祭一祭他們；萬一他們當中真有陷在地獄裏的，也因此得到好處。我童年的時代，每逢中元就很忙，要幫助大人鑿紙錢，摺元寶，印馬匹……，祖母和母親也忙着做紙衣服。這樣大約要忙一個禮拜。有一篇祭文，不知是誰傳下來的，因為聲調鏗鏘，我就記在心裏，現在還背得出來。大概說的是：「時維七月，序屬中元。地官於焉縱獄 [3]，時王 [4] 以此祭孤。念我已往先靈，生不失為全人，歿必膺夫異數 [5]。或待詔乎天上，或修職乎土司；或徜徉乎廣寞之鄉，或逍遙乎極樂之國……能不悽愴焄蒿 [6]，綏我思成也哉？……」直到如今，我仍舊認為這一篇祭文做得非常得體。

由上面的一篇「四六」看來，可見文人也免不了迷信。幾年前，有人看見一位大學教授在妙峰山上磕頭，傳為笑柄。這種事在三十年前並不為奇。我在童年時代還看見家裏有《太上感應篇》和《陰騭文》。最有趣的是一種「功過格」。做某一件善事記大功一次或小功一次；做某一件惡事記大過一次或小過一次。這些都在「功過格」裏有明文規定的。執行記過者就是自己。年終時作一統計；

---

3. 釋放地獄的犯人。
4. 當代皇帝。
5. 指特優的名位。
6. 焄：香氣；蒿：蒸發。

如果過多於功，必須痛改前非，否則將遭天譴。實際上，文人之所以這樣做，大半由於科舉。科舉是無憑的，所謂「不要文章高天下，只要文章中試官」。於是他們相信冥冥中有主宰者在。他們寧願不奉財神，卻不能不奉文昌，就是這個緣故。

　　一般人的迷信自然比文人又深一層，於是有「苦肉計」。「苦肉計」者，自己故意先找些苦頭，希望因此得到神佛的憐憫也。妙峰山每年進香的時節，總有人從山腳下五步一跪，三步一拜的，直拜到山頂。江浙一帶更有所謂「戳肉撐爐」。當在神佛「出會」或祈雨的日子，誠心的信士用幾個鐵鈎勾在手臂上，鐵鈎下面掛着香爐。據說若是誠心的人，戳破了的肉會很快地收口的；否則有潰爛的可能。此外又有人捨身為罪犯，穿着紅衣紅褲跟着神佛走。非但迷信的人喜歡用苦肉計，連主持迷信的人也愛用它。道士們會用刀割破手臂，取些血給病人吃。苦肉計也有出於孝心的，如臥冰求鯉、割股療親之類。報載現代的大學生當中也還有人割股，此乃古道尚未完全淪亡之證。

　　「不孝有三，無後為大」，中國人求嗣心切，非任何民族所能及。廣東戲跳了加官之後，跟着就來一個「仙姬送子」。求嗣的人，除了拜懇送子觀音之外，還不惜訪求良方。據說某一個地方的女人如果久不生育，就設法找到一個胞衣，烤熟了吃下去，有神效。醫者意也，此醫卜星相之所以並稱歟？生了女兒還不怎麼樣；生了兒子就想盡方法不讓他死亡。依某一種人的看法，兒童的夭折就是不肯跟隨這一對父母而要另行投胎的表示，所以做父母的應該覊縻住他。給他戴上項圈還不夠，最好再加上一副金鎖。手鏈腳鐐，應有盡有。最特別的是以銅穿鼻，把他當做牛一般地豢養，頭

上有福祿壽三星或八仙賀壽的帽子，身上有八卦和咒語的包被，把兒童保護得無微不至。名稱上也有斟酌：最好的是避免承認兒子。我們家鄉的人喜歡教小孩叫父親做叔父或伯父，叫母親做奶娘或孁娘，把兒子命名為阿妹，因為不承認他是男的；又有人命名為阿狗，簡直不承認他是人。江浙人所謂阿毛，其實就是阿貓，和阿狗同一用意。如果先養女兒，喜歡把她叫做跟弟和招弟之類，希望她領一個兄弟來投胎。——這樣寶貴小國民和重視男性，所以抗戰四年有餘，並不愁缺乏壯丁。

醫卜星相之中，醫是「升格」了，不在討論之列。相面最有變化，因為世上沒有面貌完全相同的人。麻衣相法決不是完備的書；相士中的名流都能「神而明之」，相術超出於此書之外。星命的變化就少了，其法以誕生的年月日時的干支相配，共成「八字」，以定吉凶。這種變化是有限的，數學家可以即刻告訴咱們「八字」共有多少可能性。關於占卜之術，我只懂得兩種：第一種是通俗化的「六壬」，即大安，流連，速喜，赤口，小吉，空亡。其法以月日的數目相加，再加上時辰的順序，然後依上述「大安」至「空亡」的次序數去即得。這自然比「八字」更少變化。第二種是「金錢課」，以六十四卦為根據。其法用銅錢三枚作法，如得一字二背，即作一畫（陽爻）；如得二字一背，即作二畫（陰爻）；如得三背，即作一圈（陽變）；如得三字，即作一叉（陰變）。共搖錢六次，得六爻，然後依法占之。這種卜卦法雖比較地變化多些，然而其變化的可能性仍舊是算得出來的。至於測字，可能性更少了，因為常用字不過二三千個。但是，術士之中不乏聰明的人，他對於這種有限的變化也有很聰明的解釋。試看下面的三個故事：（一）一個宰

相和一個鐵匠的「八字」完全相同：但是，這「八字」是「五行欠水」的。那宰相生在船上，有水相濟，所以做了大官；那鐵匠生在爐邊，非但欠水，而且加火，所以沒有出息。（二）一個秀才拈了一個「串」字，測字的人斷定他連中兩榜；同行的另一秀才仍拈「串」字，測字的人卻斷定他家有喪事，因為有「心」拈「串」就成「患」字了。（三）某皇帝微服出遊，見一個人拈「帛」字，測字的人斷定他有喪事，因為「白巾」就是戴孝，那皇帝跟着也拈「帛」字卻被識破是皇帝，因為「帛」字是「皇頭帝腳」。——咱們千萬別和江湖術士辯論；他們的唇槍舌劍決不是咱們所能敵的。

日本軍人的擇日，大約也是從數目上着眼的。他們特別看中了「八」字。瀋陽事變是九一八，淞滬之役是一二八。蘆溝橋事變是七七的深夜發動的，在他們看來也許是七八。他們轟炸南苑，佔據北平，是在七月二十八。甚至第一次轟炸昆明，也擇定了九月二十八。讀者一定可以幫我們找出更多的證據；然而我還可以舉出最近的一件大事：日本對英美宣戰，卻也選中了十二月八日——另一個「一二八」。我們不相信這一切都是偶合。但是我們也不想作任何批評。只有一句話是可以說的：咱們中國人並不是世界上最迷信的民族。

一九四二年冬《中央周刊》

（選自《龍蟲並雕齋瑣語》，北京：中國社會科學出版社，1982 年）

神的滅亡

靳 以

奴才匍匐在地上，魔鬼隨侍在兩旁，高踞在寶座上的大神卻感到空虛和悽惶。

沒有一點聲音，沒有一片人影，大神不得不站起來，茫然四顧。

原來他的嘴角一直掛着勝利的笑容的，現在，不得不收斂了。

他轉了一個身，望了望，大聲叫：

「人呢？人呢？」

沒有人的回應，只有空洞的回聲，這使他更激怒了，更大聲地叫：

「人呢？人呢？……」

大神從寶座上跳下來，瘋狂地跑着，跑遍了大殿的四角，沒有一個人阻攔他，他的腳有時踏在奴才的背上，奴才也不敢動。

「人都到哪裏去了，人都到哪裏去了？」

一個聲音好像從另外一個世界來的：

「人都死光了，沒有死的，早已逃到另外一個世界去了。」

「怎麼，怎麼，沒有人了，那我是什麼大神呢？我是誰的大神呢？我還能統治誰呢？只是魔鬼和奴才怎樣建立起我的王國？我知道，這才真是我的末日來了。」

他原來像受了驚的牛奔着，一直到他用盡了最後的力量，他那充血的眼睛才閉上，他那染滿了別人血跡的身子才僵直地躺在地上，他才遭逢到最後的滅亡。

（選自《靳以選集》第 5 卷，成都：四川人民出版社，1984 年）

人和鬼

吳 晗

在過去的時代裏，人們講迷信，相信有鬼。

據説鬼也和人一樣，有好鬼，有惡鬼。有大鬼，小鬼，男鬼，女鬼，好看的鬼，難看的鬼，文鬼，武鬼，以至大頭鬼，吊死鬼等等。總之，人世間有的事，鬼世界裏也都有。

有了鬼的故事，自然也有説鬼話的書。從《太平廣記》所引的《靈鬼志》，到《太平御覽》，《太平廣記》都專門有幾卷講鬼的。清朝有幾個人特別喜歡講鬼故事，一個是蒲松齡，他寫了《聊齋誌異》，一個是紀曉嵐，他寫了《閱微草堂筆記》，還有一個是袁子才，也喜歡講鬼。

蒲松齡和紀曉嵐筆下的鬼，形形色色，什麼樣子脾氣的都有，其中有些鬼寫得實在好，很使人喜歡。他們通過鬼的故事來諷刺、教育活着的人，説的是鬼話，其實是人話。也寫一些活人，看着是活人，説的卻是鬼話，做的是鬼事。

大體上説來，雖然鬼是從人變的，人死後是鬼，但是人卻又怕鬼。另一面，人雖然怕鬼，卻又喜歡聽鬼故事。

怕的原因是，據説鬼又要投生變人，屈死鬼投生之前，總得要找一個替身，將人變鬼。以此人們談鬼就怕，更不用説見鬼了。倒過來，據説人死了就成鬼，人和鬼到底有關係。自己沒有作鬼的

經驗，聽聽別人的也好，以此又喜歡聽鬼故事，大概也是借鑒的意思吧。

自從有了科學知識，自從有了唯物主義，懂得科學和唯物主義的人們不再相信有鬼了。但是，研究一下過去的若干鬼故事，從中了解這一時代的社會相，也畢竟有些好處。

何況，死鬼雖然不存在，活鬼卻確實有之呢！他們成天張牙舞爪要吃人，青面獠牙嚇唬人，鬼頭鬼腦擺弄人，鬼心思，鬼主意，鬼行當，鬼夥伴，總之，有那末一小撮活鬼在興風作浪，造謠生事，播弄是非，造成緊張局勢，擺出鬼架子，鬼威風。你愈怕，他就愈狠，非把你吃掉不可。

對付活鬼的辦法是大喝一聲，你是鬼！揭穿他，讓人人都知道這是鬼。把鬼揪到陽光底下，戳穿鬼把戲，鬼伎倆，讓人們認識鬼樣子，鬼姓名，鬼親眷，鬼朋友。鬼在人們中間孤立了，也就搞不成鬼玩意了，或者變人，或者真的變鬼，這倒不妨隨他的便。

要對付活鬼，首先要不怕鬼。道理是你不怕，他就怕。這裏有幾個鬼故事是很有意思的。

第一個是蒲松齡寫的青鳳。說有一個狂生叫耿去病，聽說有一個荒廢的大宅子鬧鬼，堂門自己會開關，有時還有笑語歌吹聲。他搬了鋪蓋去住，在樓下讀書。晚上正在用功時，一個披髮鬼進來了，臉黑得像漆一樣，張着眼對他笑。耿去病也對着笑，順手把硯台的墨汁塗上一臉，面對面瞪着眼睛看。鬼看着不對頭，滿臉羞慚溜走了。

第二個是紀曉嵐寫的吊死鬼。説是有一個姓曹的，住在一個人家。半夜裏有一個東西從門縫進來，像一張紙，變成人形，是個女人。他一點也不怕。鬼又披髮吐舌，作吊死鬼模樣，他笑説：頭髮還是頭髮，只是亂一些，舌頭還是舌頭，只是長一些，有什麼可怕。鬼又把頭摘下來，放在桌上。他笑説：有頭都不怕，何況沒頭？鬼沒有辦法，一下不見了。後來他又住這房子，半夜門縫又響了，鬼剛一露頭，他就嚷：又是這個討厭東西！鬼一聽只好不進來了。

　　另一個是大鬼。説戴東原的族祖某人膽大不怕鬼。住進一座空宅子，到晚上，陰風慘慘，出來一個大鬼，説，你真不怕？答：不怕。大鬼做了許多惡樣子，又問，還不怕？答：當然。大鬼只好客氣地説：我也不一定趕你走，只要你説一聲怕，我就走了。他説：真是豈有此理，我實在不怕，怎能説假話。你要怎樣就怎樣吧。鬼再三央告，還是不理。鬼只好嘆一口氣説：我在這兒三十多年了，從來沒見過你這號頑固的人，這樣蠢才，怎能住在一起？只好走了。

　　還有一個大眼鬼。南皮許南金膽很大，在和尚廟裏讀書。夜半忽然牆上出來兩個燈，一看是一個大臉孔，兩個燈是一雙大眼睛。他説：正好，要讀書，蠟燭完了。拿一冊書背着牆，坐下就朗誦，唸不了幾頁，燈光沒有了，扣壁叫喚，也不出來。又一個晚上上廁所，一個小孩給拿蠟燭，不料這個大眼鬼又出來了，對着人笑，小孩嚇倒在地下，他撿起蠟燭，就放在大眼鬼頭上，説沒有燈枱，你來得正好。大眼鬼仰着頭看，一動也不動。他又説：你哪裏不好去，偏要到這裏來！聽説海上專有人趕臭地方走的，大概就是你

了。萬不可以對不起你，隨手拿一張用過的手紙抹鬼的嘴巴，大眼鬼大嘔大吐，狂吼幾聲，就不見了。從此再也不來了。

這幾個故事很不錯，蔑視，鄙視，仇視種種形色的鬼，完全合理。人氣盛了，鬼氣就衰了；人不怕鬼，鬼就怕人了。

不但對死鬼該這樣，對活鬼也該這樣。

人不可以迷信，要相信科學，尊重科學，但也不妨研究研究鬼話，鬼故事，從中得到益處。講人話的書要多讀，講鬼話的書，我以為也不妨讀讀。

一九五九年五月十八日《人民日報》

（選自《吳晗雜文選》，北京：人民文學出版社，1979 年）

再談人和鬼

吳晗

談鬼之風，自古有之。宋朝人李昉等於太平興國三年（公元九七八）所編集的《太平廣記》五百卷，其中就有四十卷是談鬼的。

這些鬼故事是各式各樣的，有好鬼，對人做好事，也有惡鬼，專門跟活人搗亂，也有很美麗的鬼，和活人結婚。總之，鬼也和人一樣，在人類社會裏所可能有的事，鬼社會裏也是應有盡有。以此，愛談鬼故事，實質上談的還是人的故事。並且，談人的事有時候可能不是很方便，容易得罪人；至於談鬼，那就方便多了，無論如何，即使說錯了，也不至於真有鬼來和你算帳。

正因為談鬼反映了各方面現實的社會生活，不只是有人愛談，也有人愛聽，談鬼之風，便愈來愈盛了。清朝蒲松齡、紀曉嵐、袁子才等人愛說鬼話，是有其歷史的和社會的淵源的。

《太平廣記》裏的鬼故事，其中有幾個很有趣，正確地說明了人和鬼的關係，不是人壓倒了鬼，便是鬼壓倒了人，人不怕鬼，鬼便怕人。

卷三二七引《述異記》：說有一個廣州顯明寺道人名叫法力，有天早上上廁所，看到一個鬼，樣子像個昆侖（黑人），全身墨黑，只有兩個眼睛是黃的，光着身子。法力很有力氣，便一索子捆了這個鬼，縛在柱子上，用棍子使勁打。奇怪得很，一點聲音也沒有，再用鐵鎖鎖住，看他能變化不？到天黑時，鬼就不見了。

卷三四五引段成式《酉陽雜俎》：唐朝元和末年（公元八二〇），有個淮西的軍將，奉使到汴州（今河南開封），在驛中住宿。正要睡熟時，忽然覺得壓得慌，原來身上有個什麼東西壓着。這個軍將很有力氣，便起來和他打架，把他打退，還奪得一個皮做的口袋。這個鬼服輸了，連聲討饒。軍將說：你告訴我這個口袋叫什麼，我再還你。鬼遲疑了好久，才說這叫蓄氣袋。軍將順手揀一塊大磚頭當頭便打，鬼就不見了。這個口袋很大，紅顏色像藕絲，在太陽底下看沒有影子，也不知道是做什麼用的。

這兩個故事的主人公都是膽子大、力氣大，壓服了鬼。

還有一個故事是藐視鬼，把鬼趕走的。卷三一八引《幽明錄》：有個人叫阮德如，也是上廁所，見了鬼，這個鬼有一丈多高，黑色，大眼睛，穿白單褲子，還戴帽子。德如一點不害怕，心安氣定，笑着說：大家都說鬼討厭，果然。鬼聽了羞慚而退。

最有趣的是宋定伯賣鬼的故事，卷三二一引《列異傳》：河南南陽人宋定伯年輕的時候，夜裏出門碰見鬼，他問是誰，鬼說我是鬼呀，你呢？定伯說我也是鬼。鬼問定伯上哪兒去，定伯說到宛的市場上趕集，鬼說我也是到那兒去的。走了一會兒，鬼說走得太慢了，互相背着走好不好，定伯說很好。鬼便先背定伯，說你怎麼這樣重呀，不像是鬼。定伯說，有什麼稀奇，我是新鬼，怎能不重？走了一程，定伯該背鬼了，很輕。這樣互相背來背去，搞熟了。定伯便問：我是新鬼，不知道鬼最怕什麼？鬼說最怕人唾口水。說了又走，過一條小河，鬼走過時一點聲音也沒有。定伯走過時，踩水嘩嘩響。鬼又問怎麼這樣響，定伯說：我新死，還不習慣踩水，所以聲音大，不要見怪。快到宛市了，鬼在定伯背上，定伯一翻手狠

狠抓住，鬼發急大叫，定伯不理。抓到市場，鬼變成一隻羊，定伯怕它變化逃掉，連着對羊唾口水，賣了一千五百個錢，高興地回家。當時人說開了：「定伯賣鬼，得錢千五。」

這故事有趣在宋定伯對鬼說鬼話，摸清了鬼的底細，攻其弱點，制服了鬼。

這些鬼故事說明了鬼是不可怕的，不必怕的，只有人怕他時才可怕。人不怕鬼，鬼便怕人。也說明了鬼雖可不怕，但是還必須了解鬼脾氣，鬼毛病，抓住鬼的弱點，是一定可以把鬼消滅掉的。

我們是唯物主義者，並不信鬼。但是，也不盡然，這一兩年來，在閒談中，發見也還有個別同志，在理論上不信鬼，但在生活上還是怕鬼，這就很不好。其次，我在上一篇文章中說過（見一九五九年五月十八日《人民日報》八版《人和鬼》），死鬼是不可能有的，但活鬼還是有，例如成天想吃人，欺侮人，折磨人，奴役人的剝削階級分子、反革命分子等等。對付這種活鬼之道只有一條，就是蔑視、藐視他，但在戰術上還是要重視他，要像宋定伯一樣，摸清鬼的弱點、底細，連着唾口水，使他再也不能變化，一句話，只有鬥爭，才能勝利，別的辦法是沒有的。

一九六一年一月三十日《人民日報》

（選自《吳晗雜文選》，北京：人民文學出版社，1979年）

元帥菩薩

豐子愷

　　石門灣南市梢有一座廟，叫做元帥廟。香火很盛。正月初一日燒頭香的人，半夜裏拿了香燭，站在廟門口等開門。據說燒得到頭香，菩薩會保佑的。每年五月十四日，元帥菩薩迎會。排場非常盛大！長長的行列，開頭是夜叉隊，七八個人臉上塗青色，身穿青衣，手持鋼叉，鏘鏘振響。隨後是一盆炭火，由兩人扛着，不時地澆上燒酒，發出青色的光，好似鬼火。隨後是臂香隊和肉身燈隊。臂香者，一隻鋒利的鐵鈎掛在左臂的皮肉上，底下掛一隻廿幾斤重的錫香爐，皮肉居然不斷。肉身燈者，一個赤膊的人，腰間前後左右插七八根竹子，每根竹子上掛一盞油燈，竹子的一端用鈎子釘在人的身體上。據說這樣做，是為了「報娘恩」。隨後是犯人隊。許多人穿着犯人衣服，背上插一白旗，上寫「斬犯一名×××」，再後面是拈香隊，許多穿長衫的人士，捧着長香，踱着方步。然後是元帥菩薩的轎子，八人扛着，慢慢地走。後面是細樂隊，香亭。眾人望見菩薩轎子，大家合掌作揖。我五六歲時，看見菩薩，不懂得作揖，卻喊道：「元帥菩薩的眼睛會動的！」大人們連忙掩住我的口，教我作揖。第二天，我生病了，眼睛轉動。大家說這是昨天喊了那句話的原故。我的母親連忙到元帥廟裏去上香叩頭，並且許願。父親請醫生來看病，醫生說我是發驚風。吃了一顆丸藥就好了。但店裏的人大家說不是丸藥之功，是母親去許願，菩薩原諒了之故。後來辦了豬頭三牲，去請菩薩。

為此，這元帥廟裏香火極盛，每年收入甚豐。廟裏有兩個廟祝，貪得無厭，想出一個奸計來擴大做生意。某年迎會前一天，照例祭神。廟祝預先買囑一流氓，教他在祭時大罵「菩薩無靈，泥塑木雕」，同時取食神前的酒肉，然後假裝肚痛，伏地求饒。如此，每月來領銀洋若干元。流氓同意了，一切照辦。豈知酒一下肚，立刻七孔流血，死在神前。原來廟祝已在酒中放入砒霜，有意毒死這流氓來大做廣告。遠近聞訊，都來看視，大家宣傳菩薩的威靈。於是元帥廟的香火大盛，兩個廟祝大發其財。後來為了分贓不均，兩人爭執起來，泄露了這陰謀，被官警捉去法辦，兩人都殺頭。我後來在某筆記小説中看到一個故事，與此相似。有一農民入市歸來，在一古墓前石凳上小坐休息。他把手中的兩個饅頭放在一個石翁仲的頭上，以免螞蟻侵食。臨走時，忘記了這兩個饅頭。附近有兩個老婆子，發見了這饅頭，便大肆宣傳，説石菩薩有靈，頭上會生出饅頭來。就在當地搭一草棚，擺設神案香燭，叩頭禮拜。遠近聞訊，都來拜禱。老婆子將香灰當作仙方，賣給病人。偶然病愈了，求仙方的人愈來愈多，老婆子大發其財。有一流氓看了垂涎，向老婆子敲竹杠。老婆子教他明日當眾人來求仙方時，大罵石菩薩無靈，取食酒肉，然後假裝肚痛，倒在神前。如此，每月分送銀洋若干。流氓照辦。豈知酒中有毒，流氓當場死在神前。此訊傳出，石菩薩威名大震，仙方生意興隆，老婆子大發其財。後來為了分贓不均，兩個老婆子鬧翻了，泄露陰謀，被官警捉去正法。元帥廟的事件，與此事完全相似，也可謂「智者所見皆同」。

一九七二年

（選自《緣緣堂隨筆集》，杭州：浙江文藝出版社，1983年）

漫談鬼神觀念的枷鎖

秦 牧

　　一位朋友來信說：最近，有不少地方的青年迷信鬼神，而且花樣很多。聽了這消息，不由得很有些感慨。

　　人類，經過了百幾十萬年的進化，和野獸早已分道揚鑣了，但人類也時常幹些野獸所不會幹的蠢事。迷信、神鬼觀念、宿命思想，鎖住了千萬代許許多多的人的腦子，就是這類蠢事之一。

　　我不大明白為什麼現在有不少人把對神鬼的迷信叫做「封建迷信」，好像這類花樣是封建時代才有似的。其實神鬼觀念源遠流長，早在太古時代，原始人看到日月浮沉、雷霆海嘯、四時代謝、萬物死生，以至於毒蛇猛獸，隕石磷火，心中都充滿了恐懼，「可怕的鬼魅在暗算着人的命運！」這樣的觀念就在人們的腦子裏油然而生。因此，最原始的民族都相信鬼。以後，隨着人間統治者權威的加強，特別是隨着階級社會的出現，「神」的觀念又滋長了。從產生的順序來說，「神」還是「鬼」的弟弟。剝削階級的神道設教，又加強了人們的迷信思想。其實，虛無縹緲的陰間的「神」，恰好就是剝削階級統治者的投影。

　　十九世紀德國詩人海涅有一首小詩這樣寫道：

　　　　我夢見我自己做了上帝，
　　　　昂然地在天堂高坐，

天使們環繞在我身旁，
不絕地稱讚着我的詩章。

我在吃糕餅、糖果，喝着酒，
和天使們一起歡宴，
我享受着這些珍品，
卻無須破費一個小錢。

海涅寫的實際上是一首諷刺詩。他所寫的「上帝」，不就是當年德國皇帝的模樣嗎？而那些擅長諂媚阿諛的「天使」，不正是朝廷大臣們的剪影嗎？

和這相映成趣的，是舊時代中國關於「灶神」的觀念。當時，人們認定天帝在每家都派有一個「灶神」，在廚房監視着人們吃些什麼，做些什麼，說些什麼。一到每年的農曆十二月二十四日，這個「灶神」就要上天去奏報這戶人家的隱事，天帝聽了如果不高興，就要降下禍殃了。但是，百姓們也有一個對付的辦法：在「灶神」上天之前一日，「糖瓜祭灶」，用麥芽糖膠住「灶神」的嘴巴，這樣一來，「灶神」就不會去搬弄是非了。這個「灶神」的形象嗎，不就是十足一副小官吏以至於「地保」的模樣嗎？用麥芽糖粘住他的嘴巴，不就是人間行賄在「神的領域」裏的昇華嗎？

黃色人種創造的神都是黃人；黑色人種創造的神都是黑人；白色人種創造的神都是白人；印第安人創造的神都是紅人。所以有人說，牛假如也能夠創造什麼神的話，牠們的神必定都有兩隻角。各大洲製造出來的太陽神都是男人，月神都是女人，海神必定粗暴，花神必定溫柔。從這些地方，我們又可以看到現實的事物怎樣決定了人類造神的邏輯。

人類的造神造鬼活動，假如只是為了寫些奇特的神話童話，吃飽了飯，彼此欣賞欣賞，倒也罷了。但是實際不然，人造了這些神神鬼鬼，就像打製好枷鎖之後，往自己的脖子上套。有些人是製造來套別人，決不套自己，如歷史上許多荒淫無恥、暴戾恣肆的「天子」之類就是，有些人是既套別人，也套自己。有些人卻是專門接受過枷鎖來套自己了。

科學的發現，科學知識的普及，逐漸縮小了神鬼觀念的地盤。例如四五十年前，當日蝕月蝕的時候，舊中國還有大量的人認為「天狗出來咬太陽，吃月亮」，甚至在上海那樣的地方，也有許多人敲銅鑼，放爆竹，要來「嚇退天狗」，救救太陽和月亮。科學知識普及了，日蝕月蝕的時間，人們都很早就能夠推算和預告出來，這項迷信就逐漸破除了。

當人民革命轟轟烈烈地進行的時候，勞動人民比較能夠掌握自己的命運，迷信思想，宿命觀念也就比較少些。解放初期，許多地方，農民主動把家裏供奉的神像摔到籮筐裏，疊成一堆燒掉，就是一例。但是，如果以為轟轟烈烈地表示過不再信神信鬼的人，以後就真的不再給自己套上這種精神枷鎖了，那可就未免太天真啦。世間有許多事情都會「回生」，迷信也是這樣。對事物不了解，對自己命運掌握不了，神鬼觀念就可以在這些「大惑不解」的空隙裏產生。

林彪、「四人幫」橫行的時期，駭人聽聞、腥風血雨的十年之間，冤案如山，慘事百出，教育廢弛，社會動盪。它造成了許許多多的嚴重後果。其中有一項，就是許多迷信活動都紛紛復活了。什麼拜神啦，祭鬼啦，扶乩啦，算命啦，在有些地方的猖獗程度，超

越了「十七年」期間。有好些年紀輕輕的人也加入了迷信神鬼的隊伍，用自造的精神枷鎖往自己的脖子上套，甚至有的地方鬧出了許多荒唐的笑話，釀成了好些可嘆的慘劇。這是一種貫串了因果法則的必然現象。那些年顛三倒四的事情那麼多，科學教育那麼糟糕，不正是為神鬼觀念的滋長製造了最好的溫床嗎？

我們自然希望那些求神拜佛、占卦算命的可憐的人們，那些念念有詞，高唱什麼「床頭床尾都有人，屋內屋外都有神」的乩筆信徒，迷途知返。但更重要的，畢竟還是清除神鬼觀念產生的溫床——更大力地普及科學教育，以肅清愚昧、革除社會的各種惡習，推進社會主義的現代化事業，使更多的人知道怎樣掌握自己的命運，而不是一切歸之於「冥冥中自有天數」。那麼，就能促使人類愚昧階段思維活動產生的怪胎——神和鬼，更早地滅亡。

一九七九年

（選自《秦牧知識小品選》，鄭州：黃河文藝出版社，1985 年）

從神案前站起來

藍翎

在三十幾年前的農村，一進臘月，集市上就出現了不比平常的熱鬧景象，準備過年的貨物驟然多起來。老百姓平日去集上叫作「趕集」，這時就換了個新詞兒，叫「趕年集」，連語言也帶上了節日的色彩。年集上有一種新年貨，叫作「碼子」，包括年畫、對聯和神像，什麼老天爺、灶王爺、財神爺、門神爺、關帝爺、壽星爺等等。神群裏似乎也盛行大男子主義，老爺們兒居多，女性很少，要讓江青看見，非氣歪鼻子不可。

我小時候就喜歡趕年集，不是去買花炮，而是去看賣「碼子」的。「碼子」攤大都擺在僻靜處，有的掛在牆上，有的鋪在地上，花花綠綠像個藝術展覽會，甚是好看。著名產地的「碼子」更吸引人，如蘇州桃花塢的，山東濰坊的，河北楊柳青的，看的人多，賣得也快。我看了畫，飽了眼福，但卻產生解不開的啞謎，帶來了苦惱。

苦惱自何而來？就拿神像來說，同是一尊老天爺，就有兩種不同的色彩，一種是紅黃綠青藍紫，鮮豔熱烈，比較多；一種是沒有一點紅色，素靜冷暗，比較少。有的人請（避諱說買）前者，有的人請後者。為什麼？不了解。還有更奇怪不可思議的。同是一尊灶王爺，有的下首陪坐着一位銀盆大臉的灶王奶奶，有的則一邊一位。這就讓人糊塗了。這些神仙爺究竟是一個老婆，還是兩個老

婆？哪位是正娶，哪位是續娶？誰是正室，誰是側室？恐怕連請的人也說不清，但是他卻知道請什麼，絕對不會錯。如果你要問，保準會瞪你一眼，誰也不會告訴。

我帶着這些悶葫蘆去問上了年紀的長輩。對第一個問題，答覆很明確：「有紅色的是讓大夥請的。沒紅色的是讓居喪人家請的。你沒見，死了老年人的人家，不過三年都穿孝。門頭、門扇、門框上貼着土黃紙。過年不能貼門神、對聯。老天爺、灶王爺不能不請，那是萬戶之神、一家之神，要請不帶紅色的。」

「那？關帝爺為啥就只有一樣？」

「瞎說！關帝爺要不印成紅臉的，誰能認出來。又不是每家供，不請就行了。」

對第一個問題，就認識到此為止。但不圓滿，而且長期停留在這個水平。

對第二個問題，長輩的回答是呵斥：「瞎問！請來只管磕頭！」碰了一鼻子灰，又多增加了一個問號。後來，還是村頭上一個放羊的光棍老漢說透了底：「早先有家財主，娶了兩老婆，偏愛小的，厭棄大的。年三十晚上，財主貼好了老天爺像，等着老婆們來上香擺供。大老婆來了，一看長鬍子的老天爺旁邊陪坐着一位標緻的天奶奶，一點不顯老，就醋勁來了，氣得渾身打顫，七竅生煙，把香往地下一摔，罵開了：『老天爺，你也糊塗了。今天收拾得乾乾淨淨，頭是頭，腳是腳，帶着個俏娘們兒坐在這裏，等着我下廚房，挨煙薰受火燎地給你們做供，怪自在！今年叫你吃不成，不伺候了。』說着罵着轉身往外走，頂頭撞上了小老婆。小老婆早就聽到

了她的叱雞罵狗，指桑罵槐，也窩了一肚子火，兩人一撞，趁勢把手捧的供盤噹啷一聲摔在地下，也不示弱地罵開了：『老天爺，誰不知道你是皇上的爹，也有三宮六院七十二妃。今天就帶一位正宮下界，裝起正經來了。俺雖說是小老婆，不是偷的，不是搶的，是名媒正娶從大門進來的。你老天爺也看不起小老婆，還想吃我擺的供，吃你娘個屁！』這家的年三十過得可真熱鬧。老天爺兩口白等了一年，落得香無一根，供無一碗，連天奶奶是大是小的身份也給罵糊塗了。『碼子』店的耳朵靈，會作買賣，第二年就不聲不響地印出了兩種。不用問，誰請兩老婆的，他家的長輩準不是一個老婆。」私塾老師給我講過：「祭神如神在。」我佩服他有學問。但他的學問碰上這樣的問題，就講不通。放羊老漢沒學問，但能說透這種麻煩的民間習俗。他所以公正，就因為是光棍漢，不避諱，不會憂慮後代為請神像而鬧糾紛。我更佩服他。

然而我只佩服了一陣子。後來腦子裏又出現了一個新問號，去問他：「要是有人娶了三四個老婆，怎麼辦？」他遲疑了一下，忽然改變了過去講故事的委婉口氣：「老婆多的不在一塊住。張宗昌的小老婆有多少？韓復榘的小老婆有多少？濟南府大街小巷都有公館。北京城我也去過，就沒在紫禁城裏看見供灶王爺的地方！」他為什麼這麼激昂慷慨？他有什麼經歷？他講的這些我全不知道。問題沒有圓滿解決，我也沒有再敢去問他，佩服之情也就淡淡退色了。

解放以後，農村風習大變樣，過年只貼年畫和對聯，不再貼神像了。我也讀了點社會科學書，懂得了敬神是迷信，不是神掌管人的命運，而是人根據自己的命運造出了各種各樣的神。中國造，外

國也造，上下幾千年，造神運動不斷進行。一解放，可好了，分房分地鬧土改，神仙沒戶口，沒他們的份，請，愛往哪去往哪去，不挽留。可是，每過春節，我還是老想起童年時的事，以為問題解答得差不多了。近來讀了一些批判造神運動破除現代迷信的文章，又想起了老問題，覺得過去的認識還不夠，仍有進一步思索的必要。

造神是人從自己的需要出發的。世界三大宗教，基督教、佛教、伊斯蘭教的起源太遠了，且不去管它們。就拿中國雜七雜八的神來說，無不都是人從自己的需要造出來的。「碼子」店裏為了賺錢，就可以在神仙爺們兒身旁隨便多畫上個老婆。有人想發財，就抬出來個趙公元帥。有人想成仙，就抬出了老子、張天師。有人想子孫延綿，就抬出來個送子娘娘。有人想槽頭興旺，就抬出了馬王爺。搞的處處都是神，連井台上、磨眼裏、陰溝裏、草棒上都有神。有人想當皇帝，就說是他母親在野外感赤龍而孕了他，他的先人也就神化了。而用後人的眼光來推測，他也很可能是「野雜種」。造神的人最自私，他們並不迷信自己創造的神，而是愚弄着別人來迷信。俗話說：「彩塑匠不給神磕頭——知道你是哪坑裏的泥。」林彪、「四人幫」大搞造神運動，大搞現代迷信，把革命領袖抬到神的地位，就是襲用過去最自私最卑劣的造神手法，來污辱革命的領袖。他們模仿着舊戲曲中的台詞高喊：「萬歲，萬歲！萬萬歲！」就是想讓人們喊他們「九千五百歲！」進而再加五百歲。要把他們這一套像廢除灶王爺一樣廢除掉，徹底解放思想！

過去只知道敬神是迷信，似乎很嚴肅，很虔誠，現在想來很不全面，實際上還有很不嚴肅，很不虔誠，很滑稽的一面。敬神久了，徒具形式，毫無誠心，甚至拿神來戲弄，開玩笑。自己家裏死

了老年人，連神像也得跟着守制，這算哪朝哪代的禮？天旱了，不下雨，把關帝爺的塑像抬到十字路口，讓烈日頭暴曬，說關帝爺曬熱了，一出汗，就得下大雨。這不是讓神受活罪嗎？關羽有知，非劈青龍偃月刀不可。敬神的人也很勢利眼，按着人間的等級制度來給神劃等級。給老天爺擺供，整雞整魚的五大件或十大件。灶王爺神小，只能吃麥芽糖瓜。我可從小見過做這種糖的，好的都抽出沾了麻糖，切了酥糖條，剩下帶渣的抽不動了，才攪和攪和做成一大塊一大塊方不方圓不圓的糖疙瘩，灶王爺吃的就是這鍋底上的殘渣。村邊上小廟裏的土地爺更可憐，只有一個冷拼盤，都是豬頭上的下等貨、下半截豬蹄子。上供的人知道，就那也早晚是讓野貓叼走，沒人看着嘛。神是人的影子。在人與人的關係被大大小小的台階錯開了的時候，說是向影子一磕頭，大家都一般齊了，幸福了，實在荒唐得很，是可悲的笑料。

造神，敬神，都是少數人愚弄多數人的把戲。小時候想不懂，想不通。現在大體想懂了，想通了，可是靠神的時代還沒有完全過去。人的兩條腿長了奇妙的膝關節，能屈能伸，是為了能勞動，是為了踏出人類前進的路，是為了能在歷史前進的大道上跑得更迅速，不是為了向剝削階級下跪方便，更不是為了向神磕頭方便。解放了，人民推翻了剝削階級的大堂，再也不下跪了；拆了廟，掀了神案，再也不磕頭了。站起來了，幾千年的噩夢結束了。然而好景不長，林彪、「四人幫」的封建專制主義，又強按着人們的脖子下跪，又擺出新的神案讓人們磕頭，帶上新的枷鎖。但是，歷史證明，不管誰造神，造什麼神，也都是為了打鬼借個鍾馗。人們再次覺醒了，要從此徹底掃除造神運動，恢復人的尊嚴，從神案前站起

來，扔掉手中的香火頭，拿起科學的武器。靠科學吃飯的勞動者才是最值得尊敬的。

一九七九年十二月八日於北京旅次

（選自《了了錄》，成都：四川人民出版社，1983 年）

説鬼

李伯元

疇昔之夜，寒雨灑窗，作琤琤聲。一燈如豆，凝成慘碧。翻書數頁，得阮瞻無鬼論，因歷考載諸典籍者以破其說。陶貞白曰，寧為才鬼，無為頑仙。紫元夫人授寶書於魏華曰，有泄我書者，身為下鬼，塞諸河源。世說曰，人見死者著生時衣服，是衣服亦復有鬼。劉禹錫南中詩曰，淫祀多青鬼。李賀詩曰，願持漢戟報書鬼。又曰，屯中多俠鬼。史曰，愚鬼弄爾公。王丞相答陸箋云，幾為傖鬼。陸士衡詈盧充曰，鬼子敢爾。劉惔稱干寶為鬼董狐，唐人號楊炯為點鬼簿。此皆徵諸古者。若夫酣歌恆舞，樂此不疲，可憐無益費精神，有似黃金擲虛牝，是為色鬼。家徒四壁，一擲千金，作奸犯科，有所不惜，是為賭鬼。一斗亦醉，嗜之若飴，載號載呶，使氣罵座，是為酒鬼。吐新納故，供養煙霞，床頭金盡，形銷骨立，是為鴉片煙鬼。說鬼未已，啾啾唧唧，皆往來於庭戶。瞿然擲管，急覆衾蒙首而臥，亦無他異。

（選自《遊戲雜誌》第 10 期，1922 年）

鬼贊

許地山

你們曾否在淒涼的月夜聽過鬼贊？有一次，我獨自在空山裏走，除遠處寒潭的魚躍出水聲略可聽見以外，其餘種種，都被月下的冷露幽閉住。我底衣服極其潤濕，我兩腿也走乏了。正要轉回家中，不曉得怎樣就經過一區死人底聚落。我因疲極，才坐在一個祭壇上少息。在那裏，看見一群幽魂高矮不齊，從各墳墓裏出來。他們彷彿沒有看見我，都向着我所坐的地方走來。

他們從這墓走過那墓，一排排地走着，前頭唱一句，後面應一句，和舉行什麼巡禮一樣。我也不覺得害怕，但靜靜地坐在一旁，聽他們底唱和。

第一排唱：「最有福的是誰？」

往下各排挨着次序應。

「是那曾用過視官、而今不能辨明暗的。」

「是那曾用過聽官、而今不能辨聲音的。」

「是那曾用過齅官、而今不能辨香味的。」

「是那曾用過味官、而今不能辨苦甘的。」

「是那曾用過觸官、而今不能辨粗細、冷暖的。」

各排應完，全體都唱：「那棄絕一切感官的有福了！我們底髏髏有福了！」

第一排底幽魂又唱：「我們底髑髏是該讚美的。我們要讚美我們底髑髏。」

　　領首的唱完，還是挨着次序一排排地應下去。

　　「我們讚美你，因為你哭的時候，再不流眼淚。」

　　「我們讚美你，因為你發怒的時候，再不發出緊急的氣息。」

　　「我們讚美你，因為你悲哀的時候再不皺眉。」

　　「我們讚美你，因為你微笑的時候，再沒有嘴唇遮住你底牙齒。」

　　「我們讚美你，因為你聽見讚美的時候再沒有血液在你底脈裏顫動。」

　　「我們讚美你，因為你不肯受時間底播弄。」

　　全體又唱：「那棄絕一切感官的有福了！我們底髑髏有福了！」

　　他們把手舉起來一同唱：

　　「人哪，你在當生、來生的時候，有淚就得盡量流；有聲就得盡量唱；有苦就得盡量嘗；有情就得盡量施；有慾就得盡量取；有事就得盡量成就。等到你疲勞、等到你歇息的時候，你就有福了！」

　　他們誦完這段，就各自分散。一時，山中睡不熟的雲直望下壓，遠地的丘陵都給埋沒了。我險些兒也迷了路途，幸而有斷斷續續的魚躍出水聲從寒潭那邊傳來，使我稍微認得歸路。

（選自《許地山選集・上卷》，北京：人民文學出版社，1982 年）

我們的敵人

周作人

我們的敵人是什麼？不是活人，乃是野獸與死鬼，附在許多活人身上的野獸與死鬼。

小孩的時候，聽了《聊齋誌異》或《夜談隨錄》的故事，黑夜裏常怕狐妖殭屍的襲來；到了現在，這種恐怖是沒有了，但在白天裏常見狐妖殭屍的出現，那更可怕了。在街上走着，在路旁站着，看行人的臉色，聽他們的聲音，時常發現妖氣，這可不是「畫皮」麼？誰也不能保證。我們為求自己安全起見，不能不對他們為「防禦戰」。

有人說，「朋友，小心點，像這樣的神經過敏下去，怕不變成瘋子，——或者你這樣說，已經有點瘋意也未可知。」不要緊，我這樣寬懈的人哪裏會瘋呢？看見別人便疑心他有尾巴或身上長着白毛，的確不免是瘋人行徑，在我卻不然，我是要用了新式的鏡子從人群中辨別出這些異物而驅除之。而且這法子也並不煩難，一點都沒有什麼神秘：我們只需看他，如見了人便張眼露齒，口咽唾沫，大有拿來當飯之意，則必是「那件東西」，無論他在社會上是稱作天地君親師，銀行家，拆白黨或道學家。

據達爾文他們說，我們與虎狼狐狸之類講起來本來有點遠親，而我們的祖先無一不是名登鬼籙的，所以我們與各色鬼等也不無多

少世誼。這些話當然是不錯的，不過遠親也好，世誼也好，他們總不應該借了這點瓜葛出來煩擾我們。諸位遠親如要講親誼，只應在山林中相遇的時節，拉拉鬍鬚，或搖搖尾巴，對我們打個招呼，不必戴了骷髏來夾在我們中間廝混；諸位世交也應恬靜的安息在草葉之陰，偶然來我們夢裏會晤一下，還算有點意思，倘若像現在這樣化作「重來」（Revenants），居然現形於化日光天之下，那真足以駭人視聽了。他們既然如此胡為，要來侵害我們，我們也就不能再客氣了；我們只好憑了正義人道以及和平等等之名採取防禦的手段。

聽說昔者歐洲教會和政府為救援異端起見，曾經用過一個很好的方法，便是將他們的肉體用一把火燒了，免得他的靈魂去落地獄。這實在是存心忠厚的辦法，只可惜我們不能採用，因為我們的目的是相反的，我們是要從這所依附的肉體裏趕出那依附着的東西，所以應得用相反的方法。我們去拿許多桃枝柳枝，荊鞭蒲鞭，盡力的抽打面有妖氣的人的身體，務期野獸幻化的現出原形，死鬼依託的離去患者，留下借用的軀殼，以便招尋失主領回。這些趕出去的東西，我們也不想「聚而殲旃」，因為「嗖」的一聲吸入瓶中用丹書封好重湯煎熬，這個方法現在似已失傳，至少我們是不懂得用，而且天下大矣，萬牲百鬼，汗牛充棟，實屬辦不勝辦，所以我們敬體上天好生之德，並不窮追，只要獸走於壙，鬼歸其穴，各安生業，不復相擾，也就可以罷手，隨他們去了。

至於活人，都不是我們的敵人，雖然也未必全是我們的友人。——實在，活人也已經太少了，少到連打起架來也沒有什麼趣味了。等打鬼打完了之後，（假使有這一天，）我們如有興致，喝

一碗酒，捲捲袖子，再來比一比武，也好罷。(比武得勝，自然有美人垂青等等事情，未始不好，不過那是《劫後英雄略》的情景，現在卻還是《西遊記》哪。)

十三年十二月

（選自周作人《雨天的書》，長沙：岳麓書社，1987 年）

花煞

周作人

　　川島在《語絲》六六期上提起花煞，並問我記不記得高調班裏一個花煞「被某君看到大大的收拾了一場」的故事。這個戲文我不知道，雖然花煞這件東西是知道——不，是聽見人家說過的。照我的愚見說來，煞本是死人自己，最初就是他的體魄，後來算作他的靈魂，其狀如家雞。（凡往來飄忽，或出沒於陰濕地方的東西，都常用以代表魂魄，如蛇蟲鳥鼠之類，這裏本來當是一種飛鳥，但是後人見識日陋，他們除了天天在眼前的雞鴨外幾乎不記得有別的禽鳥，所以只稱他是家雞，不管他能飛不能飛了；說到這裏，我覺得紹興放在靈前的兩隻紙雞，大約也是代表這個東西的，雖然他們說是跟死者到陰間去吃痰的，而中國人也的確喜歡吐痰。）再後來乃稱作煞神，彷彿是「解差」一類的東西，而且有公母兩隻了。至於花煞（方音讀作 Huoasaa，第二字平常讀 Saeh）則單是一種喜歡在結婚時作弄人的兇鬼，與結婚的本人別無係屬的關係。在野蠻人的世界裏，四分之一是活人，三分之一是死鬼，其餘的都是精靈鬼怪。這第三種，佔全數十二分之五的東西，現在總稱精靈鬼怪，「西儒」則呼之為代蒙（Daimones），裏邊也未必絕無和善的，但大抵都是兇惡，幸災樂禍的，在文化幼稚，他們還沒有高升為神的時候，恐怕個個都是如此。他們時時刻刻等着機會，要來傷害活人，雖然這於他們並沒有什麼好處，而且那時也還沒有與上帝作對的天

魔派遣他們出去搗亂。但是活人也不是蠢東西，任他們擺佈，也知道躲避或抵抗，所以他們須得找尋好機會，人們不大能夠反抗的時候下手，例如呵欠，噴嚏，睡覺，吃飯，發身，生產，──此外最好自然還有那性行為，尤其是初次的性交。截搭題做到這裏，已經渡到花煞上來了。喔，說到本題，我卻沒有什麼可以講了，因為關於紹興的花煞的傳記我實在知道得太少。我只知道男家發轎時照例有人穿了袍褂頂戴，（現在大約是戴上了烏殼帽了吧？）拿一面鏡子一個熨斗和一座燭台在轎內亂照，行「搜轎」的儀式。這當然是在那裏搜鬼，但搜的似乎不是花煞，因為花煞仍舊跟着花轎來的，彷彿可以說凡花轎必有其花煞，自然這轎須得實的，裏邊坐着一個人。這個怪物大約與花轎有什麼神秘的關係，雖然我不能確說；總之男女居室而不用花轎便不聽見有什麼花煞，如搶親，養媳婦，納妾，至於野田草露更不必說了。聽說一個人沖了花煞就要死或者至少也是重病，則其禍祟又波及新人以外的旁人了，或者因為娘子遍身穿紅，又薰透芸香，已經有十足的防禦，所謂有備無患也歟。

〔附〕結婚與死（順風）

豈明先生：

在《語絲》六八期上看到説起花煞，我預備把我所知的一點奉告，這種傳説我曾聽見人家談起過幾次，知道它是很有來歷的，只是可惜我所聽到的也只是些斷片，很不完全。據説從前有一個新娘用剪刀在轎內自殺，這便是花煞神的來源。因此紹興結婚時忌見鐵，凡門上的鐵環，壁上的鐵釘之類，都須用紅紙蒙住。

關於那女子在轎中自殺的事情，聽說在一本《花煞卷》中有得說起。紹興夏天晚上常有「宣卷」，《花煞卷》就是那種長篇寶卷之一，但我不曾聽到過；只有一個朋友曾見這卷的刊本，不過已記不清楚了，只記得那新娘是被強搶去成親，所以自殺了。

　　紹興從前通行的新娘裝束，我想或者與這種傳說不無關係。其中最可注意的，便是新娘出轎來的時候所戴的紙製的「花冠」。那冠是以竹絲為架，外用紅綠色紙及金紙糊成，上插有二寸多長的泥人，名叫「花冠菩薩」。照一般的情形說來，本來活人是不能戴紙帽子的，例如夏季中專演給鬼看的「大戲」（Doohsii）和「目蓮」，台旁掛有許多紙帽，戲中人物均穿戴如常，唯有出台來的鬼王以及活無常（Wueh-wuzoang），總之凡屬鬼怪類的東西才戴這掛在那裏的紙帽。（進台時仍取下掛在台邊，不帶進後台去，演戲完畢同紙錢一併焚化。）今新娘也戴紙帽，豈扮作一種花煞神之類乎？又所穿的那件「紅綠大袖」也不像常人所穿的衣服，形狀頗似「女吊神」背心底下所穿的那件紅衫子。又據一位朋友說，紹興有些地方，新娘有不穿這件賷來的「紅綠大袖」而借穿別人家的「壽衣」的。這是什麼理由卻不知道。我想，只要實地去考查，恐怕可以找出些道理來，從老年人的記憶上或可以得到些有用的材料。

　　搜轎確似在搜別的妖怪，不是搜花煞神。因為花轎中還能藏匿各種別的鬼怪，足為新娘之害，如《歐陽方成親》那齣戲中，花轎頂上藏有一個吊死鬼，後被有日月眼的鄭三弟看出，即是一例。

還有，紹興許多人家結婚時向用「禮生」唸花燭的，但別有些人家卻用一個道士來唸。我曾聽見過一次，雖然唸的不過是些吉利話，但似乎也是很有意義的事情。我看道士平時所做的勾當，如發符上表作法等，都是原始民族中術士的舉動，結婚時招道士來祝念，當有魔術的意思含在裏邊，雖然所唸的已變成了吉利話而非咒語了。中國是極古老的國度，原始時代的遺跡至今有的還保留着，只要加意調查研究，當可得到許多極有價值的資料。事情又說遠了，就此「帶住」罷。順風上，三月九日於上海。

　　豈明案，新娘那裝束，或者是在扮死人，意在以邪辟邪，如方相氏之戴上鬼臉。但是其中更有趣味的，乃是結婚與死的問題。我記起在希臘古今宗教風俗比較研究書中說及同樣的事，希臘新娘的服色以及沐浴塗膏等儀式均與死人時相同。紹興新人們的衣服都用香薰，不過用的是芸香，而薰壽衣則用柏香罷了；他們也都舉行「淖浴」的典禮，這並不是簡單的像我們所想的洗澡，實在與殮時的同樣地是一種重要的儀式。希臘的意思我們可以知道的，他們關於地母崇拜古時有一種宗教儀式，大略如原始民族間所通行的冠禮（Initiation），希臘則稱之曰成就（Telos），他的宗旨是在宣示人天交通的密義，人死則生天上，與諸神結合，而以男女配偶為之象徵。人世的結婚因此不啻即具體的顯示成就之歡喜，亦為將來大成就（死）的永生之嘗試，故結婚常稱作成就，而新人們則號為成就者（Teleioi）。所以希臘風俗乃是以結婚的服飾儀式移用於死者，使人不很覺得死之可悲，且以助長其對於未來的希望。《陀螺》中我曾譯有三首現代希臘的輓歌，指出其間一個中心思想，便

是將死與結婚合在一處，以為此世的死即是彼世的結婚。今轉錄一首於下：

「兒呵，你為甚要去，到幽冥裏去？那裏是沒有公雞啼，沒有母雞叫，那裏沒有泉水，沒有青草生在平原上。

餓了麼？在那裏沒有東西吃；

渴了麼？在那裏沒有東西喝；

你要躺倒休息麼？你得不到安眠。

那麼停留罷，兒呵，

在你自己的家裏，停留在你自己的親人裏。」

「不，我不停留了，我的親愛的父親和深愛的母親。

昨天是我的好日，昨晚是我的結婚，

幽冥給我當作丈夫，墳墓做我的新母親。」

至於紹興的風俗是什麼意思我還不能領會，我看他是不同希臘那樣的拿新娘的花冠去給死人戴，大約是顛倒地由活人去學死裝束的。中國人的心裏覺得婚姻是一件「大事」，這當然也是有的，但未必會發生與死相聯屬的深刻的心理；獨斷地說一句，恐怕不外是一種辟邪的法術作用吧。這種事情要請專門的廚司來管，我們開篷的道士實在有點力有不及。還有，那新娘拜堂時手中所執的掌扇，也不知道是什麼用的，——這些緣起傳說或者須得去問三埭街的老嫗，雖然不免有些附會或傳訛，總還可以得到一點線索罷。

三月十六日

（選自《自己的園地》，長沙：岳麓書社，1987 年）

瘧鬼

周作人

趙與時《賓退錄》卷七云：

> 世人瘧疾將作，謂可避之他所，閭巷不經之說也，然自唐已然。高力士流巫州，李輔國授諳制時，力士方逃瘧功臣閣下。杜子美詩，「三年猶瘧疾，一鬼不銷亡。隔日搜脂髓，增寒抱雪霜。徒然潛隙地，有靦屢鮮妝。」則不特避之，而復塗抹其面矣。

避瘧這件事，我在十四五歲的時候還曾經做過，結果是無效，所以下回便不再避了。鄉間又認瘧疾為人所必須經過的一種病，有如痘疹之類，初次恆不加禁斷，任其自發自愈，稱曰「開昂」（Kengoang）。瘧鬼名「臘塌四相公」，幼時在一村廟中曾見其塑像。共四人，並坐龕中，衣冠面貌都不記憶，唯記得一人手持吹火筒，一持芭蕉扇，其餘兩個手中的東西也已忘卻了。據同伴的工人說明，持扇者扇人使發冷，持火筒者一吹則病人陡復發熱云。俗語稱一般傳染病云臘塌病，故四相公亦以是名。本來民間迷信愈古愈多，這種逃瘧塗面的辦法大抵傳自「三代以前」，不過到了唐代始見著錄罷了。英國安特路蘭（Andrew Lang）曾聽見一位淑女說，治風濕的靈方是去偷一個馬鈴薯，帶在身邊，即愈；他從這裏推究出古今中外的關係於何首烏類的迷信的許多例來，做了一篇論文曰《摩呂

與曼陀羅》（*Moly and Mandragora*），收在《風俗與神話》的中間。
迷信的源遠流長真是值得驚嘆。

（選自《自己的園地》，長沙：岳麓書社，1987 年）

鬼的生長

周作人

關於鬼的事情我平常很想知道。知道了有什麼好處呢？那也未必有，大約實在也只是好奇罷了。古人云，唯聖人能知鬼神之情狀，那麼這件事可見不是容易辦到的，自悔少不弄道學，此路已是不通，只好發揮一點考據癖，從古今人的紀錄裏去找尋材料，或者能夠間接的窺見百一亦未可知。但是千百年來已非一日，載籍浩如煙海，門外摸索，不得象尾，而且鬼界的問題似乎也多得很，盡夠研究院裏先生們一生的檢討，我這裏只提出一個題目，即上面所説的鬼之生長，姑且大題小做，略陳管見，佇候明教。

人死後為鬼，鬼在陰間或其他地方究竟是否一年年的照常生長，這是一個問題。其解決法有二。一是根據我們這種老頑固的無鬼論，那未免文不對題，而且也太殺風景。其次是普通的有鬼論，有鬼才有生長與否這問題發生，所以歸根結底解決還只有這唯一一法。然而有鬼雖為一般信士的定論，而其生長與否卻言人人殊，莫宗一是。清紀昀《如是我聞》卷四云：

> 任子田言，其鄉有人夜行，月下見墓道松柏間有兩人並坐，一男子年約十六七，韶秀可愛，一婦人白髮垂項，傴僂攜杖，似七八十以上人，倚肩笑語，意若甚相悦，竊訝何物淫嫗，乃與少年兒狎昵，行稍近，冉冉而滅。次日詢是誰家冢，始知某早年夭折，其婦孀守五十餘年，歿而合窆於是也。

照這樣說，鬼是不會生長的，他的容貌年紀便以死的時候為準。不過仔細想起來，其間有許多不方便的事情，如少夫老妻即是其一，此外則子老父幼，依照禮法溫凊定省所不可廢，為兒子者實有竭蹶難當之勢，甚可憫也。又如世間法不禁再婚，貧儒為宗嗣而續弦，死後便有好幾房扶養的責任，則此老翁亦大可念，再醮婦照俗信應鋸而分之，前夫得此一片老軀，更將何所用之耶。宋邵伯溫《聞見錄》十八云：

> 　　李夫人生康節公，同墮一死胎，女也。後十餘年，夫人病臥，見月色中一女子拜庭下，泣曰，母不察，庸醫以藥毒兒，可恨。夫人曰，命也。女曰，若為命，何兄獨生？夫人曰，汝死兄獨生，乃命也。女子涕泣而去。又十餘年，夫人再見女人來泣曰，一為庸醫所誤，二十年方得受生，與母緣重故相別。又涕泣而去。

曲園先生《茶香室三鈔》卷八引此文，案語云：

> 　　此事甚異，此女子既在母腹中死，一無知識之血肉耳，乃死後十餘年便能拜能言，豈死後亦如在人間與年俱長乎？

　　據我看來，准邵氏《聞見錄》所說，鬼的與年俱長確無疑義。假如照這個說法，紀文達所記的那年約十六七的男子應該改為七十幾歲的老翁，這樣一來那篇故事便不成立，因為七八十以上的翁媼在月下談心，雖然也未免是「馬齒長而童心尚在」，卻並不怎麼的可訝了。還有一層，鬼可見人而人不見鬼，最後松柏間相見，翁鬼固然認得媼，但是媼鬼那時如無人再為介紹，恐怕不容易認識她的

五十餘年前的良人了吧。邵紀二說各有短長，我們凡人殊難別擇，大約只好兩存之吧，而鬼在陰間是否也是分道揚鑣，各自去生長或不生長呢，那就不得而知了。鬼不生長說似普通，生長說稍奇，但我卻也找到別的材料，可以參證。《望杏樓志痛編補》一卷，光緒己亥年刊，無錫錢鶴岑著，蓋為其子杏寶紀念者，正編惜不可得。補編中有《乩談日記》，記與其子女筆談，其三子鼎寶生於己卯四旬而殤，四子杏寶生於辛巳十二歲而殤，三女尊貞生於丁亥五日而殤，皆來下壇。記云：

> 丙申十二月二十一日晚，杏寶始來。問汝去時十二歲，今身軀加長乎？曰，長。

又云：

> 丁酉正月十七日，早起扶乩，則先兄韻笙與閨妹杏寶皆在。問先兄逝世時年方二十七，今五十餘矣，容顏亦老乎？曰，老。已留鬚乎？曰，留。

由此可知鬼之與年俱長，與人無異。又有數節云：

> 正月二十九日，問幾歲有知識乎？曰，三歲。問食乳幾年？曰，三年。（此係問鼎寶。）

> 三月二十一日，閨妹到。問有事乎？曰，有喜事。何喜？曰，四月初四日杏寶娶婦。問婦年幾何？曰，十三。問請吾輩吃喜酒乎？曰，不。汝去乎？曰，去。要送賀儀乎？曰，要。問鼎寶娶婦乎？曰，娶。產子女否？曰，二子一女。

五月二十九日，問杏兒汝婦由南好否？曰，有喜。蓋已懷孕也。喜見於何月？曰，五月。何月當產？曰，七月。因問先兄，人十月而生，鬼皆三月而產乎？曰，是。鬼與人之不同如是，宜女年十一而可嫁也。

六月十二日，問次女應科，子女同來幾人？杏兒代答曰，十人。余大驚以為誤，反覆詰之，答如故。呼閏妹問之，言與杏兒同。問嫁才五年，何得產許多，豈一年產幾次乎？曰，是。余始知鬼與人迥別，幾與貓犬無異，前聞杏兒娶婦十一歲，以為無此事，今合而觀之，鬼固不可以人理測也。

十九日，問杏兒，壽春叔祖現在否？曰，死。死幾年矣？曰，三年。死後亦用棺木葬乎？曰，用。至此始知鬼亦死，古人謂鬼死曰，信有之，蓋陰間所產者即蒼所投也。

以上各節對於鬼之婚喪生死諸事悉有所發明，可為鬼的生活志之材料，很可珍重。民國二十二年春遊厂甸，於地攤得此冊，白紙木活字，墨筆校正，清雅可喜。《乩談日記》及《補筆》最有意思，記述地下情形頗為詳細，因慮紙短不及多抄，正編未得到雖亦可惜，但當無乩壇紀事，則價值亦少減耳。吾讀此編，覺得邵氏之說已有副署，然則鬼之生長正亦未可否認歟。

我不信鬼，而喜歡知道鬼的事情，此是一大矛盾也。雖然，我不信人死為鬼，卻相信鬼後有人，我不懂什麼是二氣之良能，但鬼為生人喜懼願望之投影則當不謬也。陶公千古曠達人，其《歸園田居》云，「人生似幻化，終當歸空無，」《神釋》云，「應盡便須盡，無復更多慮，」在《擬輓歌辭》中則云，「欲語口元音，欲視

眼無光，昔在高堂寢，今宿荒草鄉。」陶公於生死豈尚有迷戀，其如此說於文詞上固亦大有情致，但以生前的感覺推想死後況味，正亦人情之常，出於自然者也。常人更執着於生存，對於自己及所親之翳然而滅，不能信亦不願信其滅也，故種種設想，以為必繼續存在，其存在之狀況則因人民地方以至各自的好惡而稍稍殊異，無所作為而自然流露，我們聽人說鬼實即等於聽其談心矣，蓋有鬼論者憂患的人生之鴉片煙，人對於最大的悲哀與恐怖之無可奈何的慰藉，「風流士女可以續未了之緣，壯烈英雄則曰二十年後又是一條好漢」，相信唯物論的便有禍了，如精神倔強的人麻醉藥不靈，只好醒着割肉。關公刮骨固屬英武，然實亦冤苦，非凡人所能堪受，則其乞救於嗎啡者多，無足怪也。《乩談日記》云：

> 八月初一日，野鬼上乩，報萼貞投生。問何日，書七月三十日。問何地，曰，城中。問其姓氏，書不知。親戚骨肉歷久不投生者盡於數月間陸續而去，豈產者獨盛於今年，故盡去充數耶？不可解也。杏兒之後能上乩者僅留萼貞一人，若斯言果確，則扶鸞之舉自此止矣。

讀此節不禁黯然。《望杏樓志痛編補》一卷為我所讀過的最悲哀的書之一，每翻閱輒如此想。如有大創痛人，飲嗎啡劑以為良效，而此劑者乃係家中煮糖而成，路人旁觀亦哭笑不得。自己不信有鬼，卻喜談鬼，對於舊生活裏的迷信且大有同情焉，此可見不佞之老矣，蓋老朽者有些漸益苛刻，有的亦漸益寬容也。

廿三年四月

（選自《夜讀抄》，上海：北新書局，1934 年）

劉青園《常談》

周作人

近來隨便翻閱前人筆記，大抵以清朝人為主，別無什麼目的，只是想多知道一點事情罷了。郭柏蒼著《竹間十日話》序云：

> 十日之話閱者可一日而畢，閱者不煩，苟欲取一二事以訂證則甚為寶重，凡說部皆如此。藥方至小也，可以已疾。開卷有益，後人以一日之功可聞前人十日之話，勝於閒坐圍棋揮汗觀劇矣。計一生閒坐圍棋揮汗觀劇，不止十日也。蒼生平不圍棋不觀劇，以圍棋之功看山水，坐者未起，遊者歸矣。以觀劇之功看雜著，半晌已數十事矣。

這一節話說得極好。我也是不會圍棋的，劇也已有三十年不觀了，我想勻出這種一點工夫來看筆記，希望得到開卷之益，可是成績不大好，往往呆看了大半天，正如舊友某氏說，只看了一個該死。我的要求本來或者未免稍苛亦未可知，我計較他們的質，又要估量他們的文。所以結果是談考據的失之枯燥，講義理的流於迂腐。傳奇誌異的有兩路，風流者浮誕，勸戒者荒謬，至於文章寫得乾淨，每則可以自成一篇小文者，尤其不可多得。我真覺得奇怪，何以中國文人這樣喜歡講那一套老話，如甘蔗滓的一嚼再嚼，還有那麼好的滋味。最顯著的一例是關於所謂逆婦變豬這類的紀事。在阮元的《廣陵詩事》卷九中有這樣的一則云：

寶應成安若康保《皖遊集》載太平寺中一豕現婦人足，弓樣宛然，同遊詫為異，余笑而解之曰，此必妒婦後身也，人彘之冤今得平反矣，因成一律，以《偶見》命題云。憶元幼時聞林庚泉云，曾見某處一婦不孝其姑遭雷擊，身變為彘，唯頭為人，後腳猶弓樣焉，越年餘復為雷殛死。始意為不經之談，今見安若此詩，覺天地之大事變之奇，真難於恒情度也。惜安若不向寺僧究其故而書之。

阮雲台本非俗物，於考據詞章之學也有成就，乃喜記錄此等惡濫故事，殊不可解，且當初不信林庚泉，而後來忽信成安若以至不知為誰之寺僧，尤為可笑。世上不乏妄人，編造《坐花志果》等書，災梨禍棗，汗牛充棟，幾可自成一庫，則亦聽之而已，雷塘庵主奈何也落此窠臼耶。中國人雖說是歷來受儒家的薰陶，可是實在不能達到「未能事人焉能事鬼」的態度，一面固然還是「未知生」，一面對於所謂臘月二十八的問題卻又很關心，於是就參照了眼前的君主專制制度建設起一個冥司來，以寄託其一切的希望與喜懼。這是大眾的意志，讀書人原是其中的一分子，自然是同感的，卻要保留他們的優越，去拿出古人說的本不合理的「神道設教」的一句話來做解說，於是士大夫的神學也就成立了。民間自有不成文的神話與儀式，成文的則有《玉曆鈔傳》，《陰騭文》，《感應篇》，《功過格》，這在讀書人的書桌上都是與孔教的經有並列的資格的。照這個情形看來，中國文人思想之受神道教的支配正是不足怪的事情，不過有些傑出的人於此也還未能免俗，令人覺得可惜，因此他們所記的這好些東西只能供給我們作材料，去考證他們的信仰，卻不足供我們的玩味欣賞了。

對於鬼神報應等的意見我覺得劉青園的要算頂好。青園名玉書，漢軍正藍旗，故書署遼陽玉書，生於乾隆三十二年（一七六七），所著有《青園詩草》四卷，《常談》四卷，行於世。《常談》卷一有云：

> 鬼神奇跡不止匹夫匹婦言之鑿鑿，士紳亦嘗及之。唯餘風塵斯世未能一見，殊不可解。或因才不足以為惡，故無鬼物侵陵，德不足以為善，亦無神靈呵護。平庸坦率，無所短長，眼界固宜如此。

又云：

> 言有鬼言無鬼，兩意原不相背，何必致疑。蓋有鬼者指古人論鬼神之理言，無鬼者指今人論鬼神之事言。

這個說法頗妙。劉本係儒家，反釋道而不敢議周孔，故其說鬼神云於理可有而於事則必無也。又卷三云：

> 余家世不談鬼狐妖怪事，故幼兒輩曾不畏鬼，非不畏，不知其可畏也。知狐狸，不知狐仙。知毒蟲惡獸盜賊之傷人，不知妖魅之祟人，亦曾無鬼附人之事。又不知說夢占夢詳夢等事。

又一則列舉其所信，有云：

> 信祭鬼神宜誠敬，不信鬼神能監察人事。信西方有人其號為佛，不信佛與我有何干涉。信聖賢教人以倫常，不信聖賢教人以詩文。信醫藥可治病，不信靈丹可長生。信擇地以安

親，不信風水能福子孫。信相法可辨賢愚邪正，不信面目能見富貴功名。信死亡之氣癘疫之氣觸人成疾，不信殃煞撲人疫鬼祟人。信陰陽和燥濕通蓄泄有時為養，不信精氣閉涸人事斷絕為道。信活潑為生機，不信枯寂為保固。信祭祀祖先為報本追遠，不信冥中必待人間財物為用。似此之類不一而足，憶及者志之，是非亦不問人，亦不期人必宜如此。

此兩則清朗通達，是儒家最好的境地，正如高駿烈序文中所說，「使非行己昭焯，入理堅深，事變周知，智識超曠，何以及此」，不算過譽，其實亦只是懂得人情物理耳，雖然他攻異端時往往太有儒教徒氣，如主張將「必願為僧者呈明盡宮之」，也覺得幼稚可笑。卷三又論闈中果報云：

> 鄉會兩闈，其間或有病者瘋者亡者縊者刎者，士子每惑於鬼神報復相駭異。余謂此無足怪。人至萬眾，何事不有，其故非一，概論之皆名利縈心，得失為患耳。當其時默對諸題，文不得意，自顧絕無中理，則百慮生焉，或慮貧不能歸，或憂饑寒無告，或懼父兄譴責，或恥親朋訕笑，或債負追逼，或被人欺騙，種種慮念皆足以致愚夫之短見，而風寒勞瘵病亡更常情也，惡足怪。若謂冤鬼纏擾，宿孽追尋，何時不可，而必俟場期耶。倘其人不試，將置沉冤於不問乎。此理易知，又何疑焉。人每津津談異，或以警士子之無行者，然亦下乘矣。猶憶己酉夏士子數人肄業寺中，談某家閨閫事甚媟，一士搖手急止之曰，不可不可，場期已近，且戒口過，俟中後再談何害。噫，士習如此，其學可知。

在《鄉闈紀異》這類題目的故事或單行本盛行的時候，能夠有如此明通的議論，雖然不過是常識，卻也正是卓識了。卷一又有一則，論古今說鬼之異同，也是我所喜歡的小文：

> 說鬼者代不乏人，其善說者唯左氏晦翁東坡及國朝蒲留仙紀曉嵐耳，第考其旨趣頗不相類。蓋左氏因事以及鬼，其意不在鬼。晦翁說之以理，略其情狀。東坡晚年厭聞時事，強人說鬼，以鬼自晦者也。蒲留仙文致多辭，殊生鬼趣，以鬼為戲者也，唯曉嵐旁徵遠引，勸善警惡，所謂以鬼道設教，以補禮法所不足，王法所不及者，可謂善矣，第搢紳先生夙為人望，斯言一出，只恐釋黃巫覡九幽十八獄之說借此得為口實矣。

以鬼道設教，既有益於人心世道，儒者宜讚許之，但他終致不滿，這也是他的長處，至少總是一個不夾雜道士氣的儒家，其純粹處可取也。又卷三有一則云：

> 余巷外即通衢，地名江米巷，車馬絡繹不絕。乾隆年間有重車過轍，忽陷其輪，啟視之，井也，蓋久閉者，因負重石折而復現焉。里人因而汲飲，亦無他異，而遠近好事者遂神其說，言龍見者，言出雲者，言妖匿者，言中毒者，有窺探者，傾聽者，驚怪者，紛紛不已。余之相識亦時來詢訪，卻之不能，辨之不信，聒噪數月始漸息。甚矣，俗之尚邪，無怪其易惑也。

此事寫得很幽默，許多談異志怪的先生們都受了一番奚落，而阮雲台亦在其中，想起來真可發一笑。

七月十八日於北平

(選自《苦竹雜記》，長沙：岳麓書社，1987年)

説鬼

周作人

近來很想看前人的隨筆，大抵以清朝人為主，因為比較容易得到，可是總覺得不能滿意。去年在讀《洗齋病學草》中的小文裏曾這樣説：

> 我也想不如看筆記，然而筆記大多數又是正統的，典章，科舉，詩話，忠孝節烈，神怪報應，講來講去只此幾種，有時候翻了二十本書結果仍是一無所得。我不知道何以大家多不喜歡記錄關於社會生活自然名物的事，總是念念不忘名教，雖短書小冊亦復如是，正如種樹賣柑之中亦寄託治道，這豈非古文的流毒直滲進小説雜家裏去了麼。

話雖如此，這裏邊自然也有個區別。神怪報應類中，談報應我最嫌惡，因為它都是寄託治道，非記錄亦非文章，只是淺薄的宣傳，雖然有一部分迷信的分子也可以作民俗學的資料。志怪述異還要好一點，如《聊齋》那樣的創作可作文藝看，若是信以為真地記述奇事，文字又不太陋劣，自然更有可取的地方。日前得到海昌俞氏叢刻的零種，俞霞軒的《寥莫子雜識》一卷，其子少軒的《高辛硯齋雜著》一卷，看了很有意思，覺得正是一個好例子。

《寥莫子雜識》是日記體的，記嘉慶廿二年至廿五年間兩年半的事情，其中敍杭州海寧的景色頗有佳語，如嘉慶廿四年四月初四日夜由萬松嶺至淨居庵一節云：

脱稿，街衢已黑，急挾卷上萬松嶺，林木陰翳，寒風逼人，交卷出。路昏如翳，地荒涼無買燭所，乘暗行義冢間，蔓草沒膝。有人執燈前行，就之不見，忽又在遠。蟲嘶鳥啾，骨動膽裂。過禹王廟，漆雲蔽前，涼雨簌簌灑頸，風吹帽欲落，度雨且甚，惶駭足戰戰，忽前又有燈火，則雙投橋側酒家也。狂喜入肆，時饑甚，飲酒兩盞，雜食腐筋蠶豆，稍飽。出肆行數步，雨如傾，衣履盡濕，不能行，愁甚無策，陡念酒肆當有雨蓋，返而假之，主人甚賢，慨然相付，然終無燈。二人相倚行，暗揣道路，到鴛鴦冢邊，耳中聞菰蒲瑟瑟聲，心知臨水，以傘拄地而步，恐墜入湖。忽空山嗷然有聲，繼以大笑，魂魄駭飛，凝神靜聽，方知老鴉也。行數步，長人突兀立於前，又大怖，注目細看，始辨是塔，蓋至淨慈前矣。然雨益急，疾趨入興善社，幽森涼寂，叩淨居庵門，良久雛僧出答。

可是《雜識》中寫別的事情都不大行，特別是所記那些報應，意思不必說了，即文字亦大劣，不知何也。《高辛硯齋雜著》凡七十八則，幾乎全是誌異，也當然要談報應而不多，其記異聞彷彿是完全相信似的，有時沒有什麼結論，云後亦無他異，便覺得比較地可讀，也更樸實地保存民間的俗信。如第一則記某公在東省署課讀時夜中所見云：

窗外立一人，面白身火赤，向內嬉笑。忽躍入，徑至僕榻，伸手入帳，掀其頭拔出吸腦有聲，腦盡擲去頭，復探手攫腸胃，仍躍去。……某術士頗神符籙，聞之曰，此紅殭也，幸面尚白，否則震霆不能誅矣。

俗傳殭屍有兩種，即白殭與紅殭是也，此記紅殭的情狀，實是殭屍考中的好資料。第四則云：

> 海鹽傅某曾遊某省，一日獨持雨蓋行山中，見虎至，急趨入破寺，緣佛廚升梁伏焉。少頃虎銜一人至，置地上，足尚動，虎再撥之，人忽起立自解衣履，仍赤體狀，虎裂食盡搖尾去，傅某得竄遁。後年八十餘，粹庵聽其自述云。

此原是虎倀的傳說，而寫得很可怕，中國關於鬼怪的故事中殭屍固然最是兇殘，虎倀卻最是陰慘，都很值得注意研究。第五則云：

> 黃鐵如者名楷，能文，善視鬼，並知鬼事。據云，每至人家，見其鬼香灰色則平安無事，如有將落之家，則鬼多淡黃色。又云，鬼長不過二尺餘，如鬼能修善則日長，可與人等，或為淫屬，漸短漸滅，至有僅存二眼旋轉地上者。亦奇矣。

兩隻眼睛在地上旋轉，這可以說是談鬼的傑作。王小穀著《重論文齋筆錄》卷二云：

> 曾記族樸存兄淳言，（兄眼能見鬼，凡黑夜往來俱不用燈。）凡鬼皆依附牆壁而行，不能破空，疫鬼亦然，每遇牆壁必如蚓卻行而後能入。常鬼如一團黑氣，不辨面目，其有面目而能破空者則是厲鬼，須急避之。

> 兄又言鬼最畏風，遇風則牢握草木，蹲伏不能動。

> 兄又云，《左傳》言故鬼小新鬼大，其說確不可易，至溺死之鬼則新小而故大，其鬼亦能登岸，逼視之如煙雲消滅者，此

新鬼也。故鬼形如槁木，見人則躍入水中，水有聲而不散，故無圓暈。

所説雖不盡相同，也是很有意思的話，可以互相發明。我這裏説有意思，實在就是有趣味，因為鬼確實是極有趣味也極有意義的東西。我們喜歡知道鬼的情狀與生活，從文獻從風俗上各方面去搜求，為的可以了解一點平常不易知道的人情，換句話説就是為了鬼裏邊的人。反過來説，則人間的鬼怪伎倆也值得注意，為的可以認識人裏邊的鬼吧。我的打油詩云，「街頭終日聽談鬼」，大為志士所訶，我卻總是不管，覺得那鬼是怪有趣的物事，捨不得不談，不過詩中所談的是哪一種，現在且不必説。至於上邊所講的顯然是老牌的鬼，其研究屬民俗學的範圍，不是講玩笑的事，我想假如有人決心去作「死後的生活」之研究，實是學術界上破天荒的工作，很值得稱讚的。英國蒱來則博士有一部書專述各民族對於死者之恐怖，現在如只以中國為限，卻將鬼的生活詳細地寫出，雖然是極浩繁困難的工作，值得當博士學位的論文，但亦極有趣味與實益，蓋此等處反可以見中國民族的真心實意，比空口叫喊固有道德如何的好還要可信憑也。劉青園在《常談》中有云：

信祭祀祖先為報本追遠，不信冥中必待人間財物為用。

這是明達的常識，是個人言行的極好指針，唯對於世間卻可以再客觀一點，為進一解曰，不信冥中必待人間財物為用，但於此可以見人情，所謂慈親孝子之用心也。自然也有恐怖，特別是對於孤魂厲鬼，此又是「分別予以安置，俾免閒散生事」之意乎。

（選自《苦竹雜記》，長沙：岳麓書社，1987 年）

談鬼論

周作人

三年前我偶然寫了兩首打油詩，有一聯云，街頭終日聽談鬼，窗下通年學畫蛇。有些老實的朋友見之嘩然，以為此刻現在不去奉令喝道，卻來談鬼的故事，豈非沒落之尤乎。這話說的似乎也有幾分道理，可是也不能算對。蓋詩原非招供，而敝詩又是打油詩也，滑稽之言，不能用了單純的頭腦去求解釋。所謂鬼者焉知不是鬼話，所謂蛇者或者乃是蛇足，都可以講得過去，若一一如字直說，那麼真是一天十二小時站在十字街頭聽《聊齋》，一年三百六十五日坐在南窗下臨《十七帖》，這種解釋難免為姚首源所評為痴叔矣。據《東坡事類》卷十三神鬼類引《癸辛雜誌》序云：

> 坡翁喜客談，其不能者強之說鬼，或辭無有，則曰，姑妄言之。聞者絕倒。

說者以為東坡晚年厭聞時事，強人說鬼，以鬼自晦者也。東坡的這件故事很有意思，是否以鬼自晦，覺得也頗難說，但是我並無此意則是自己最為清楚的。雖然打油詩的未必即是東坡客之所說，雖然我亦未必如東坡之厭聞時事，但假如問是不是究竟喜歡聽人說鬼呢，那麼我答應說，是的。人家如要罵我應該從現在罵起，因為我是明白的說出了，以前關於打油詩的話乃是真的或假的看不懂詩句之故也。

話雖如此，其實我是與鬼不大有什麼情分的。遼陽劉青園著《常談》卷一中有一則云：

> 鬼神奇跡不止匹夫匹婦言之鑿鑿，士紳亦嘗及之。唯余風塵斯世未能一見，殊不可解。或因才不足以為惡，故無鬼物侵陵，德不足以為善，亦無神靈呵護。平庸坦率，無所短長，眼界固宜如此。

金溪李登齋著《常談叢錄》卷六有「性不見鬼」一則云：

> 予生平未嘗見鬼形，亦未嘗聞鬼聲，殆氣稟不近於陰耶。記少時偕族人某宿鵝塘楊甥家祠堂內，兩室相對，晨對某憮然曰，昨夜鬼叫嗚嗚不已，聲長而亮，甚可畏。予謂是夜行者戲作呼嘯耳，某曰，略不似人聲，烏有寒夜更深奔走正苦而歡娛如是者，必鬼也。予終不信。越數日予甥楊集益秀才夫婦皆以暴病相繼歿，是某所聞者果為世所傳勾攝之走無常耶。然予與同堂隔室宿，殊不聞也。郡城內廣壽寺前左有大宅，李玉漁庶子傳熊故居也，相傳其中多鬼，予嘗館寓於此，絕無所聞見。一日李拔生太學偕客來同宿東房，晨起言夜聞鬼叫如鴨，聲在壁後呀呷不已，客亦謂中夜拔生以足蹴使醒，聽之果有聲，擁被起坐，靜察之，非蟲非鳥，確是鬼鳴。然予亦與之同堂隔室宿，竟寂然不聞，詢諸生徒六七人，悉無聞者，用是亦不深信。拔生因述往歲曾以訟事寓此者半年，每至交夜則後堂啼叫聲，或如人行步聲，器物門壁震響聲，無夕不有，甚或若狂恣猖披幾難言狀。然予居此兩載，迄無聞見，且連年夏中俱病甚，恒不安寐，宵深每強出卧堂中炕座上，視廣庭月色將盡升

檐際，乃復歸室，其時旁無一人，亦竟毫無影響。諸小説家所稱鬼物雖同地同時而聞見各異者甚多，豈不有所以異者耶。若予之強頑，或鬼亦不欲與相接於耳目耶。不近陰之説尚未必其的然也。」李書有道光二十八年序，劉書記有道光十八年事，蓋時代相同，書名又均稱常談，其不見鬼的性格也相似，可謂巧合。予生也晚，晚於劉李二君總將一百年吧，而秉性愚拙，不能活見鬼，因得附驥尾而成鼎足，殊為光榮之至。小時候讀《聊齋》等誌異書，特別是《夜談隨錄》的影響最大，後來腦子裏永遠留下了一塊恐怖的黑影，但是我是相信神滅論的，也沒有領教過鬼的尊容或其玉音，所以鬼之於我可以説是完全無緣的了。——聽説十王殿上有一塊匾，文曰，「你也來了！」

這個我想是對那怙惡不悛的人説的。紀曉嵐著《灤陽消夏錄》卷四有一條云：

> 邊隨園徵君言，有入冥者，見一老儒立廡下，意甚惶遽。一冥吏似是其故人，揖與寒温畢，拱手對之笑曰，先生平日持無鬼論，不知先生今日果是何物。諸鬼皆粲然，老儒焆縮而已。

《閲微草堂筆記》多設詞嘲笑老儒或道學家，頗多快意，此亦其一例，唯因不喜程朱而並惡無鬼論原是講不通，於不佞自更無關係，蓋不佞非老儒之比，即是死後也總不會變鬼者也。

這樣説來，我之與鬼沒有什麼情分是很顯然的了，那麼大可乾脆分手了事。不過情分雖然沒有，興趣卻是有的，所以不信鬼而仍無妨喜説鬼，我覺得這不是不合理的事。我對於鬼的故事有兩種立場不同的愛好。一是文藝的，一是歷史的。關於第一點，我所要

求的是一篇好故事，意思並不要十分新奇，結構也無須怎麼複雜，可是文章要寫得好，簡潔而有力。其內容本來並不以鬼為限，自宇宙以至蒼蠅都可以，而鬼自然也就是其中之一。其體裁是，我覺得志怪比傳奇為佳，舉個例來說，與其取《聊齋誌異》的長篇還不如《閱微草堂筆記》的小文，只可惜這裏也絕少可以中選的文章，因為裏邊如有了世道人心的用意，在我便當作是值得紅勒帛的一個大瑕疵了。四十年前讀段柯古的《酉陽雜俎》，心甚喜之，至今不變，段君誠不愧為三十六之一，所寫散文多可讀。《諾皋記》卷中有一則云：

> 臨川郡南城縣令戴詧初買宅於館娃坊，暇日與弟閒坐廳中，忽聽婦人聚笑聲或近或遠，詧頗異之。笑聲漸近，忽見婦人數十散在廳前，倏忽不見，如是累日，詧不知所為。廳階前枯梨樹大合抱，意其為祥，因伐之。根下有石露如塊，掘之轉闊，勢如鑊形，乃火上沃醯，鑿深五六尺不透。忽見婦人繞坑抵掌大笑，有頃共牽詧入坑，投於石上，一家驚懼之際婦人復還大笑，詧亦隨出。詧才出，又失其弟，家人慟哭，詧獨不哭曰，他亦甚快活，何用哭也。詧至死不肯言其情狀。

此外如舉人孟不疑，獨孤叔牙，虞侯景乙，宣平坊賣油人各條，亦均有意趣。蓋古人志怪即以此為目的，後人則以此為手段，優劣之分即見於此，雖文詞美富，敘述曲折，勉為時世小說面目，亦無益也，其實宗旨信仰在古人似亦無礙於事，如佛經中不乏可喜的故事短文，近讀梁寶唱和尚所編《經律異相》五十卷，常作是想，後之作者氣度淺陋，便難追及，只緣面目可憎，以致語言亦復無味，不然單以文字論則此輩士大夫豈不綽綽然有餘裕哉。

第二所謂歷史的，再明瞭的說即是民俗學上的興味。關於這一點我曾經說及幾次，如在《河水鬼》，《鬼的生成》，《說鬼》諸文中，都講過一點兒。《鬼的生長》中云：

　　　　我不信鬼，而喜歡知道鬼的事情，此是一大矛盾也。雖然，我不信人死為鬼，卻相信鬼後有人，我不懂什麼是二氣之良能，但鬼為生人喜懼願望之投影則當不謬也。陶公千古曠達人，其《歸園田居》云，人生似幻化，終當歸空無。《神釋》云，應盡便須盡，無復更多慮。在《擬輓歌辭》中則云，欲語口無音，欲視眼無光，昔在高堂寢，今宿荒草鄉。陶公於生死豈尚有迷戀，其如此說於文詞上固亦大有情致，但以生前的感覺推想死後況味，正亦人情之常，出於自然者也。常人更執着於生存，對於自己及所親之翳然而滅，不能信亦不願信其滅也，故種種設想，以為必繼續存在，其存在之狀況則因人民地方以至各自的好惡而稍稍殊異，無所作為而自然流露，我們聽人說鬼實即等於聽其談心矣。（廿三年四月）

這是因讀《望杏樓志痛編補》而寫的，故就所親立論，原始的鬼的思想之起源當然不全如此，蓋由於恐怖者多而情意為少也。又在《說鬼》（廿四年十一月）中云：

　　　　我們喜歡知道鬼的情狀與生活，從文獻從風俗上各方面去搜求，為的可以了解一點平常不易知道的人情，換句話說就是為了鬼裏邊的人。反過來說，則人間的鬼怪伎倆也值得注意，為的可以認識人裏邊的鬼吧。我的打油詩云，街頭終日聽談鬼，大為志士所訶，我卻總是不管，覺得那鬼是怪有趣的物

事，捨不得不談，不過詩中所談的是哪一種，現在且不必說。至於上邊所講的顯然是老牌的鬼，其研究屬民俗學的範圍，不是講玩笑的事，我想假如有人決心去作「死後的生活」的研究，實是學術界上破天荒的工作，很值得稱讚的。英國茀來則博士（J. G. Frazer）有一部大書專述各民族對於死者之恐怖，現在如只以中國為限，卻將鬼的生活詳細地寫出，雖然是極浩繁困難的工作，值得當博士學位的論文，但亦極有趣味與實益，蓋此等處反可以見中國民族的真心實意，比空口叫喊固有道德如何的好還要可憑信也。

照這樣去看，那麼凡一切關於鬼的無不是好資料，即上邊被罵為面目可憎語言無味的那些亦都在內，別無好處可取，而說着的心思畢露，所謂如見其肺肝然也。此事當然需要專門的整理，我們外行人隨喜涉獵，略就小事項少材料加以參證，稍見異同，亦是有意思的事。如眼能見鬼者所說，俞少軒的《高辛硯齋雜著》第五則云：

> 黃鐵如者名楷，能文，善視鬼，並知鬼事。據云，每至人家，見其鬼香灰色則平安無事，如有將落之家，則鬼多淡黃色。又云，鬼長不過二尺餘，如鬼能修善則日長，可與人等，或為淫厲，漸短漸滅，至有僅存二眼旋轉地上者。亦奇矣。

王小穀的《重論文齋筆錄》卷二中有數則云：

> 曾記族樸存兄淳言，（兄眼能見鬼，凡黑夜往來俱不用燈。）凡鬼皆依附牆壁而行，不能破空，疫鬼亦然，每遇牆壁必如蚓卻行而後能入。常鬼如一團黑氣，不辨面目，其有面目而能破空者則是厲鬼，須急避之。

兄又言，鬼最畏風，遇風則牢握草木蹲伏不敢動。

兄又云，《左傳》言故鬼小新鬼大，其說確不可易，至溺死之鬼則新小而故大，其鬼亦能登岸，逼視之如煙雲消滅者，此新鬼也。故鬼形如槁木，見人則躍入水中，水有聲而不散，故無圓暈。

紀曉嵐的《灤陽消夏錄》卷二云：

> 揚州羅兩峰目能視鬼，曰凡有人處皆有鬼。其橫亡厲鬼多年沉滯者率在幽房空宅中，是不可近，近則為害。其憧憧往來之鬼，午前陽盛多在牆陰，午後陰盛則四散遊行，可穿壁而過，不由門戶，遇人則避路，畏陽氣也，是隨處有之，不為害。又曰，鬼所聚集恆在人煙密簇處，僻地曠野所見殊希。喜圍繞廚灶，似欲近食氣，又喜入溷廁，則莫明其故，或取人跡罕到耶。

羅兩峰是袁子才的門人，想隨園著作中必有說及其能見鬼事，今不及翻檢，但就上文所引也可見一斑了。其所說有異同處最是好玩，蓋說者大抵是讀書人，所依據的與其說是所見無寧是其所信，這就是一種理，因為鬼總是陰氣，所以甲派如王樸存說鬼每遇牆壁必如蚓卻行而後能入，蓋以其為陰，而乙派如羅兩峰則云鬼可穿壁而過，殆以其為氣也。其相同之點轉覺無甚意思，殆因說理一致，或出於因襲，亦未可知。如紀曉嵐的《如是我聞》卷三記柯禹峰遇鬼事，有云：

> 睡至夜半，聞東室有聲如鴨鳴，怪而諦視。時明月滿窗，見黑煙一道從東室門隙出，着地而行，長丈餘，蜿蜒如巨蟒，其首乃一女子，鬟鬢儼然，昂首仰視，盤旋地上，作鴨鳴不止。

又《槐西雜誌》卷四記一奴子婦為狐所媚，每來必換一形，歲餘無一重複者，末云：

> 其尤怪者，婦小姑偶入其室，突遇狐出，一躍即逝。小姑所見是方巾道袍人，白鬢鬖鬖，婦所見則黯黑垢膩一賣煤人耳。同時異狀，更不可思議。

此兩節與《常談叢錄》所說李拔生夜聞鬼叫如鴨，又鬼物同時同地而聞見各異語均相合，則恐是雷同，當是說鬼的傳統之一點滴，但在研究者卻殊有價值耳。羅兩峰所畫《鬼趣圖》很有名，近年有正書局有複印本，得以一見，乃所見不逮所聞遠甚。圖才八幅，而名人題詠有八十通，可謂巨觀，其實圖也不過是普通的文人畫罷了，較《玉曆鈔傳》稍少匠氣，其鬼味與諧趣蓋猶不及吾鄉的大戲與目連戲，倘說此是目擊者的描寫，則鬼世界之繁華不及人間多多矣。——這回論語社發刊鬼的故事專號，不遠千里徵文及於不佞，重違尊命，勉寫小文，略述談鬼的淺見，重讀一過，缺乏鬼味諧趣，比羅君尤甚，既無補於鬼學，亦不足以充鬼話，而猶妄評昔賢，豈不將為九泉之下所抵掌大笑耶。廿五年六月十一日，於北平之知堂。

（選自《瓜豆集》，上海：宇宙風社，1937 年）

失掉的好地獄

魯迅

　　我夢見自己躺在床上，在荒寒的野外，地獄的旁邊。一切鬼魂們的叫喚無不低微，然有秩序，與火焰的怒吼，油的沸騰，鋼叉的震顫相和鳴，造成醉心的大樂，佈告三界：地下太平。

　　有一偉大的男子站在我面前，美麗，慈悲，遍身有大光輝，然而我知道他是魔鬼。

　　「一切都已完結，一切都已完結！可憐的鬼魂們將那好的地獄失掉了！」他悲憤地說，於是坐下，講給我一個他所知道的故事——

　　「天地作蜂蜜色的時候，就是魔鬼戰勝天神，掌握了主宰一切的大威權的時候。他收得天國，收得人間，也收得地獄。他於是親臨地獄，坐在中央，遍身發大光輝，照見一切鬼眾。

　　「地獄原已廢弛得很久了：劍樹消卻光芒；沸油的邊際早不騰湧；大火聚有時不過冒些青煙，遠處還萌生曼陀羅花，花極細小，慘白可憐。——那是不足為奇的，因為地上曾經大被焚燒，自然失了他的肥沃。

　　「鬼魂們在冷油溫火裏醒來，從魔鬼的光輝中看見地獄小花，慘白可憐，被大蠱惑，倏忽間記起人世，默想至不知幾多年，遂同時向着人間，發一聲反獄的絕叫。

「人類便應聲而起，仗義執言，與魔鬼戰鬥。戰聲遍滿三界，遠過雷霆。終於運大謀略，佈大網羅，使魔鬼並且不得不從地獄出走。最後的勝利，是地獄門上也豎了人類的旌旗！

「當鬼魂們一齊歡呼時，人類的整飭地獄使者已臨地獄，坐在中央，用了人類的威嚴，叱吒一切鬼眾。

當鬼魂們又發一聲反獄的絕叫時，即已成為人類的叛徒，得到永劫沉淪的罰，遷入劍樹林的中央。

「人類於是完全掌握了主宰地獄的大威權，那威棱且在魔鬼以上。人類於是整頓廢弛，先給牛首阿旁以最高的俸草；而且，添薪加火，磨礪刀山，使地獄全體改觀，一洗先前頹廢的氣象。

「曼陀羅花立即焦枯了。油一樣沸；刀一樣銛；火一樣熱；鬼眾一樣呻吟，一樣宛轉，至於都不暇記起失掉的好地獄。

「這是人類的成功，是鬼魂的不幸⋯⋯。

「朋友，你在猜疑我了。是的，你是人！我且去尋野獸和惡鬼⋯⋯。」

一九二五年六月十六日

（選自《魯迅全集》2 卷，北京：人民文學出版社，1981 年）

「鬼的箭垛」

曹聚仁

　　執筆談鬼，空空洞洞地全無把握。我只能談談那些「談鬼」的事，鬼雖渺茫不可知，而前賢談鬼，則有明文可證。

　　人，一直就那麼寂寞的，人生朝露之感，三千年前的哲人，五千年前的詩人，先我們而愴然淚下了。在「無可奈何」的寂寞旅程中，如漂沒在洪流上的人，抓着了一根水草就做起夢來；人類文化史上留着許多「事出有因，查無實據」的幻夢，「涸轍之鮒，相濡以沫，相煦以濕」，鬼的故事的產生，大概也是這類可哀的幻夢之一吧！

　　老老實實說，我是不願意做鬼的。（如前賢所幻設的鬼世界。）人類用小箭垛來幻設的種種，以鬼的故事為最黯淡無光。一行為「鬼」，那副嘴臉就有點不中看：披頭散髮，七孔流血，舌頭伸在嘴外，半尺來長；那叫的聲音，又和上刀砧那一刻的豬叫聲極相像。或者是一個無頭鬼，或者是一個大頭鬼，或者是一個沒有五官的鬼，或者是一個渾身出毛的鬼，流傳在民眾的口頭和流傳在蒲松齡紀昀袁枚的筆下，都是這類嚇人的樣兒。（段柯古《酉陽雜俎》：「奉天縣姓劉者病狂，其家迎禁咒人治之。劉忽起杖薪至田中，狀如擊物，返曰：『我病已矣；適打一鬼，頭落，埋於里中，同往驗焉。』劉掘出一髑髏，戴赤髮數十莖，病竟愈。」又《暌車志》：「嵇中散彈琴，忽有人面甚小；須臾轉大，單衣葛帶。」古來對於

鬼的形貌，亦未有善為安排者。）我看這不是「鬼」的圖樣，這是「死」的影片；我們的怯弱的靈魂，給「死」這魔手嚇狗了。千人之中，康健保天年而死的不過一二人；其餘水、火、干戈、種種橫死的十有二三，而殤折夭亡或未滿天年罹疾病以死的十有七八。油乾火熄，怡然瞑目，口含笑容的，我聞其語，未見其人；憧憧往來，在我們眼前的，只是那些橫死的暴疾久病以死的人們的惡形惡相。拿這樣的形相做底子，渲染成為鬼的故事，自然只能使人戰慄了。人類的老祖宗，積蓄了千萬年和自然搏爭的悲劇經驗，而死之命運也為悲劇的形相之一，所以連把鬼的形相加一點美化的勇氣都沒有了，此其所以可哀也。

為鬼幻設十殿閻羅，幻設天堂地獄，幻設鬼市鬼城，也是很可哀的；因為這又是以人間作底稿的蜃樓。老子說得好：「天地不仁，以萬物為芻狗。」污池積了一泓濁水，其間蝌蚪繁生，孑孓浮動，還有許多螞蝗、蚯蚓屈曲在池的邊上，儼然是一個生存競爭的修羅場；隨你優勝也好，劣敗也好，老天並不管這筆帳，只要晴熱幾天，把池水曬乾了；蝌蚪、孑孓、螞蝗、蚯蚓一起變成焦土，什麼帳都不必算了。人一走入鬼門關，也就在芻狗之列，誰耐煩為你來算帳呢？城隍殿的門口，掛着一把大算盤，這算盤究竟從何打起？孔子云：「未知生，焉知死？」人類對於生的意念的執着，從「死」的種種看法正可以窺測一點生的消息呢。出了鬼門關，就要走上奈何橋，又說先要上一上望鄉台；望鄉台上看見自己的高樓大廈，聽自己妻妾兒女的號啕大哭，那情懷有點近於遊子他鄉，不免於涕泗縱橫吧；然而回頭看看，當我們走上生的旅途，一步挨一步地並不十分起勁，如挑重擔上長途，早早巴望一個永久的休息；一旦果然如願，為什麼不欣然就道，偏要上「望鄉台」，過「奈何橋」呢？

閻羅十殿，相傳都是人間正直的人，死後去做閻王；包龍圖當日，好像生前已兼理鬼事。照此傳說，彷彿嘲笑造物主的無能，說他不能於「人」以外再造出了全知全能的健全靈魂。人間世坎坷不平，滿眼都是缺陷；而鬼間世，又彷彿大海一樣，表面一平如鏡，底裏依舊是坎坷不平，甚或傳染了人間世同樣的罪惡。退一步講，地獄天堂之設，若僅為人間世平反一些冤屈，翻個身來做一回；我就不懂造物主為什麼先把人間世佈成一個慘酷地獄呢？《聊齋》有一節記阿瞞之獄，經歷了數十閻羅，並未結案；李秀才到陰司作閻羅，也只提勘曹操，答二十下。閻羅之昏庸無能如此，豈不太可憐嗎？（王漁洋說：「鬼神以生人為之，此理不可曉。」蒲松齡云：「阿瞞一案，想更數十閻羅矣，畜道劍山，種種具在，宜得何罪，不勞捉取，乃數千年不決，何耶？」）人類的想像力，在這種地方，顯得是很貧乏的；他們不敢於現有的社會組織以外設想一個新的合理的社會組織，甚且不敢於現在的官制以外，設想一種合理的審判制度；甚至不敢設想人間的活地獄可以打破改造，只詛咒似地替過驕奢淫逸生活的人們造出一個死後的地獄。人把鬼的世界佈置得那麼不合理，我們可以見得個人的反抗意識，即伏在下意識中也是多麼怯弱！

陶淵明《歸園田居》詩：「人生似幻化，終當歸空無。」鬼的生活，應該從「歸空無」上着想；赤條條地來，應當赤條條地去。我對於鬼的傳說，最覺得不滿意的是關於鬼的摹擬人生的日常生活那一部分。人生為飢寒所迫，勞勞以生，我們該以為很夠很夠的了。奄然死去，又說啼飢號寒，一樣地勞勞以死，豈不是於「空虛」以上加一個更大的「空虛」嗎？人赤條條以來，來時卻帶了生命來的，雖說勞勞以生，但用自己的氣力總還可以「生」。現在赤

條條以去，把生命丟在空虛之中了。和活人一樣地一年四季要穿衣服，一天到晚要吃要喝，囊中無錢，依然要算是窮鬼；而「衣服」、「飲食」、「金錢」又並非用自己的氣力可以掙得，要仰仗於自己血統有點關係的子孫，真是多麼大的「空虛」。「野鬼」、「餓鬼」、「窮鬼」，鬼世界的社會不平等，比人間還多一重不能填沒的缺恨；「有錢能使鬼推磨」，那樣的鬼，大不如做「人」的好！我們看見冥國銀行的鈔票，一堆堆燒化成灰，鬼界中「人」，亦必發一苦笑吧。（《聊齋》記酒狂繆永定被拘入陰界，其舅為之疏解，繆喜曰：「共得幾何？」曰：「十萬」。曰：「甥何處得如許？」賈曰：「只金幣錢紙百提，足矣。」繆喜曰：「此易辦耳。」可見冥間經濟來源之可憐。）

最不可解的：從勞勞的生之旅途回來，經過一度審判，又轉入十道輪迴，重向生的旅途走去，彷彿鬼世界又只是暫時打尖的涼亭。這又為的是什麼？十道輪迴，我看畜生道也未必苦於「人」道；造物主對「人」的冷酷面孔，也未必甚於畜生；我也不懂變「蟲豸」，變「鳥獸」，哪一部分不及變「人」。假使生命要有點變化，則十道輪迴一一都經歷過來，豈不格外有趣一點？人不獨對於「生」的執着，對於人類自我也一樣地執着，所以十道輪迴的幻想，更是鹵莽滅裂不可究竟。人類並沒有力量把鬼的世界佈成一個健全的體系，處處顯出人類向命運遞降表的弱點；這樣的鬼世界，我要嚴重抗議，我將來決不願意去！

（選自《論語》1936 年 91 期）

鄉人說鬼

老向

　　鄉下人在柳蔭下，在小院中，在廟台上，在茶館，在地頭，在豆棚瓜架，在長工屋裏，三三五五，時常的喜歡談鬼。議論朝政，他們不能也不敢；臧否人物，也怕禍從口出。茶棚旅舍到現在還不曾取消「莫談國事」的戒條，然而並沒有「禁止說鬼」。鬼是可以如人意的教他消長，教他善惡美醜，教他自由活動的，何樂而不談？

　　「有鬼是千真萬確的，不但古人遇見過鬼，描寫過鬼，現在的人，在座的人就有跟鬼打過交道的。實際上，鬼是怕人的，人卻可以不必怕鬼。怎麼說呢？如果你是善人是好人，鬼不但不危害你，還要呵護你；你若是有福氣的貴人，鬼還要服侍你，像大頭鬼給賈尚書頂鐙一樣。你如果是個不善不惡的平常人，只要『不作虧心事』，也就『不怕鬼叫門』。而且俗話說得好，『神鬼怕惡人』，你即使是個多行不義，犯下十大條款的窮兇極惡，鬼也將要望影而逃，不敢招惹你。最值得擔心的是，黑夜行路，促狹鬼推你一把，絆你一腳；但是，你若覺得心驚膽怯之時，搔一搔腦瓜皮，擦出幾個火星兒來，也就足以把鬼嚇跑而有餘。許多家鬼外鬼，隨時在暗地裏窺伺你，似乎可怕了；但是，『一咒十年旺，神鬼不敢傍』，只要有你的長輩平輩不時的咒罵你幾句，使你的八字壯起來，也就可以不怕遇見鬼了。鬼怕的東西太多了，怕火亮，怕雞叫，怕符

咒，怕弓箭，怕詩書，怕黑狗血，怕桃木橛；假若逢上個把鬼，慢
說你咬中指，砸鼻子，只要你吐上兩口唾沫，也就教那鬼東西吃不
了兜着走。所以我說，人可以不怕鬼，鬼也並不可怕。人到了非鬼
不怕，是鬼就怕的地步，恐怕他就不是個人了。」

「我知道鬼不但不可怕，有的還很可愛。一個光棍漢子，在花
前月下正自孤單可憐，忽然來了個美麗俏皮的鬼娘兒們，這是多
麼美滿的事！一個人行路，錯過宿頭，前不着村後不把店，天又黑
了，肚子也餓了，忽然樹林中露出一線燈光；前去叩門，恰好主婦
是個少艾，女僕是個老憊，殷勤勸酒，加意招待。雖然第二天發
見自己是睡在一座荒墳上，到底已經作了一夜好夢，可怪而並不可
駭。至於有人逢到厲鬼，破腹剖心，多半是時衰運退空披着一張人
皮的人，活着也沒有什麼大味兒了。」

「鬼分兩類：有明鬼，有暗鬼。明鬼易制，暗鬼難防。前年東
莊上的人命案，便是丈夫對自己的老婆起了疑心，『疑心生暗鬼』，
他非出事不可了。那天晚上他在窗子外面明明聽得他老婆和別人喝
酒，談情；他拿着斧頭進屋去了，還明明看見是一男一女；等到斧
頭落下，暗鬼跑了，只剩下他的老婆正在作着針線被砍了。」

「鬼的可厭，在乎鬼詐；鬼而不詐，並不可厭。城裏的鬼且不
論，鄉下鬼不但不詐，有的簡直透着有點兒傻裏傻氣的。前些年，
有偷樹的賊，東街上老楊他們天天夜裏背着槍去看樹。同時還帶着
牛角笛，鶺鴒網，捎帶着捉鶺鴒。可是每逢他們把網下好，把牛角
一吹，王家墳裏就走出一個笨鬼來，模仿人的舉動，人坐他也坐，
人躺他也躺，人用手揉一揉眼睛，他也用手揉一揉眼睛。一連四五
夜，他除了學習人的動作，似乎也沒有什麼其他的本領。這一夜，

他見老楊吹牛角，他突然說：『我吹吹，我吹吹！』老楊覺得這個鬼東西怪有趣的，把槍口遞給他說：『給你吹吧！』轟的一槍，那笨鬼一溜火光就跑了，再也不出來。」

「在年畫上看見鍾馗捉鬼，一物降一物，能降鬼的東西還有的是。以前常聽見說有降魔杵，鬼棒棰，現在似乎不多見了。我表兄，那一年宿在我們那外院閒屋裏，睡到半夜，看見明月照窗，再也睡不着。忽然從外間屋裏一掀簾子，走進兩個矮鬼來，耳目口鼻俱都模糊，看來只有床那麼高。表兄正待看他們要作些什麼把戲，屋頂上忽然飛下兩個木棒棰來，照着那倆矮鬼的頭上，梆，梆，梆，每個三下。來的疾，去的快，立刻之間，棒棰沒了，矮鬼也不知去向。」

「鬼要是被制住了，教他拉碾他不敢拉磨，教他立着他不敢坐。賈老金在熱天，坐着五鬼轎到半天雲裏去歇涼，誰不知道？後來，有一次他喝醉了酒，又來坐五鬼轎，天亮了他還不知道鬆訣，五鬼怕陽光，立刻扔下他不管了，他落了個摔死。趙仙姑教鬼替她織布，這是我親眼看見的。趙仙姑是在香門的，修煉就的天眼通，什麼妖魔鬼怪她都看得見。這一天，她正織布，看見身後面來了一個又粗又壯的女鬼，仙姑一掐訣就把那女鬼釘住了。一審問，才知道那女鬼是來偷香火。於是她罰那女鬼替她織布。趙仙姑的母親看見機上無人，梭板亂動，嚇了個不了，才趕緊教仙姑把那女鬼放了。」

「俗話說：『官打的是會說嘴的，水淹的是會鳧水的，鬼掐的是會捉鬼的。』趙仙姑的祖與父都是捉鬼專家，男鬼他們殺掉，女鬼留在家裏役使。也是官逼民反，犯了眾鬼之怒，不敢惹他們本人，

把趙仙姑的嫂子在半路上給掐死了。後來，趙仙姑的父親去到祖師爺那兒告鬼狀，竟被祖師爺申斥了一頓，不許他再捉鬼。」

「南莊上小李也是個天眼通。他跟他舅舅去上任，一進衙門，立刻退出來了。他說衙門裏大小的閒空，都被鬼塞滿了，自己不便再進去。他舅舅教他使法術退鬼，他說這些住在衙門裏的鬼們，都是大廟不收小廟不留的，趕了出去，不久就又回來，無可如何。後來小李不但不進衙門，連城裏都不住了。他說愈是大地方鬼愈多，鬼的樣子也愈難看。鄉下不過有幾個蠢鬼而已。」

「總之，五行八字，相生相剋，怕不怕鬼，也不能一概而論。有錢的人，能使鬼推磨，能教鬼上樹，但是那是勢力鬼聽他的；他若遇見窮鬼，便也得抱頭鼠竄。在有權有勢，高官厚祿的人，一切國鬼都不怕，單單懼怕洋鬼。你瞅看他瞪着一雙眼睛比鬼還兇，一遇上洋鬼，立刻就像拔下來的小苗兒，蔫了。」

這樣，夾敘夾議，半莊半諧，若寓言，若小說的談鬼，鄉下人能繼續很久，能反覆多次。惜乎，近來個人遇上忙鬼糾纏，沒有閒工夫記他們的鬼話。

廿五年六月十三日於定縣考棚

（選自《論語》1936 年 91 期）

鬼學叢談

種因

昔蘇子瞻在黃州及嶺外，每旦起，必招客談鬼；有不能談者，則強之談。或辭無有，則曰「姑妄言之」。

何以言「姑妄言之」？蓋鬼者歸也，人生必有死，死而歸於土也。歸於土而靈不滅，上者為鬼雄，鬼才，下者為鬼怪，鬼奴。就主觀言，信則有，疑則無，將信將疑則若有若無。就客觀言，現則有，隱則無，或現或隱則亦有亦無。故鬼為最神秘之事，而莫可究詰已。

《論語》「子不語：怪，力，亂，神。」又曰「未知生，焉知死？不知人，焉知鬼？」又曰「祭神如神在。」「敬鬼神而遠之。」以孔子之聖，猶不能信其必有，斷其必無，況子瞻乎？況我輩乎？故曰「姑妄言之」。

考之載籍，驗之常言，驗之事實，又往往得而述。夫吉凶由人，妖不妄作，本無所謂鬼也。但與其疑其無，不如信其有；蓋因果相尋，毫釐不爽，亦有可資炯戒者在焉。「國家將亡，必有妖孽。」今之世，天下擾攘，中原鼎沸，見於目者無非鬼之形，聞於耳者無非鬼之聲，或亦人事消沉，鬼學昌明之朕兆歟！有心人所不忍述，而亦不能已於言也。

間嘗觀人作雀戰，一張之差，屢十數牌不得和，每聽和輒為人所先；揭而示之，欲和之牌，赫然在目，則人莫不大呼曰「有鬼！」又嘗赴輪盤賭，下注既定，盤旋轉動，彈子跳躍不已，目擊其入某號而無疑矣；戛然聲止，乃又一號，則人又莫不大呼曰「有鬼！」勝者愈勝，敗者愈敗，鬼亦勢利矣哉！

　不特賭博然也；鄉人生病，則曰惡鬼纏身；夜行失路，則曰野鬼迷目；花本好也，風雨驟為摧殘；宵本靜也，嗢嚅似有聲息；人生萬端，每遭玩弄，或因禍而得福，或失敗於無成；此非人事之不臧，良由鬼物之作祟。

　鬼之為物，因形而異。稟川澤之邪氣者，謂之魑魅魍魎。經鍛煉而蘊蓄者，謂之妖魔精怪。長其面而垂其舌者，謂之無常鬼。開路有大頭鬼，護衛有小頭鬼，牛頭馬面，周旋於諸大人先生之間，而不一其鬼也。善終者，鬼不名；不善終者，吊死鬼，淹死鬼，殭屍鬼，餓死鬼，路倒鬼，替死鬼，風流鬼，癆病鬼，……各以其死名其鬼。鬼之名無善稱也，亦無平庸之人而得稱鬼；於死者然，於生者亦然。生者喜博弈，則稱賭鬼；為隱君子，則稱鴉片鬼；性情異常，則稱伶俐鬼，刻薄鬼；熟習家鄉事，則稱屋裏鬼，地理鬼。於是說鬼話，做鬼事，懷鬼胎，放鬼火，弄鬼眼，使鬼差，用鬼工，鬼頭鬼腦，鬼裏鬼祟，鬼拉鬼扯，鬼兄鬼弟，鬼夫鬼妻，鬼朋鬼友，攜手同行而至鬼國，入鬼門關，開群鬼聯歡大會。推秦始皇漢武帝唐太宗成吉司汗拿坡侖大彼得依麗沙白女王林肯李寧克里蒙梭興敦堡為主席團，而某某天皇不與焉，矮鬼團悻悻然，不敢抗。酒鬼李白，短命鬼李賀，當選為秘書長。神行太保戴宗，赤髮鬼劉唐被派為招待員。集古今中外之奇鬼於一堂，無詐無虞，無疆無界，甚盛事也！

鬼之行，有與人同，亦有與人異，今分述之。

鬼可大可小，不似人之形體一成而不變也。《世說補》「嵇康嘗於夜中燈火下彈琴，有一人入室，初入來時面甚小，斯須轉大，遂長丈餘，顏色甚黑，單衣草帶。」

鬼無空間，隨處隨地俱可隱現，實物不能為之障。余嘗見一照片，兩人依假山石而立，忽假山石中現一鬼影，不知其自來。但繁盛人眾之地究不敢至，以廁所僻巷為最宜，陰氣森森，不寒而慄，蓋亦自然現象耳。

鬼無時間，但宜夜不宜日；白日見鬼，必不祥。七月半鬼最多，孤魂野鬼充斥市途，人例焚紙錢以禳之。五月節俗謂鬼節，家家懸判官以驅鬼。全國以安徽靈璧縣畫判官為最名，相傳每年只一幅得其真云。

鬼之意氣重者，雖死不忘好友：如死後與友飲，見《魏書・夏侯夬傳》；死後與人言，見《宋史・文同傳》。

鬼生前受冤屈，死必為厲。《唐書・郭宏霸傳》「嘗按芳州刺史李思徵不勝楚毒，死後屢見思徵為厲，命家人禳解。俄見思徵以數十騎至曰：『汝枉陷我，今取汝』，宏霸懼，拔刀自剚腹死。」又有死後被誣而謀報復者。《幽明錄》載王弼註《易》，輒譏鄭康成而夢為鄭所責，少時遇厲而卒。《魏書・劉蘭傳》載蘭排毀《公羊》，又非董仲舒，為葛巾單衣人所召，少時患卒。甚矣言之不可不慎，鬼猶如此，人更可知。

鬼謀職業，亦須請託運動。《魏志・蔣濟傳》「其婦夢見亡兒涕泣曰：『死生異路，我生時為卿相子孫，今在地下為泰山伍伯，憔

悴困辱，不可復言。今太廟西謳士孫阿見召為泰山令，願母為白侯（蔣濟時進爵昌陵亭侯）屬阿令轉我得樂處。』言訖，母忽然驚寤。明日以白濟，濟乃遣人詣太廟下推問孫阿，果得之。日中傳阿亡。後月餘，兒復來語母曰：『已得轉為錄事矣！』」以侯爺公子死而卑賤困辱，不類生前；謳士何人，反蒙擢拔，得一錄事已為大幸。足徵陰陽之異界，貴賤之不常。今之窮措大，亦可樂天知命，而靜候享冥冥之福者矣。活求一飯而不可得，死或驟登富貴以驕人，快心樂事，無逾於此。

鬼為富貴者役，不但役於死者，而且役於生人，《山堂肆考》「唐李逢吉始從事振武日，有金城寺僧忽見一人介胄持斧由門而入。俄聞報李判官來，僧具以告。自是逢吉再造其室，即見其人先至以為常。故逢吉出入將相二十餘年。」又《曲洧舊聞》「張文懿初為射洪令，縣之東十餘里羅漢院僧善慧，夢金甲神人叱令灑掃庭宇，相公且安來矣。詰朝誦經以待，即文懿公也。」不知今之奉化雪竇寺南京棲霞山僧，於某要人某院長蒞臨時，先見有介胄持斧或金甲神人否？

鬼亦畏正人。《遼史》「王鼎宰縣時憩於庭。俄有暴風，舉臥榻空中，鼎無懼色，但覺枕榻俱高；乃曰：『吾中朝端士，邪無干正！』須臾，榻復故處，風遂止。」

鬼亦怕罵。《後漢書》「王閎渡錢塘江，遭風，船初覆，閎拔劍斫水，痛罵伍胥，風稍緩，獲濟。」前山東旱災，張宗昌以炮轟天，而天仍不雨；何今之天之皮面之厚，而不若伍胥面皮之薄也！

鬼更怕醜。《世說補》「阮德如嘗於廁見鬼長丈餘，色黑而眼大，着皂單衣，平上幘，去之咫尺；德如心定，徐笑語之曰：『人

言鬼可憎，果然！』鬼赧愧而退。」無怪乎今之化裝品銷路之廣，整容院生意之隆也。

鬼怕《周易》。《南唐近事》「江都縣大廳，相傳云陰有鬼物所據。江夢孫聞之，嘗憤其說。無何，自秘書郎出宰是邑，下車之日，升正廳，愛賀訖，向夜。具香案，端笏當中而坐，誦《周易》一遍；明日如常理事，蔑爾無聞。自始來至終考，莫睹怪異。」又誦《觀音經》能免難。《晉書·苻丕載記》「徐義為慕容永所獲，械埋其足，將殺之，義誦《觀音世經》；至夜中土開械脫於重禁之中，若有人導之者，遂奔楊佺期，佺期以為洛陽令。」《宋書·王玄謨傳》「初玄謨始將見殺，夢人告曰：『誦《觀音經》千遍則免。』既覺，誦之得千遍。明日將刑，誦之不輟，忽傳呼停刑。」今之禱告上帝，呼「阿門」者，聞亦有此作用。

鬼最畏硃，畏刀圭，畏女人穢物，故私塾先生有銀硃則不到，衙署老爺有印信則不到，醫院多利器，妓樓藏垢納污，亦避之若浼；往往有著名凶宅，一經改為學校公府醫室樂戶之屬，則平安如恒，毫無足怪，職是故也。

鬼畏強烈燈火。化日光天之下，原形易見，故不敢近。鬼畏氣盛。狹路相逢，陽氣盛者，橫衝直撞，了無所見，而鬼立兩側，如站班，戰戰不敢仰視。否則，鬼上鬼下，鬼前鬼後，鬼聲鬼氣，鬼形鬼影，茫乎不能辨其是與非也。或譏之曰「活見鬼」，則其人之心志志忑，神魂顛倒，不與鬼為鄰也幾希。

故鬼之顯露必有媒介。媒介者以婦女，將死者，及神經衰落人為多。蓋婦女，將死者，神經衰落人，皆陰氣也。——陰氣易入，陽氣不得入。有圓光者，張白紙於堂，焚香燃燭焚黃紙畫硃符畢，

術者捏中指，口呢喃若有所誦，則現形白紙間，其大小僅四寸許，一幕復一幕，纏纏如電影；孩提之童，驚訝失色，婦女凝睇，亦似有所見，而求術者往往不得知。所謂借屍還魂，亦必有屍而後可。所謂投胎下凡，亦必有胎而後生。人之將死，其言也善，凡生平有虧心罪孽，為人所不知不覺，而忽宣諸口於一旦之間，非鬼而何？鬼之投胎，非妄投也，有劫數焉。諺謂「黃巢殺人八百萬，在數在劫亦難逃。」殺人有劫數，生人亦有劫數。劫不完，數不盡，生生無已，死死亦無已，人變鬼，鬼變人亦變變無已。鄉人孫某，清末為粵撫某長隨，有謀縣缺者私藏五千金票夾手本內，為孫所匿，撫既未之知，謀者坎坷以終。而孰知其終死之日，正孫兒誕生之時，初不知其有何因緣也；長成，貌相若，動相若，吃喝嫖賭，揮金若土，歷不幾年，而家貲蕩然無存。報施不爽，舉此可例其餘。

　　十年前教授滬光華大學，同事楊君，任工科學長，固嘗精研科學於美利堅者也，論鬼學至趣；據云曾於丞衷中學講「無形之同居」一題，惜不得聞其說。唯聞於校董王省三所，曾請其已死老太太駕臨，而詢其官運如何，以三足小凳，作單數動作，表示無望。王心不憚，再詢其故。楊謂答語複雜，應請翻譯，乃又念念作詞，招一能英語鬼友來，三足凳陸續動，久始休，記而譯之，乃「汝年老耳！You are old」。又憶蔡子民先生早年有《妖怪學講義》之譯，今已健忘日久，不獲以資談助為可惜云。

（選自《論語》1936 年 92 期）

鬼話連篇有序

李金髮

　　我們鄉間僻居海隅，一般社會最崇信風神鬼之說，曾高祖考妣，可以因為一時沒有找到江西「明師」，──即堪輿先生，──曝露十年八年不安葬，也可以因為家中老少發生意外的災厄，而歸咎於先代的墳墓，挖掘起來以求補救。至於敬神鬼，更是普遍不可形容，他們是真正的多神教，山凹裏一條松樹，必用幾塊大石板做成一個神壇，貼上一個「伯公」或「社官」的紅紙條，（聽說他很有權威，凡山君要傷害人畜的時候，必須先徵求「伯公」神的同意，然後才敢動作。）溪流有神。池塘有神，還有門神，灶神，田神，土地神，天神，地神；更高貴些的，有廟有壇的，尚有關帝，玉皇大帝，伽藍，觀音等，迷信的以女人居多數，常常有一二個較有資望的女人，向鄰村善男信女募集二三百元，叫專門紮紙者紮成許多宮殿，橋樑，舟，車，約好日子舉禮焚化，以度來生，我小時受這樣環境的薰陶，也有迷信的傾向，不知不覺盲從地叩了不少頭，作了不少揖；至於鬼魅存在之說，更是在鄉間顛撲不破之真理，百人中沒有二三個人否認的，於是人人言鬼，真是有「白晝黑夜，陰影憧憧，幽明之間，僅隔一線」之概，即素不迷信的聽多了也會毛髮悚起，頗有戒心！自幼鄉居十九年，鬼話聽多了，印象絕深，不料後來出外十餘年，因再無談鬼話之環境，怕鬼之心亦消滅淨盡，那兒童時代聽起鬼故事來，又驚又愛的心情，已不可復得了，何等可惜啊！在此國難方殷，「洋鬼」跳梁的時代，論語社諸

子，還有閒情逸致，去刊行談鬼號，真莫測高深矣。本擬將半生以來所得的鬼話，統統寫出來，以壯陰氣，惜乎年來已不食艾羅補腦汁，記憶力甚弱，只得將搜索枯腸中所得，錄出來以供鬼學專家參考可也。故事全非捏造，可質天日，可對鬼神。

附身鬼

　　鄉間有位叔父，中年喪偶，哭之甚哀，因一向兩個情愛甚篤，一時繞膝兒女，無母親撫育，實在是很可怕的現象。吾鄉「仙姑」之風甚盛，所謂「仙姑」，即是一個無聊的孀婦，或三姑六婆，自命能神鬼附身，可代陽間人找到已死的陰間親人，回來附在她身上，（男子業此的亦有。）暢敘離衷，其法是將桌上設一神壇，焚香點燭，「仙姑」則伏其緣，如入假寐狀態，眾人屏息而待，俄而「仙姑」果喉間噎噎所響二三陣，如食量過多的人，繼而細聲傳語，或引頏高唱，據云此時鬼既附身，「仙姑」既失其知覺，任人問難，彼皆應對如流，如生前。那位叔父思念過殷，當然不能免此一套，那時我只八九歲，親見該鬼附着「仙姑」身上回陽間，與其夫寒暄一會，抱頭痛哭，（好在那不是少女，）如聞其聲，如見其人，當局者當然感到幽明異路，後會無期，抱憾終天；即旁觀者亦恍若與鬼為鄰，陰森可怖，「仙姑」之本領，誠大矣哉。她的巧妙，是在未做鬼附身工作之前，先向人打聽一二件當事人家庭瑣事，屆時乘機說出，豈不是最能動容嗎？最可笑而最記得者，則「仙姑」每伏壇之後，必須旁人拍其背數遍始醒，醒時猶作睡眼惺忪狀，儼然剛從陰間回來似的，其實她睡也不曾入睡，別個世界也不曾去，徒然以詐術騙得人幾毛錢耳。

痾屎鬼

鄉人某，以勤儉起家，有妻妾三人，甚樂，唯覺晚年非營菟裘，無以自娛，以是將生意招盤，得資二萬，遂急不暇擇，在荒冢壘壘之地，架造一屋，越一年，始成，但因不耐久待，未經「安龍」，——即以巫覡作法驅邪逐鬼之謂，——即搬入享受，或許是鄉人心理怕邪使然，聽說當夜更闌，便聞人聲錯雜，屐履往來，起而視之，又寂然無聲，翌日，更有戒心，合妻妾三人共臥，更僱一更守堂下。一夜無事，自以為得慶安寧矣，不料傭人啟碗櫥時，但見每碗皆充滿人中黃，作死紅色，臭不可迴邇，如此新聞，遐邇皆聞，好奇來視者數百人，後鄉人深悔未安龍為錯誤，即日擲百金，叫巫覡多人「作法」趕鬼，於是不復受鬼騷擾矣。

殺頭鬼

辛亥以後，槍斃之刑，雖屬時髦文明，然殺頭仍為不可少之點綴品，於是殺頭鬼，終未絕跡也。縣城甜食小販某，日以肩挑貿易為生，深夜始歸，一晚將近三更，擔其生財，經校場（即歷來殺人之廣場）返家，聞有人在後呼其名，要食綠豆湯，小販如命，息下仔肩，盛甜湯供客，未暇細審顧客為何許人也。俄而訝其食度之速，昂首視之，但見一無頭鬼，正將綠豆湯向頸口直倒，無怪五碗俄頃立盡也。小販面無人色，棄生財而逃。事後彼親口為我人道此事，其時余年尚幼，深以無機會見此殺頭鬼為憾焉。

夜哭鬼

聞家人云，第二的兄嫂因產後失調，致生肺癆，呻吟床褥者三四月，鄉間沒有良醫，只好坐視其由肥碩的軀體，漸變為人乾，就是家人早知其病入膏肓，易簀不過為時間問題了。一夜飯後，全家人尚在廳內，閒話家常，忽聞屋後樹林下，呱然一聲，其音奇突，至不能形容，大家皆相問，你們聽見沒有，相顧失色，膽小的早已跟蹌入房，鑽入被窩。俄而第二聲又至，清脆比前更甚，距離亦更近，此時自號膽大者，亦不得不閉戶入睡了。翌日二兄嫂即逝世。那麼這夜哭鬼，不是催死鬼，便是死者的靈魂了。此則是聞諸身歷其境的家人所述。那時我還遠在歐洲呢。

二十三年夏，我稅屋居首都之五洲公園，渾然自得，唯以久不接家信，心中頗覺不釋，有一夜，月色宜人，清風入戶，睡至夜深，忽為一怪聲所驚醒，其聲約遠在二百碼外之橋邊，其聲類似羊之咩咩，又半似貓之叫春，起初我心頭想了一想，難道這就是鬼叫嗎？怎不令人毛髮悚起呢？俄而愈來愈近，繞屋三匝，直至窗下，余欲以足踢妻醒，而足已不復能動，擁衾沒首，始汗涔涔然睡去。翌日問之同屋之德婦等，皆云未聞任何聲響，此為余生平第一次親聞鬼叫，（姑假定之）心殊不安，翌後果得家信，知三兄之獨子，以莫名其妙之病逝世，益確定前夜所聞為鬼叫了。此孩子僅七歲，聰穎異常，來廣州居半載，余愛之甚，今竟能以親愛之故在千里之外來使余聞其哭聲耶？

侏儒鬼

民十七年，在京滬車中，認識一當時財政要員，俞某，彼固為有鬼論者，彼述親見鬼事云：在某中學讀書時，我們常於夜間聞怪聲，初不過以為是奇事而已，後來有人說，此是鬼叫聲，大家都有點那個，相約提早就寢，有一王某，素來以大膽出名，不信此話，乃於夜間糾合幾個好事的同學，預伏於短籬後，滿擬飽看鬼形，並各預備爆竹香火，以為見敵齊發之用，二小時後鬼果照常遊行，愈來愈近，黑如烏鴉，矮如侏儒，蹣跚而過，王某等見狀，不唯手中之爆竹香火紛紛墜地，且戰慄面無人色，回來連呼倒霉。是年果患大病幾不起。

夜坐鬼

遠親梁君，年已六十，昔年業西醫，技術頗佳，唯某年忽得病，愈後每云能見鬼，或入陰府，往往述其所見所聞，其兄筆之於書，成一巨冊，名曰入冥記，惜未得一讀，僅聞其述較離奇的一則云：某年夏，我病初愈，睡寐不寧，輾轉反側之際，於微光中見鄰室一老人背面而坐，鬚髮蒼白，呼之不應，及燃燈起視之，已形跡渺然，但見其坐過之處，有水痕腥穢，刺人鼻管，翌日之夜，鬼復出現，余呼之如故，不答，余厲聲曰，你為冤鬼乎，你說來，吾必為你伸冤，否則不許你無端來擾我讀書人也。言竟，鬼沉思有頃，始轉身向余，但見其無耳無鼻，眼亦眇其一，血漬滿面，且多穹窿，唇亦不成形，未見啟齒，但聞其斷續操潮州語曰：吾為濟南慘案烈士蔡公時，自為日人切耳割鼻之後，日處枉死城，了無生

趣，日期國人為吾雪冤，但見枉死之同胞，接踵而來，枉死城幾成 China town，聞君為志士，又為愛國者，今夕來此，但求你為我報仇耳。並請轉告各同胞，枉城既無隙地，切不可再來。言訖起身揚長而去。

變化鬼

友人鄧君，出身行伍，有膽略，彼自述十八歲那年，於黃昏時分，在屋外乘涼，夜色朦朧中，見一人自遠而近，行時作蹣跚狀，彼以石投之，不動，及行至將近十武，忽變身為牛，呼呼作聲，君駭極而逃，自後不敢漫說不怕鬼云。

又彼有童養媳，因病卒，復娶王氏為繼室，生子女多人，一日長女忽病劇，藥石無效，眾疑為前妻作祟所致，遂延「仙姑」臨壇，詢以是否童養媳所為，若然，則木筷置桌上可以直立，試之，筷果直立，時有醫學院數教授在座，無不驚奇。後其母告以該鬼毋再作祟，並許將此女歸彼名分，並燒紙錢作酬，其病果瘥，不復作祟云。

開封孟夏夜草完

（選自《論語》1936 年 92 期）

美麗的吊死鬼

許欽文

「要是真的沒有鬼,那末這個一撇開頭,一點收梢的鬼字怎麼來的呢?難道古人造字,是憑空亂幹的麼?」

我曾被一個戴着瓜皮帽的人這樣責問過。我說由於想像,同龍一樣。但他不以為然,說是鬼,不但有着這個字,而且還有許多話,什麼「鬼兒子」,「鬼東西」,「搗鬼」和「鬼鬼祟祟」等,又有「鬼谷子」的老先生。

「沒有鬼,」他又發問,「那末人死以後靈魂變做什麼呢?」

似乎總要承認了鬼的存在,天下才有道理可講,做人才有意思。我聽得頗有點憤憤,可是一回憶到兒童時代的情形,就覺得像他這樣信鬼,精神生活倒是豐富的,幼年的時候,我總覺得人間實在是平淡的,人事缺少變化,關於鬼的故事才動聽。無論是使得我害怕,使得我高興,以及使得我深深憂愁的,大概都是鬼的故事,很少是人的事情;——有了鬼,宇宙才神秘而富有意義。

又因為照迷信家說,人本由鬼而來,死後仍然變鬼,以為人無非是偶然間暫時做做的,關係不大,所以重視鬼事。

由此可見,如果現在還能夠信鬼,我就可以樂觀起來;死了可以做鬼,得同已故的父母姊妹重聚,何等快樂!即使做了鬼再死去,還可以做䰡,不是前途遠大得很麼?

更其是對付仇人，即使今世報復不了，也可以慢慢的等到下世再說。記得坐在牢監裏的時候，因為冤被誣告，有些法官輕訴濫判，迷信的難友時常咬牙切齒的這樣說，「等到我出去，就是已經死了，總也要到他的墳頭上去蹈幾腳！」也有是這樣說的，「就是坐不出去，死在牢監裏，做了鬼我總也要去收拾他！」

聽着這種話的時候，我總覺得墨翟的〈明鬼〉，並非毫無道理；而王充的〈論死〉、〈訂鬼〉，倒未免是多事。

兒童時代的生活，雖然多半都已忘卻，可是關於鬼的事情，還有些記得清楚；當時最使得我注意的鬼有三種，就是河水鬼，舍母鬼和吊死鬼。我最怕的是舍母鬼；我自己不會做產婦，本來不用怕這種鬼來討替身。怕的是母親的關係，當時弟妹還是接連的產生，以為如果母親給舍母鬼抓了去，是不堪設想的了。其實會得最怕這種鬼，原是母親等講得起勁的緣故。她們一談到這種鬼，總就出神的顯得很害怕；更其是在更深夜靜的時候，造成恐怖的空氣。這種鬼究竟是怎麼樣的並不明白，只知道有時要變成功貓，是全身墨黑的，會得很快的跳來跳去。

河水鬼最好玩，因為多變化。據說這種鬼，有時會得變成功個精巧的花棍棒，有時會得變成功只黃毛的小鴨，也會得變成功個什麼瓜；總之是引誘人的，到河邊去的小孩子喜歡什麼，就會變成功什麼。本形是亂蓬頭髮的。照大姊的老乳母說，她所見到的河水鬼，好像是隻鷺鷥。但照一個做醫生的堂兄說，所謂河水鬼，原是一種野獸，是生長在水中的，同野貓相像，不過細長點。這樣那樣的說得花樣很多，或者原是恐嚇的手段，是警戒我到河邊去玩水的。我可信以為真，因此夏天，每當中飯以後，乘着大家睡午覺的

機會，常常特地偷偷的溜到河門口去窺看，想發見個由河水鬼變成功的東西。

吊死鬼有一定的具體觀念，是從看戲得來的，故鄉每到秋季，總要做幾台「大戲」，照例到半夜要「調吊」。

在吊死鬼出台以前，必先吹一陣尖聲的號筒，連響十八的，造成陰森森的空氣。吱的一聲叫，吊死鬼甩着披散的亂頭髮跑出台來，非常好看：圓圓的兩隻大黑眼睛下面，顯着鮮紅的兩頰，嘴巴是翹聳聳的；紅衫外面罩上青的長背心，也很醒目，真是美麗。

雖然也有點可怕，但我更覺得可憐。照說女人上吊，總是因為「夫也不良」，以及公婆姑娘們的兇惡。長聲短吁的「嘆吊」，聽起來也是夠覺淒涼的。

或者有點受我的影響，元慶也很喜歡吊死鬼，他的傑作《大紅袍》，含着不少「吊死鬼美」的成分。

戲中的表現，上吊的人要給吊死鬼接連的打巴掌；這是可怕的，用意本在勸人不要輕易去上吊。但我甘心這樣挨打，為着她的美麗。

當少年時期，我愛在深夜看《聊齋誌異》，時常忽然打開窗門去探望，想在牆頭上面發見的，就是美麗的吊死鬼。

（選自《論語》1936 年 92 期）

談鬼者的哀悲

陳子展

　　談鬼的卷子實在要交了，雖然不能鬼話連篇，也該説幾句鬼話，不，應該是説關於鬼的話。可是關於鬼的事，我一點也不知道，莫説深知，那麼，有什麼可説呢？

　　古人説是畫人難，畫鬼容易。因為人是都可以看得見的東西，不容亂畫。鬼物卻不可見，也許壓根兒就沒有，可以隨意想像。其實不然，鬼就是沒有，不妨假定是有。彷佛記得吳南屏的《呂仙亭記》那篇文章裏，説過這樣的話：「神仙之説誠荒渺難稽，而意不能無之。」這句話真有意思。仙鬼雖説沒有，畫仙畫鬼的名手，還是有的。那麼，他們怎麼畫的呢？要説容易，並不容易；要説難，也不算難。他們只假定鬼是頂可怕的東西，或者以為鬼是頂可恨的東西，就把自己所見的頂可怕頂可恨的人物的面目行徑加以形象化就成。所以從來畫出的鬼相難看，可怕可恨。真是能夠做到使人看了這副鬼畫就會生出可怕可恨的觀感，也着實不容易。誰説鬼好畫呢？

　　蒲松齡算是寫鬼聖手，不過他寫出來的鬼魅，頗近乎人情，並不覺得怎樣可怕可恨。譏嘲的意味倒是有的。有人説，他的《聊齋誌異》，原題《狐鬼傳》，狐鬼就是胡鬼，胡鬼就是指滿人，他有一點民族思想，藉談狐鬼發泄他一肚皮亡國的悲憤，這話也有點相像。本來他生在明清興亡交替的時代，何況他在科名上又是失意的人呢。

我們知道陰陽家起於戰國擾攘之世。有一派人覺得人間世的禍福得失，國家的盛衰興亡，個人的生死榮辱，不可端倪，就歸之於不可知的鬼神，乃至一切迷信。這不獨在中國為然，也不僅在中國的戰國時代為然。因為大動亂的時代，禍福生死等等一切不可以常情常理測度，只好歸之於運命，歸之於鬼神。如今從大人物到小百姓，尤其是站在政局尖端的要人們，不是有相信星相，風水，卜人一類迷信的麼？

記得《呂覽》上說過「楚之衰也，作為巫音」，《九歌》、《招魂》一類鬼話連篇的文學，就產生於戰國末年，楚國快要亡國的時候。六朝時代也像春秋戰國時代一樣，是一個長期大動亂的時代，而且是胡人侵華，中華民族最倒霉的時代。大夫的苦悶，流為放蕩頹廢的行為，同時遊仙詩，志怪書也就出了不少。只因國事不堪問，或者不敢談，就只好搜神談鬼了。北宋承晚唐五代之後，從前石敬瑭桑維翰那幾個漢奸為了搶得並鞏固自己的政權，不惜賣國，割給契丹燕雲十六州，並沒有收回，契丹反常常進擾。當時政府裏還黨派分歧。詩人蘇東坡因文字得禍。當他貶到黃州，就只好終日拉人談鬼，人家說沒有，他就只好叫人「姑妄言之」。他的遭遇，他的心情，也就很可憐了。南宋亡於元，金元之際，中國民族壓在金元遊牧民族的鐵蹄之下，關漢卿那位慷慨悲歌之士，也像五胡亂華時代的干寶一樣，號為「鬼董狐」，他就成了談鬼專家，以後就要輪到蒲松齡了。如今邵洵美先生，當然也和我們一樣被派做了阿斗，不，他偏要學漢文帝：「不問蒼生問鬼神，」在他主編的《論語》上出個談鬼專號，不能說沒有意義。輪到我來談鬼，談些什麼呢？像上面我所談的那些談鬼者，似乎都有他們的悲哀。邵先生談鬼有沒有什麼悲哀，我不知道。在我自己呢，回頭八九年前，我就有過

一個時期，不談國事，連報紙也不看，只找人談鬼度日。一九二八年春曾有一首小詩道：

> 春到春楓江上村，故鄉應有未招魂。
> 客中無賴姑談鬼，不覺陰森天地昏。

　　如今昏天黑地，鬼氣陰森，快要完成一個鬼國，我自己也成了一隻行屍走肉樣的活鬼，還有什麼可談呢？

（選自《論語》1936 年 93 期）

水母

汪曾祺

　　在中國的北方，有一股好水的地方，往往會有一座水母宮，裏面供着水母娘娘。這大概是因為北方乾旱，人們對水有一種特殊的感情。為了表達這種感情，於是建了宮，並且創造出一個女性的水之神。水神之為女性，似乎是很自然的事，因為水是溫柔的。雖然河伯也是水神，他是男的，但他慣會興風作浪，時常跟人們搗亂，不是好神，可以另當別論。我在南方就很少看到過水母宮。南方多的是龍王廟。因為南方是水鄉，不缺水，倒是常常要大水為災，故多建龍王廟，讓龍王來把水「治」住。

　　水母娘娘是一個很有特點的女神。

　　中國的女神的形象大都是一些貴婦人。神是人按照自己的樣子創造出來的。女神該是什麼樣子呢？想像不出。於是從富貴人家的宅眷中取樣，這原本也是很自然的事。這些女神大都是宮樣盛裝，衣裙華麗，體態豐盈，皮膚細嫩。若是少女或少婦，則往往在端麗之中稍帶一點妖冶。《封神榜》裏的女媧聖像，「容貌端麗，瑞彩翩翩，國色天資，宛然如生；真是蕊宮仙子臨凡，月殿嫦娥下世」，竟至使「紂王一見，神魂飄蕩，陡起淫心」，可見是並不冷若冰霜。聖像如此，也就不能單怪紂王。作者在描繪時筆下就流露出幾分遐想，用語不免輕薄，很不得體的。《水滸傳》裏的九天玄女也差不多：「頭綰九龍飛鳳髻，身穿金縷絳綃衣。藍田玉帶曳長裾，

白玉圭璋擎彩袖。臉如蓮萼，天然眉目映雲鬟；唇似櫻桃，自在規模端雪體。猶如王母宴蟠桃，卻似嫦娥居月殿。」雖然作者在最後找補了兩句：「正大仙容描不就，威嚴形象畫難成」，也還是挽回不了妖冶的印象——這二位長得都像嫦娥，真是不謀而合！傾慕中包藏着褻瀆，這是中國的平民對於女神也即是對於大家宅眷的微妙的心理。有人見麻姑爪長，想到如果讓她來搔搔背一定很舒服。這種非分的異想，是不難理解的。至於中年以上的女神，就不會引起膜拜者的隱隱約約的性衝動了。她們大都長得很富態，一臉的福相，低垂着眼皮，眼觀鼻、鼻觀心，毫無表情地端端正正地坐着，手裏捧着「圭」，圭下有一塊藍色的綢帕墊着，綢帕耷拉下來，我想是不讓人看見她的胖手。這已經完全是一位命婦甚至是皇娘了。太原晉祠正殿所供的那位晉之開國的國母，就是這樣。泰山的碧霞元君，朝山進香的沒有知識的鄉下女人稱之為「泰山老奶奶」，這稱呼實在是非常之準確，因為她的模樣就像一個呼奴使婢的很闊的老奶奶，只不過不知為什麼成了神罷了。——總而言之，這些女神的「成分」都是很高的。「文化大革命」中，有一位農民出身當了造反派的頭頭的幹部，帶頭打碎了很多神像，其中包括一些女神的像。他的理由非常簡單明瞭：「她們都是地主婆！」不能說他毫無道理。

水母娘娘異於這些女神。

水母宮一般都很小，比一般的土地祠略大一些。「宮」門也矮，身材高大一些的，要低了頭才能走進去。裏面塑着水母娘娘的金身，大概只有二尺來高。這位娘娘的裝束，完全是一個農村小媳婦：大襟的布襖，長褲，布鞋。她的神座不是什麼「八寶九龍床」，

卻是一口水缸，水面扣着一個鍋蓋，她就盤了腿用北方婦女坐炕的姿勢坐在鍋蓋上。她是半側着身子坐的，不像一般的神坐北朝南面對「觀眾」。她高高地舉起手臂，在梳頭。這「造型」是很美的。這就是在華北農村到處可以看見的一個俊俊俏俏的小媳婦，完全不是什麼「神」！

她為什麼會成了神？華北很多村裏都流傳着這樣的故事：

有一家，有一個小媳婦。這地方沒水。沒有河，也沒有井。她每天要到很遠的地方去擔水。一天，來了一個騎馬的過路人，進門要一點水喝。小媳婦給他舀了一瓢。過路人一口氣就喝掉了。他還想喝，小媳婦就由他自己用瓢舀。不想這過路人咕咚咕咚把半缸水全喝了！小媳婦想：這人大概是太渴了。她今天沒水做飯了，這咋辦？心裏着急，臉上可沒露出來。過路人喝夠了水，道了謝。他倒還挺通情理，説：「你今天沒水做飯了吧？」「嗯哪！」——「你婆婆知道了，不罵你嗎？」——「再説吧！」過路人説：「你這人——心好！這麼着吧：我送給你一根馬鞭子，你把鞭子插在水缸裏。要水了，就把馬鞭往上提提，缸裏就有水了。要多少，提多高。要記住，不能把馬鞭子提出缸口！記住，記住，千萬記住！」説完了話，這人就不見了。這是個神仙！從此往後，小媳婦就不用走老遠的路去擔水了。要用水，把馬鞭子提一提，就有了。這可真是「美扎」啦！

一天，小媳婦往娘家去了。她婆婆做飯，要用水。她也照着樣兒把馬鞭子往上提。不想提過了勁，把個馬鞭子一下提出缸口了。這可了不得了，水缸裏的水嘩嘩地往外湧，發大水了。不大會兒功夫，村子淹了！

小媳婦在娘家，早上起來，正梳着頭，剛把頭髮打開，還沒有挽上纂，聽到有人報信，説她婆家村淹了，小媳婦一聽：壞了！准是婆婆把馬鞭子拔出缸外了！她趕忙往回奔。到家了，急中生計，抓起鍋蓋往缸口上一扣，自己騰地一下坐到鍋蓋上。嘿，水不湧了！

　　後來，人們就尊奉她為水母娘娘，照着她當時的樣子，塑了金身：盤腿坐在扣在水缸上的鍋蓋上，水退了，她接着梳頭。她高高舉起手臂，是在挽纂兒哪！

　　這個小媳婦是值得被尊奉為神的。聽到婆家發了大水，急忙就往回奔，何其勇也。抓起鍋蓋扣在缸口，自己騰地坐了上去，何其智也。水退之後，繼續梳頭挽纂，又何其從容不迫也。

　　水母的塑像，據我見到過的，有兩種。一種是鳳冠霞帔作命婦裝束的，儼然是一位「娘娘」；一種是這種小媳婦模樣的。我喜歡後一種。

　　這是農民自己的神，農民按照自己的模樣塑造的神。這是農民心目中的女神：一個能幹善良且俊俏的小媳婦。農民對這樣的水母不缺乏崇敬，但是並不畏懼。農民對她可以平視，甚至可以談談家常。這是他們想出來的，他們要的神，——人，不是別人強加給他們頭上的一種壓力。

　　有一點是我不明白的。這小媳婦的功德應該是制服了一場洪水，但是她的「宮」卻往往在一股好水的源頭，似乎她是這股水的賜予者，這到底是怎麼回事呢？這個故事很美，但是這個很美的故事和她被尊奉為「水母」又有什麼必然的關係呢？但是農民似乎

不對這些問題深究。他們覺得故事就是這樣的故事，她就是水母娘娘，無需討論。看來我只好一直糊塗下去了。

中國的百姓——主要是農民，對若干神聖都有和統治者不盡相同的看法，並且往往編出一些對諸神不大恭敬的故事，這是很有意思的事，比如灶王爺。漢朝不知道為什麼把「祀灶」搞得那樣烏煙瘴氣，漢武帝相信方士的鬼話，相信「祀灶可以致物」（致什麼「物」呢？），而且「黃金可成，不死之藥可至」。這純粹是胡說八道。後來不知道怎麼一來，灶王爺又和人的生死搭上了關係，成了「東廚司命定福灶君」。但是民間的說法殊不同。在北方的農民的傳說裏，灶王爺是有名有姓的，他姓張，名叫張三（你聽聽這名字！），而且這人是沒出息的，他因為做了什麼見不得人的事（什麼事，我忘了）鑽進了灶火裏，弄得一身一臉烏漆墨黑，這才成了灶王。可惜我記性不好，對這位張三灶王爺的全部事跡已經模糊了。異日有暇，當來研究研究張三兄。

或曰：研究這種題目有什麼意義，這和四個現代化有何關係？有的！我們要了解我們這個民族。

一九八四年六月廿三日

（選自《蒲橋集》，北京：作家出版社，1989 年）

中國的神統

金克木

　　各國都有神統（神的系統）。成為宗教信仰的有教會組織，其神統自上帝以下很明確。沒有達到這一地步的都是民間信仰，比較雜亂，但也有條理可尋。希臘、羅馬和印度的神統流傳於世界，知道的人較多。中國的神統自有特點，比其他國更為複雜多變。自《楚辭‧天問》、《山海經》以下，歷代增補，流傳民間，為文學藝術的一個重要來源。魯迅《中國小說史略》中以三篇之多講神魔小說，篇幅超過其他類別。可是這個神統歷來為人所不屑道，以為三教合一，愈演愈亂，不值一提，不過是民俗學者的資料。其實不然。即就小說中的神統看也大有可談論的。不一定要追查源流演變，只要略想一想眼前的名著就可見其系統及內涵在民間至今未絕，不可輕視。這還是只講漢族的。

　　較全的神統當然是見於《四遊記》，但八仙「東遊」及「南遊」、「北遊」都不如「西遊」，獨立成為又一部《西遊記》。另一部是《封神演義》。這些書都出於明代。清代繼承下來。明代小說中的人神並列到清代小說中成為人勝於神了。在明代以前是以史為小說。明代才建立神、人兩大系統互相輝映。但若單講神則明代已完成體系了。

　　不妨考察一下這兩部小說。以藝術論，《西遊》遠勝《封神》；但說到內涵，兩者難分高下。

《西遊》的神話很清楚，是兩大獨立系統：一個是玉帝體系，一個是如來體系。中間夾着一個孫猴子，自稱齊天大聖，不服雙方。結果是雙方合力抓住了他，給以種種磨難，終於歸依一方，成了「鬥戰勝佛」。

　　《封神》的神統不這麼清楚。沒有佛祖駕臨，只來了准提、接引兩個道人吸收「有緣」的去西天，彷彿招降納叛。沒有玉帝能統率所有的神。封神的執行者是活人姜子牙。另有仙人分為闡教和截教而又是同出一門。女媧是獨立的。她派狐狸懲罰得罪她的皇帝，可是狐狸的所作所為她就不管了。「封神榜」是預定的，一切在劫難逃，但起因和被害的老百姓卻不像是出於劫數。劫是為神設的。許多封神榜上有名的神仙都是由於申公豹的勸說才自投羅網的。這說明劫數仍需要有誘因才能發動。元始天尊、太上老君、通天教主三位師兄弟分成兩派，以致萬仙遭戮。到仗打完了，祖師爺洪鈞老祖才出來賜丸藥命三人和好。若再生異心，藥即暴發，神仙也難逃一死。人間（商、周）天上（闡、截）相混淆，遙遠的西天派人來從中取利。這個神統真夠亂的。一張封神榜不過是照例的錄取名單而已。

　　真的是混亂嗎？也不見得。系統原則仍明顯。

　　總是分為正邪相對，有善惡是非，作者或講故事者總有偏向，總是說這是不可變更的前定的數。

　　不論有沒有獨一無二的最高的神，各神仙系統總有頭目。此外又總有不歸屬的散仙。這一點和外國的神統就不大一樣。希臘、印度是散仙為主。玉帝統轄的龐大而複雜的嚴格等級神統在外國不大見到。

外國的神都以不死為特點，大概沒有例外。中國的神統中卻是神仙長生但可以死，死了便下凡為人。人死了可以成神，甚至活着可以兼職為神（魏徵斬老龍）。神人界限不嚴。

最值得注意的特點是史、神、人的相混或一致。神降為人，人尊為神；史書是小說，小說成史書；一部中國小說史不是這樣嗎？中國的戲曲不是這樣嗎？

（選自《燕口拾泥》，杭州：浙江文藝出版社，1988 年）

文藝上的異物

周作人

　　古今的傳奇文學裏，多有異物——怪異精靈出現，在唯物的人們看來，都是些荒唐無稽的話，即使不必立刻排除，也總是了無價值的東西了。但是唯物的論斷不能為文藝批評的標準，而且賞識文藝不用心神體會，卻「膠柱鼓瑟」的把一切敘說的都認作真理與事實，當作歷史與科學去研究它，原是自己走錯了路，無怪不能得到正當的理解。傳奇文學盡有它的許多缺點，但是跳出因襲軌範，自由的採用任何奇異的材料，以能達到所欲得的效力為其目的，這卻不能不說是一個大的改革，文藝進化上的一塊顯著的里程碑。這種例證甚多，現在姑取異物中的最可怕的東西——殭屍——作為一例。

　　在中國小說上出現的殭屍，計有兩種。一種是屍變，新死的人忽然「感了戾氣」，起來作怪，常把活人弄死，所以他的性質是很兇殘的。一種是普通的殭屍，據說是久殯不葬的死人所化，性質也是兇殘，又常被當作旱魃，能夠阻止天雨，但是一方面又有戀愛事件的傳說，性質上更帶了一點溫暖的彩色了。中國的殭屍故事大抵很能感染恐怖的情緒，捨意義而論技工，卻是成功的了；《聊齋誌異》裏有一則「屍變」，紀旅客獨宿，為新死的旅館子婦所襲，逃到野外，躲在一棵大樹後面，互相撐拒，末後驚恐倒地，屍亦抱樹而僵。我讀這篇雖然已在二十多年前，那時恐怖的心情還未忘記，

這可以算是一篇有力的鬼怪故事了。兒童文學裏的恐怖分子，確是不甚適宜，若在平常文藝作品本來也是應有的東西，美國亞倫坡的小說含這種分子很多，便是莫泊桑也作有若干鬼怪故事，不過他們多用心理的內面描寫，方法有點不同罷了。

外國的殭屍思想，可以分作南歐與北歐兩派，以希臘及塞耳比亞為其代表。北派的通稱凡披耳（Vampyr），從墓中出，迷魘生人，吸其血液，被吸者死復成凡披耳；又患狼狂病（Lycanthropia）者，俗以為能化狼，死後亦成殭屍，故或又混稱「人狼」（Vljkodlak），性質兇殘，與中國的殭屍相似。南派的在希臘古代稱亞拉思妥耳（Alastor），在現代雖襲用斯拉夫的名稱「苻呂科拉加思」（Vrykolakas，原意云人狼），但從方言「鼓狀」（Tympaniaios）「張口者」（Katachanas）等名稱看來，不過是不壞而能行動的屍身，雖然也是妖異而性質卻是和平的，民間傳說裏常說他回家起居如常人，所以正是一種「活屍」罷了。他的死後重來的緣因，大抵由於精氣未盡或怨恨未報，以橫死或夭亡的人為多。古希臘的亞拉思妥耳的意思本是遊行者，但其遊行的目的大半在於追尋他的仇敵，後人便將這字解作「報復者」，因此也加上多少殺伐的氣質了。希臘悲劇上常見這類的思想，如愛斯吉洛思（Aischylos）的「慈惠女神」（Eumenides）中最為顯著，厄林奴思（Erinys）所歌「為了你所流的血，你將使我吸你活的肢體的紅汁。你自身必將為我的肉，我的酒，」即是好例。阿勒思德斯（Orestes）為父報仇而殺其母，母之怨靈乃借手厄林奴思以圖報復，在民間思想圖報者本為其母的殭屍，唯以藝術的關係故代以報仇之神厄林奴思，這是希臘中和之德的一例，但恐怖仍然存在，運用民間信仰以表示正義，這可以說是愛斯吉洛思的一種特長了。近代歐洲各國亦有類似「遊行者」的

一種思想，易卜生的戲劇《群鬼》裏便聯帶說及，他這篇名本是《重來者》（Gengangere），即指死而復出的殭屍，並非與肉體分離了的鬼魂，第一幕裏阿爾文夫人看見兒子和使女調戲，叫道「鬼，鬼！」意思就是這個，這鬼（ghosts）字實在當解作「從〔死人裏〕回來的人們」（revenants）。條頓族的敘事民歌（popular ballad）裏也很多這些「重來者」，如《門子井的妻》一篇，記死者因了母子之愛，兄弟三人同來訪問他們的老母；但是因戀愛而重來的尤多，《可愛的威廉的鬼》從墓中出來，問他的情人要還他的信誓，造成一首極淒婉美艷的民歌。威廉說，「倘若死者為生人而來，我亦將為你而重來。」這死者來迎取後死的情人的趣意，便成了《色勿克的奇跡》的中心，並引起許多近代著名的詩篇，運用怪異的事情表示比死更強的愛力。在這些民歌裏，表面上似乎只說鬼魂，實在都是那「遊行者」一類的異物，《門子井的妻》裏老母聽說她的兒子死在海裏了，她詛咒說，「我願風不會停止，浪不會平靜，直到我的三個兒子回到我這裏來，帶了〔他們的〕現世的血肉的身體」，便是很明白的證據了。

民間的習俗大抵本於精靈信仰（Animism），在事實上於文化發展頗有障礙，但從藝術上平心靜氣的看去，我們能夠於怪異的傳說的裏面瞥見人類共通的悲哀或恐怖，不是無意義的事情。科學思想可以加入文藝裏去，使他發生若干變化，卻決不能完全佔有他，因為科學與藝術的領域是迥異的。明器裏人面獸身獨角有翼的守墳的異物，常識都知道是虛假的偶像，但是當作藝術，自有他的價值，不好用唯物的判斷去論定的。文藝上的異物思想也正是如此。我想各人在文藝上不妨各有他的一種主張，但是同時不可不有寬闊的心胸與理解的精神去賞鑒一切的作品，庶幾能夠貫通，了解文藝

的真意。安特來夫在《七個絞死者的故事》的序上說的好,「我們的不幸,便是大家對於別人的心靈生命苦痛習慣意向願望,都很少理解,而且幾於全無。我是治文學的,我之所以覺得文學可尊者,便因其最高上的功業是拭去一切的界限與距離。」

(選自《自己的園地》,長沙:岳麓書社,1987 年)

五猖會

魯迅

孩子們所盼望的，過年過節之外，大概要數迎神賽會的時候了。但我家的所在很偏僻，待到賽會的行列經過時，一定已在下午，儀仗之類，也減而又減，所剩的極其寥寥。往往伸着頸子等候多時，卻只見十幾個人抬着一個金臉或藍臉紅臉的神像匆匆地跑過去。於是，完了。

我常存着這樣的一個希望：這一次所見的賽會，比前一次繁盛些。可是結果總是一個「差不多」；也總是只留下一個紀念品，就是當神像還未抬過之前，化一文錢買下的，用一點爛泥，一點顏色紙，一枝竹籤和兩三枝雞毛所做的，吹起來會發出一種刺耳的聲音的哨子，叫作「吹都都」的，吡吡地吹它兩三天。

現在看看《陶庵夢憶》，覺得那時的賽會，真是豪奢極了，雖然明人的文章，怕難免有些誇大。因為禱雨而迎龍王，現在也還有的，但辦法卻已經很簡單，不過是十多人盤旋着一條龍，以及村童們扮些海鬼。那時卻還要扮故事，而且實在奇拔得可觀。他記扮《水滸傳》中人物云：「……於是分頭四出，尋黑矮漢，尋梢長大漢，尋頭陀，尋胖大和尚，尋茁壯婦人，尋姣長婦人，尋青面，尋歪頭，尋赤鬚，尋美髯，尋黑大漢，尋赤臉長鬚。大索城中；無，則之郭，之村，之山僻，之鄰府州縣。用重價聘之，得三十六人，

梁山泊好漢，個個呵活，臻臻至至[1]，人馬稱婗[2]而行。……」這樣的白描的活古人，誰能不動一看的雅興呢？可惜這種盛舉，早已和明社一同消滅了。

賽會雖然不像現在上海的旗袍，北京的談國事，為當局所禁止，然而婦孺們是不許看的，讀書人即所謂士子，也大抵不肯趕去看。只有遊手好閒的閒人，這才跑到廟前或衙門前去看熱鬧；我關於賽會的知識，多半是從他們的敍述上得來的，並非考據家所貴重的「眼學」。然而記得有一回，也親見過較盛的賽會。開首是一個孩子騎馬先來，稱為「塘報」；過了許久，「高照」到了，長竹竿揭起一條很長的旗，一個汗流浹背的胖大漢用兩手托着；他高興的時候，就肯將竿頭放在頭頂或牙齒上，甚而至於鼻尖。其次是所謂「高蹺」，「抬閣」，「馬頭」了；還有扮犯人的，紅衣枷鎖，內中也有孩子。我那時覺得這些都是有光榮的事業，與聞其事的即全是大有運氣的人，——大概羨慕他們的出風頭罷。我想，我為什麼不生一場重病，使我的母親也好到廟裏去許下一個「扮犯人」的心願的呢？ ……然而我到現在終於沒有和賽會發生關係過。

要到東關看五猖會去了。這是我兒時所罕逢的一件盛事。因為那會是全縣中最盛的會，東關又是離我家很遠的地方，出城還有六十多里水路，在那裏有兩座特別的廟。一是梅姑廟，就是《聊齋誌異》所記，室女守節，死後成神，卻篡取別人的丈夫的；現在神座上確塑着一對少年男女，眉開眼笑，殊與「禮教」有妨。其一便

---

1. 臻臻至至：齊備的意思。
2. 稱婗：行列整齊的樣子。

是五猖廟了，名目就奇特。據有考據癖的人說：這就是五通神。然而也並無確據。神像是五個男人，也不見有什麼猖獗之狀；後面列坐着五位太太，卻並不「分坐」，遠不及北京戲園裏界限之謹嚴。其實呢，這也是殊與「禮教」有妨的，——但他們既然是五猖，便也無法可想，而且自然也就「又作別論」了。

因為東關離城遠，大清早大家就起來。昨夜預定好的三道明瓦窗的大船，已經泊在河埠頭，船椅，飯菜，茶炊，點心盒子，都在陸續搬下去了。我笑着跳着，催他們要搬得快。忽然，工人的臉色很謹肅了，我知道有些蹊蹺，四面一看，父親就站在我背後。

「去拿你的書來。」他慢慢地説。

這所謂「書」，是指我開蒙時候所讀的《鑒略》，因為我再沒有第二本了。我們那裏上學的歲數是多揀單數的，所以這使我記住我其時是七歲。

我忐忑着，拿了書來了。他使我同坐在堂中央的桌子前，教我一句一句地讀下去。我擔着心，一句一句地讀下去。

兩句一行，大約讀了二三十行吧，他説：

「給我讀熟。背不出，就不准去看會。」

他説完，便站起來，走進房裏去了。

我似乎從頭上澆了一盆冷水。但是，有什麼法子呢？自然是讀着，讀着，強記着，——而且要背出來。

粵自盤古，生於太荒。
首出禦世，肇開混茫。

就是這樣的書，我現在只記得前四句，別的都忘卻了；那時所強記的二三十行，自然也一齊忘卻在裏面了。記得那時聽人說，讀《鑒略》比讀《千字文》，《百家姓》有用得多，因為可以知道從古到今的大概。知道從古到今的大概，那當然是很好的，然而我一字也不懂。「粵自盤古」就是「粵自盤古」，讀下去，記住它，「粵自盤古」呵！「生於太荒」呵！ ……

應用的物件已經搬完，家中由忙亂轉成靜肅了。朝陽照着西牆，天氣很清朗。母親，工人，長媽媽即阿長，都無法營救，只默默地靜候着我讀熟，而且背出來。在百靜中，我似乎頭裏要伸出許多鐵鉗，將什麼「生於太荒」之流夾住；也聽到自己急急誦讀的聲音發着抖，彷彿深秋的蟋蟀，在夜中鳴叫似的。

他們都等候着；太陽也升得更高了。

我忽然似乎已經很有把握，便即站了起來，拿書走進父親的書房，一氣背將下去，夢似的就背完了。

「不錯。去吧。」父親點着頭，說。

大家同時活動起來，臉上都露出笑容，向河埠走去。工人將我高高地抱起，彷彿在祝賀我的成功一般，快步走在最前頭。

我卻並沒有他們那麼高興。開船以後，水路中的風景，盒子裏的點心，以及到了東關的五猖會的熱鬧，對於我似乎都沒有什麼大意思。

直到現在，別的完全忘卻，不留一點痕跡了，只有背誦《鑒略》這一段，卻還分明如昨日事。

　　我至今一想起，還詫異我的父親何以要在那時候叫我來背書。

五月廿五日

（選自《魯迅全集》2 卷，北京：人民文學出版社，1981 年）

無常

鲁迅

迎神賽會這一天出巡的神，如果是掌握生殺之權的，——不，這生殺之權四個字不大妥，凡是神，在中國彷彿都有些隨意殺人的權柄似的，倒不如說是職掌人民的生死大事的吧，就如城隍和東岳大帝之類，那麼，他的鹵簿[1]中間就另有一群特別的腳色：鬼卒，鬼王，還有活無常。

這些鬼物們，大概都是由粗人和鄉下人扮演的。鬼卒和鬼王是紅紅綠綠的衣裳，赤着腳；藍臉，上面又畫些魚鱗，也許是龍鱗或別的什麼鱗吧，我不大清楚。鬼卒拿着鋼叉，叉環振得琅琅地響，鬼王拿的是一塊小小的虎頭牌。據傳說，鬼王是只用一隻腳走路的；但他究竟是鄉下人，雖然臉上已經畫上些魚鱗或者別的什麼鱗，卻仍然只得用了兩隻腳走路。所以看客對於他們不很敬畏，也不大留心，除了念佛老嫗和她的孫子們為面面圓到起見，也照例給他們一個「不勝屏營待命之至」的儀節。

至於我們——我相信：我和許多人——所最願意看的，卻在活無常。他不但活潑而詼諧，單是那渾身雪白這一點，在紅紅綠綠中就有「鶴立雞群」之概。只要望見一頂白紙的高帽子和他手裏的破芭蕉扇的影子，大家就都有些緊張，而且高興起來了。

---

1. 鹵簿：封建時代帝王或大臣外出時的侍從儀仗隊。

人民之於鬼物，唯獨與他最為稔熟，也最為親密，平時也常常可以遇見他。譬如城隍廟或東岳廟中，大殿後面就有一間暗室，叫作「陰司間」，在才可辨色的昏暗中，塑着各種鬼：吊死鬼，跌死鬼，虎傷鬼，科場鬼，……而一進門口所看見的長而白的東西就是他。我雖然也曾瞻仰過一回這「陰司間」，但那時膽子小，沒有看明白。聽說他一手還拿着鐵索，因為他是勾攝生魂的使者。相傳樊江東岳廟的「陰司間」的構造，本來是極其特別的：門口是一塊活板，人一進門，踏着活板的這一端，塑在那一端的他便撲過來，鐵索正套在你脖子上。後來嚇死了一個人，釘實了，所以在我幼小的時候，這就已不能動。

倘使要看個分明，那麼，《玉曆鈔傳》上就畫着他的像，不過《玉曆鈔傳》也有繁簡不同的本子的，倘是繁本，就一定有。身上穿的是斬衰凶服，腰間束的是草繩，腳穿草鞋，項掛紙錠；手上是破芭蕉扇，鐵索，算盤；肩膀是聳起的，頭髮卻披下來；眉眼的外梢都向下，像一個「八」字。頭上一頂長方帽，下大頂小，按比例一算，該有二尺來高吧；在正面，就是遺老遺少們所戴瓜皮小帽的綴一粒珠子或一塊寶石的地方，直寫着四個字道：「一見有喜」。有一種本子上，卻寫的是「你也來了」。這四個字，是有時也見於包公殿的扁額上的，至於他的帽上是何人所寫，他自己還是閻羅王，我可沒有研究出。

《玉曆鈔傳》上還有一種和活無常相對的鬼物，裝束也相仿，叫作「死有分」。這在迎神時候也有的，但名稱卻訛作死無常了，黑臉，黑衣，誰也不愛看。在「陰司間」裏也有的，胸口靠着牆壁，陰森森地站着；那才真真是「碰壁」。凡有進去燒香的人們，

必須摩一摩他的脊梁，據說可以擺脫了晦氣；我小時也曾摩過這脊梁來，然而晦氣似乎終於沒有脫，——也許那時不摩，現在的晦氣還要重吧，這一節也還是沒有研究出。

我也沒有研究過小乘佛教的經典，但據耳食之談，則在印度的佛經裏，焰摩天是有的，牛首阿旁也有的，都在地獄裏做主任。至於勾攝生魂的使者的這無常先生，卻似乎於古無徵，耳所習聞的只有什麼「人生無常」之類的話。大概這意思傳到中國之後，人們便將他具象化了。這實在是我們中國人的創作。

然而人們一見他，為什麼就都有些緊張，而且高興起來呢？

凡有一處地方，如果出了文士學者或名流，他將筆頭一扭，就很容易變成「模範縣」。我的故鄉，在漢末雖曾經虞仲翔先生偷揚過，但是那究竟太早了，後來到底免不了產生所謂「紹興師爺」，不過也並非男女老小全是「紹興師爺」，別的「下等人」也不少。這些「下等人」，要他們發什麼「我們現在走的是一條狹窄險阻的小路，左面是一個廣漠無際的泥潭，右面也是一片廣漠無際的浮砂，前面是遙遙茫茫蔭在薄霧的裏面的目的地」那樣熱昏似的妙語，是辦不到的，可是在無意中，看得往這「蔭在薄霧的裏面的目的地」的道路很明白：求婚，結婚，養孩子，死亡。但這自然是專就我的故鄉而言，若是「模範縣」裏的人民，那當然又作別論。他們——敝同鄉「下等人」——的許多，活着，苦着，被流言，被反噬，因了積久的經驗，知道陽間維持「公理」的只有一個會，而且這會的本身就是「遙遙茫茫」，於是乎勢不得不發生對於陰間的神往。人是大抵自以為衡些冤抑的；活的「正人君子」們只能騙鳥，若問愚民，他就可以不假思索地回答你：公正的裁判是在陰間！

想到生的樂趣，生固然可以留戀；但想到生的苦趣，無常也不一定是惡客。無論貴賤，無論貧富，其時都是「一雙空手見閻王」，有冤的得伸，有罪的就得罰。然而雖說是「下等人」，也何嘗沒有反省？自己做了一世人，又怎麼樣呢？未曾「跳到半天空」麼？沒有「放冷箭」麼？無常的手裏就拿着大算盤，你擺盡臭架子也無益。對付別人要滴水不漏的公理，對自己總還不如雖在陰司裏也還能夠尋到一點私情。然而那又究竟是陰間，閻羅天子，牛首阿旁，還有中國人自己想出來的馬面，都是並不兼差，真正主持公理的腳色，雖然他們並沒有在報上發表過什麼大文章。當還未做鬼之前，有時先不欺心的人們，遙想着將來，就又不能不想在整塊的公理中，來尋一點情面的末屑，這時候，我們的活無常先生便見得可親愛了，利中取大，害中取小，我們的古哲墨翟先生謂之「小取」云。

　　在廟裏泥塑的，在書上墨印的模樣上，是看不出他那可愛來的。最好是去看戲。但看普通的戲也不行，必須看「大戲」或者「目連戲」。目連戲的熱鬧，張岱在《陶庵夢憶》上也曾誇張過，說是要連演兩三天。

　　在我幼小時候可已經不然了，也如大戲一樣，始於黃昏，到次日的天明便完結。這都是敬神禳災的演劇，全本裏一定有一個惡人，次日的將近天明便是這惡人的收場的時候，「惡貫滿盈」，閻王出票來勾攝了，於是乎這活的活無常便在戲台上出現。

　　我還記得自己坐在這一種戲台下的船上的情形，看客的心情和普通是兩樣的。平常愈夜深愈懶散，這時卻愈起勁。他所戴的紙糊的高帽子，本來是掛在台角上的，這時預先拿進去了；一種特別樂器，也準備使勁地吹。這樂器好像喇叭，細而長，可有七八尺，大

約是鬼物所愛聽的吧，和鬼無關的時候就不用；吹起來，Nhatu，nhatu，nhatututuu 地響，所以我們叫它「目連嗐頭」。

在許多人期待着惡人的沒落的凝望中，他出來了，服飾比畫上還簡單，不拿鐵索，也不帶算盤，就是雪白的一條莽漢，粉面朱唇，眉黑如漆，蹙着，不知道是在笑還是在哭。但他一出台就須打一百零八個噴嚏，同時也放一百零八個屁，這才自述他的履歷。可惜我記不清楚了，其中有一段大概是這樣：

> ……
> 大王出了牌票，叫我去拿隔壁的癩子。
> 問了起來呢，原來是我堂房的阿侄。
> 生的是什麼病？傷寒，還帶痢疾。
> 看的是什麼郎中？下方橋的陳念義 la 兒子。
> 開的是怎樣的藥方？附子，肉桂，外加牛膝。
> 第一煎吃下去，冷汗發出；
> 第二煎吃下去，兩腳筆直。
> 我道 nga 阿嫂哭得悲傷，暫放他還陽半刻。
> 大王道我是得錢買放，就將我捆打四十！

這敍述裏的「子」字都讀作入聲。陳念義是越中的名醫，俞仲華曾將他寫入《蕩寇志》裏，擬為神仙；可是一到他的令郎，似乎便不大高明了。la 者「的」也；「兒」讀若「倪」，倒是古音吧；nga 者，「我的」或「我們的」之意也。

他口裏的閻羅天子彷彿也不大高明，竟會誤解他的人格，——不，鬼格。但連「還陽半刻」都知道，究竟還不失其「聰明正直之

謂神」。不過這懲罰，卻給了我們的活無常以不可磨滅的冤苦的印象，一提起，就使他更加蹙緊雙眉，捏定破芭蕉扇，臉向着地，鴨子浮水似的跳舞起來。

Nhatu，nhatu，nhatu-nhatu-nhatututuu！目連嗐頭也冤苦不堪似的吹着。

他因此決定了，

> 難是弗放者個！
> 哪怕你，銅牆鐵壁！
> 哪怕你，皇親國戚！
> ……

「難」者，「今」也；「者個」者「的了」之意，詞之決也。「雖有忮心，不怨飄瓦」，他現在毫不留情了，然而這是受了閻羅老子的督責之故，不得已也。一切鬼眾中，就是他有點人情；我們不變鬼則已，如果要變鬼，自然就只有他可以比較的相親近。

我至今還確鑿記得，在故鄉時候，和「下等人」一同，常常這樣高興地正視過這鬼而人，理而情，可怖而可愛的無常；而且欣賞他臉上的哭或笑，口頭的硬語與諧談……。

迎神時候的無常，可和演劇上的又有些不同了。他只有動作，沒有言語，跟定了一個捧着一盤飯菜的小丑似的腳色走，他要去吃；他卻不給他。另外還加添了兩名腳色，就是「正人君子」之所謂「老婆兒女」。凡「下等人」，都有一種通病：常喜歡以己之所欲，施之於人。雖是對於鬼，也不肯給他孤寂，凡有鬼神，大概總

要給他們一對一對地配起來。無常也不在例外。所以,一個是漂亮的女人,只是很有些村婦樣,大家都稱她無常嫂;這樣看來,無常是和我們平輩的,無怪他不擺教授先生的架子。一個是小孩子,小高帽,小白衣;雖然小,兩肩卻已經聳起了,眉目的外梢也向下。這分明是無常少爺了,大家卻叫他阿領,對於他似乎都不很表敬意;猜起來,彷彿是無常嫂的前夫之子似的。但不知何以相貌又和無常有這麼像?吁!鬼神之事,難言之矣,只得姑且置之弗論。至於無常何以沒有親兒女,到今年可很容易解釋了;鬼神能前知,他怕兒女一多,愛說閒話的就要旁敲側擊地鍛成他拿盧布,所以不但研究,還早已實行了「節育」了。

這捧着飯菜的一幕,就是「送無常」。因為他是勾魂使者,所以民間凡有一個人死掉以後,就得用酒飯恭送他。至於不給他吃,那是賽會時候的開玩笑,實際上並不然。但是,和無常開玩笑,是大家都有此意的,因為他爽直,愛發議論,有人情,——要尋真實的朋友,倒還是他妥當。

有人說,他是生人走陰,就是原是人,夢中卻入冥去當差的,所以很有些人情。我還記得住在離我家不遠的小屋子裏的一個男人,便自稱是「走無常」,門外常常燃着香燭。但我看他臉上的鬼氣反而多。莫非入冥做了鬼,倒會增加人氣的麼?吁!鬼神之事,難言之矣,這也只得姑且置之弗論了。

六月廿三日

(選自《魯迅全集》2卷,北京:人民文學出版社,1981年)

女吊

魯迅

　　大概是明末的王思任説的吧:「會稽乃報仇雪恥之鄉,非藏垢納污之地!」這對於我們紹興人很有光彩,我也很喜歡聽到,或引用這兩句話。但其實,是並不的確的;這地方,無論為哪一樣都可以用。

　　不過一般的紹興人,並不像上海的「前進作家」那樣憎惡報復,卻也是事實。單就文藝而言,他們就在戲劇上創造了一個帶復仇性的,比別的一切鬼魂更美,更強的鬼魂。這就是「女吊」。我以為紹興有兩種特色的鬼,一種是表現對於死的無可奈何,而且隨隨便便的「無常」,我已經在《朝華夕拾》裏得了紹介給全國讀者的光榮了,這回就輪到別一種。

　　「女吊」也許是方言,翻成普通的白話,只好説是「女性的吊死鬼」。其實,在平時,説起「吊死鬼」,就已經含有「女性的」的意思的,因為投繯而死者,向來以婦人女子為最多。有一種蜘蛛,用一枝絲掛下自己的身體,懸在空中,《爾雅》上已謂之「蜆,縊女」,可見在周朝或漢朝,自經的已經大抵是女性了,所以那時不稱牠為男性的「縊夫」或中性的「縊者」。不過一到做「大戲」或「目連戲」的時候,我們便能在看客的嘴裏聽到「女吊」的稱呼。也叫作「吊神」。橫死的鬼魂而得到「神」的尊號的,我還沒

有發見過第二位，則其受民眾之愛戴也可想。但為什麼這時獨要稱她「女吊」呢？很容易解：因為在戲台上，也要有「男吊」出現了。

我所知道的是四十年前的紹興，那時沒有達官顯宦，所以未聞有專門為人（堂會？）的演劇。凡做戲，總帶着一點社戲性，供着神位，是看戲的主體，人們去看，不過叨光。但「大戲」或「目連戲」所邀請的看客，範圍可較廣了，自然請神，而又請鬼，尤其是橫死的怨鬼。所以儀式就更緊張，更嚴肅。一請怨鬼，儀式就格外緊張嚴肅，我覺得這道理是很有趣的。

也許我在別處已經寫過。「大戲」和「目連」，雖然同是演給神，人，鬼看的戲文，但兩者又很不同。不同之點：一在演員，前者是專門的戲子，後者則是臨時集合的 Amateur[1]——農民和工人；一在劇本，前者有許多種，後者卻好歹總只演一本《目連救母記》。然而開場的「起殤」，中間的鬼魂時時出現，收場的好人升天，惡人落地獄，是兩者都一樣的。

當沒有開場之前，就可看出這並非普通的社戲，為的是台兩旁早已掛滿了紙帽，就是高長虹之所謂「紙糊的假冠」，是給神道和鬼魂戴的。所以凡內行人，緩緩的吃過夜飯，喝過茶，閒閒而去，只要看掛着的帽子，就能知道什麼鬼神已經出現。因為這戲開場較早，「起殤」在太陽落盡時候，所以飯後去看，一定是做了好一會了，但都不是精彩的部分。「起殤」者，紹興人現已大抵誤解為「起喪」，以為就是召鬼，其實是專限於橫死者的。《九歌》中的〈國殤〉云：「身既死兮神以靈，魂魄毅兮為鬼雄」，當然連戰死者在內。

1.　英語，業餘從事文藝、科學或體育運動的人。這裏指業餘演員。

明社垂絕，越人起義而死者不少，至清被稱為叛賊，我們就這樣的一同招待他們的英靈。在薄暮中，十幾匹馬，站在台下了；戲子扮好一個鬼王，藍面鱗紋，手執鋼叉，還得有十幾名鬼卒，則普通的孩子都可以應募。我在十餘歲時候，就曾經充過這樣的義勇鬼，爬上台去，說明志願，他們就給在臉上塗上幾筆彩色，交付一柄鋼叉。待到有十多人了，即一擁上馬，疾馳到野外的許多無主孤墳之處，環繞三匝，下馬大叫，將鋼叉用力的連連刺在墳墓上，然後拔叉馳回，上了前台，一同大叫一聲，將鋼叉一擲，釘在台板上。我們的責任，這就算完結，洗臉下台，可以回家了，但倘被父母所知，往往不免挨一頓竹篠（這是紹興打孩子的最普通的東西），一以罰其帶着鬼氣，二以賀其沒有跌死，但我卻幸而從來沒有被覺察，也許是因為得了惡鬼保佑的緣故吧。

這一種儀式，就是說，種種孤魂厲鬼，已經跟着鬼王和鬼卒，前來和我們一同看戲了，但人們用不着擔心，他們深知道理，這一夜決不絲毫作怪。於是戲文也接着開場，徐徐進行，人事之中，夾以出鬼：火燒鬼，淹死鬼，科場鬼（死在考場裏的），虎傷鬼……孩子們也可以自由去扮，但這種沒出息鬼，願意去扮的並不多，看客也不將它當作一回事。一到「跳吊」時分——「跳」是動詞，意義和「跳加官」之「跳」同——情形的鬆緊可就大不相同了。台上吹起悲涼的喇叭來，中央的橫樑上，原有一團布，也在這時放下，長約戲台高度的五分之二。看客們都屏着氣，台上就闖出一個不穿衣褲，只有一條犢鼻褲[2]，面施幾筆粉墨的男人，他就是「男吊」。一登台，徑奔懸布，像蜘蛛的死守着蛛絲，也如結網，在這

---

2. 這裏指紹興一帶稱為牛頭褲的一種短褲。

上面鑽，掛。他用布吊着各處：腰，脅，胯下，肘彎，腿彎，後項窩……一共七七四十九處。最後才是脖子，但是並不真套進去的，兩手扳着布，將頸子一伸，就跳下，走掉了。這「男吊」最不易跳，演目連戲時，獨有這一個腳色須特請專門的戲子。那時的老年人告訴我，這也是最危險的時候，因為也許會招出真的「男吊」來。所以後台上一定要扮一個王靈官，一手捏訣，一手執鞭，目不轉睛的看着一面照見前台的鏡子。倘鏡中見有兩個，那麼，一個就是真鬼了，他得立刻跳出去，用鞭將假鬼打落台下。假鬼一落台，就該跑到河邊，洗去粉墨，擠在人叢中看戲，然後慢慢的回家。倘打得慢，他就會在戲台上吊死；洗得慢，真鬼也還會認識，跟住他。這擠在人叢中看自己們所做的戲，就如要人下野而唸佛，或出洋遊歷一樣，也正是一種缺少不得的過渡儀式。

這之後，就是「跳女吊」。自然先有悲涼的喇叭；少頃，門幕一掀，她出場了。大紅衫子，黑色長背心，長髮蓬鬆，頸掛兩條紙錠，垂頭，垂手，彎彎曲曲的走一個全台，內行人說：這是走了一個「心」字。為什麼要走「心」字呢？我不明白。我只知道她何以要穿紅衫。看王充的《論衡》，知道漢朝的鬼的顏色是紅的，但再看後來的文字和圖畫，卻又並無一定顏色，而在戲文裏，穿紅的則只有這「吊神」。意思是很容易了然的；因為她投繯之際，準備作厲鬼以復仇，紅色較有陽氣，易於和生人相接近，……紹興的婦女，至今還偶有搽粉穿紅之後，這才上吊的。自然，自殺是卑怯的行為，鬼魂報仇更不合於科學，但那些都是愚婦人，連字也不認識，敢請「前進」的文學家和「戰鬥」的勇士們不要十分生氣吧。我真怕你們要變呆鳥。

她將披着的頭髮向後一抖，人這才看清了臉孔：石灰一樣白的圓臉，漆黑的濃眉，烏黑的眼眶，猩紅的嘴唇。聽說浙東的有幾府的戲文裏，吊神又拖着幾寸長的假舌頭，但在紹興沒有。不是我袒護故鄉，我以為還是沒有好；那麼，比起現在將眼眶染成淡灰色的時式打扮來，可以說是更徹底，更可愛。不過下嘴角應該略略向上，使嘴巴成為三角形：這也不是醜模樣。假使半夜之後，在薄暗中，遠處隱約着一位這樣的粉面朱唇，就是現在的我，也許會跑過去看看的，但自然，卻未必就被誘惑得上吊。她兩肩微聳，四顧，傾聽，似驚，似喜，似怒，終於發出悲哀的聲音，慢慢地唱道：

> 奴奴本是楊家女，
> 呵呀，苦呀，天哪！ ……

　　下文我不知道了。就是這一句，也還是剛從克士那裏聽來的。但那大略，是說後來去做童養媳，備受虐待，終於弄到投繯。唱完就聽到遠處的哭聲，這也是一個女人，在銜冤悲泣，準備自殺。她萬分驚喜，要去「討替代」了，卻不料突然跳出「男吊」來，主張應該他去討。他們由爭論而至動武，女的當然不敵，幸而王靈官雖然臉相並不漂亮，卻是熱烈的女權擁護家，就在危急之際出現，一鞭把男吊打死，放女的獨去活動了。老年人告訴我說：古時候，是男女一樣的要上吊的，自從王靈官打死了男吊神，才少有男人上吊；而且古時候，是身上有七七四十九處，都可以吊死的，自從王靈官打死了男吊神，致命處才只在脖子上。中國的鬼有些奇怪，好像是做鬼之後，也還是要死的，那時的名稱，紹興叫作「鬼裏鬼」。但男吊既然早被王靈官打死，為什麼現在「跳吊」，還會引出真的來呢？我不懂這道理，問問老年人，他們也講說不明白。

而且中國的鬼還有一種壞脾氣，就是「討替代」，這才完全是利己主義；倘不然，是可以十分坦然的和他們相處的。習俗相沿，雖女吊不免，她有時也單是「討替代」，忘記了復仇。紹興煮飯，多用鐵鍋，燒的是柴或草，煙煤一厚，火力就不靈了，因此我們就常在地上看見刮下的鍋煤。但一定是散亂的，凡村姑鄉婦，誰也決不肯省些力，把鍋子伏在地面上，團團一刮，使煙煤落成一個黑圈子。這是因為吊神誘人的圈套，就用煤圈煉成的緣故。散掉煙煤，正是消極的抵制，不過為的是反對「討替代」，並非因為怕她去報仇。被壓迫者即使沒有報復的毒心，也決無被報復的恐懼，只有明明暗暗，吸血吃肉的兇手或其幫閒們，這才贈人以「犯而勿校」或「勿念舊惡」的格言，——我到今年，也愈加看透了這些人面東西的秘密。

九月十九—廿日

（選自《魯迅全集》第 6 卷，北京：人民文學出版社，1981 年）

鬼趣圖

唐弢

　　清人羅兩峰有幾幅《鬼趣圖》，慕名已久，可是無從得見。去年滬戰以後，偶從舊書店裏買得兩冊文明書局玻璃版本，為順德辛氏芋花盦所藏，才知坊間已有印行。

　　畫共八幀，也許是因為絹本的緣故，除了第二第三第八幀外，其餘都很模糊。詩主題識，乾嘉以後，代有名手，多到八十餘人。大都借題發揮，牢騷多端，頗合我這個「也被揶揄半世來」者的脾胃。

　　全集第一幀，在模糊裏辨認得出的，是兩個面目猙獰的半身鬼，站在黑霧濃煙裏。有始無終，原是鬼國慣例，至於放些空氣掩住馬腳，也似乎不足為奇。張問陶句云：「莫駭泥犁多變相，須憐鬼國少完人。」這種說法，至少在我看來，還是有些紳士們所謂「存心忠厚」之意的。

　　第二幀畫一個羸奴，跟在胖主人後面，赤身跣足，戴了頂綴着殘纓的破帽，使出腐儒搖擺的架子，彷彿在暮夜奔走。「冠狗隨人空跳舞」，便是在夜台，也還忘不了施展鑽營的伎倆。

　　除了一男一女外，第三幀裏還有個白衣無常，寬袖高帽，拿着扇子和雨傘，與《玉曆鈔本》所畫的頗有出入。第四幀裏看得清的，是一個拿着藜杖，狀如彌勒佛然而卻哭喪着臉的矮胖子。蔣士

銓七古開篇云:「侏儒飽死肥而俗,身是行屍魂走肉。」看來這位矮先生,生前慣做歌頌聖德的妙文,和三角式的肉感小說,頗曾發過一番財的。

第五幀是一個瘦長的鬼物,在雲端裏奔馳,頭髮披散得像「大師」「藝術家」之流。這個鬼物既能上達天聽,要不是詭計多端,想必終有些吹牛拍馬的秘訣。第六幀是一個頭大過身的怪鬼,嚇跑了兩個鬼子鬼孫。第七幀只看得清一頂傘和幾個鬼頭。第八幀在全書裏最清楚,是兩個骷髏。在枯木亂石,蔓草荒煙裏對語。張問陶題句云:「對面不知人有骨,到死方信鬼無皮。」如果拿來移贈當今的無恥文人,卻是絕妙好聯!

這八幀畫的含義,和這個社會實在太稔熟了。古人以為畫人難於畫鬼,所以頗有人替兩峰擔憂,原因是:「卻愁他日生天去,鬼向先生乞畫人。」其實這也並不是難以解決的問題,兩峰只要帶着這八幀畫去見鬼,同時告訴他們說:

「這便是人!」

一九三三年八月廿三日

(選自《唐弢雜文集》,北京:三聯書店,1984年)

論《封神榜》

聶紺弩

　　《封神榜》這部書，一向沒有登過大雅之堂。字句粗陋，章法呆板，結構草率不說，把許多後來才有的人物，姓氏，軍用器具，文章體裁……都扯到商周時代去，實在值不得「博雅君子們」的一笑。儘管這樣，《封神榜》卻作為大眾讀物之一，在中國舊社會裏面，佔着它確乎不拔的支配地位。「姜太公在此，諸神迴避」的紙條兒，到處都可以碰見；財神趙公明，東岳大帝黃飛虎以及麒麟送子的三霄娘娘……的廟宇，各地都有。至於三頭六臂的哪吒，八九玄功的楊戩們的英勇的戰績，就是不認識字，沒有直接看過這書的鄉下放牛的砍柴的人們，也背得出一兩套來。有一年，我在軍隊裏，打仗打到東江很偏僻的鄉村，那些鄉村裏，甚麼都沒有了，只剩下幾堵沒有燒完的土牆。那些牆上，高高地貼着些褪了色的紅紙條兒，上面寫着「金靈聖母神位」，「火靈聖母神位」之類；雖然到現在我不知道那些地方的農民把「聖母」們當作怎樣的尊神在供奉，為甚麼要供奉，平常以怎樣的方式在供奉。中國的舊小説，在舊社會裏，已經失掉了小説的意義而成功為歷史的經典的，《封神榜》，恐怕要算第一部書了。

　　然而大眾選擇了《封神榜》這部書，並不是偶然的。除了書中的故事架空詭幻，足以歈動並非「博雅君子」的大眾以外，這書還：第一，對舊社會所迷信的神道的來源，給了一個歪曲的解答。

第二，告訴他們，「朝廷」如果無道，使得民不聊生的時候，就會有真命天子出世。第三，教他們在自己的困苦的生活之中，咀嚼着神奇的超現實的幻想來作自我麻醉。這三點，對於大眾都是要不得的。迷信在某種制度裏面本是免不掉的。大眾的知識，不能分析、了解許多「不可思議」的現象，於是只好推之於超越的神；到了推之於神之後，「神又是從哪裏來的呢？」這問題又馬上發生。《封神榜》答覆了，這答覆卻使大眾迷信更愚昧。真命天子出世，本來不是大眾自己的希望。大眾的希望很簡單：生活的改善。江湖術士之流乘機起而告曰：要生活改善，除非真命天子出世。這樣，大眾才把這怪物收為己有了。至於不教大眾在實生活中學習奮鬥，反教學會麻醉，顯然又是一種陰謀。這裏，大眾完全處於被欺騙的地位。

不過《封神榜》，如果要說它好，不見得就沒有話。譬如說它暗示着多少革命的意義，似乎也可以。我們有很多教我們「為國家，秉忠心，食君祿，報皇恩」，「除暴安良，改邪歸正」的書，像《施公案》、《彭公案》之類；誰敢大膽跟皇家作對，那結果一定很慘，像以「誨盜」著名的《水滸》，也不是教一百單八將去為朝廷平寇，就是為朝廷所平。至於把舊的朝廷推翻，重新建立新的朝廷這種話，就很少人敢提。到現在為止，每一個時代都有那一個時代的說話的困難。居今論古，推己及人，安知《封神榜》的作者，不是自己的思想太危險，不容易存在，所以轉彎抹角故意找出武王伐紂這一確有的史實來，又故意使它穿上神怪的衣衫，以掩飾它的內容的呢？例如周跟殷，用歷史的眼光看來，不應該是像後世那樣嚴格的君臣關係。《封神榜》寫的那樣像煞介事，如果不是對歷史的無知，說不定就是別有用心。自然，即使這樣解釋，也並不能提高《封神榜》的多少價值。這書所寫的革命，並非起自民間，

結局又不見真有制度的改換。在現在看來，豈非「以暴易暴兮，不知其非矣」？雖說這話對若干年前的《封神榜》的作者，未免太苛。

《封神榜》上最雄辯的兩句話是：「成湯氣數已盡，周室天命所歸」。就這兩句話，演出了許多「正」教跟「邪」教的衝突。什麼「氣數」，「天命」，「正」跟「邪」之類，固然玄妙難測，只是江湖術士的濫調。但剝去那江湖術士的外衣，也未嘗不可以有樸素的腳踏實地的解釋。作惡多端，殘害人民的是「氣數已盡」的舊勢力；為那舊勢力效力的是「邪」教。代表人民，反對獨夫的是「天命所歸」的新勢力；效忠於新勢力的是「正」教。在「氣數已盡」跟「天命所歸」的兩方的對比，《封神榜》寫得很為盡致。氣數已盡的那方面，一切的權力都在他的手裏。他可以調動天下的兵馬去撻伐他的仇敵。他的祖宗在幾百年以前就替他留下許多根基，養成許多忠臣義士來替他效力。許多「君要臣死，臣不敢不死」的理論家替他辯護。許多武士極周密地為他守衛。他有許多高官，厚祿，空名或實惠可以獎給效忠於他的人們。甚至跟他毫無關係的人，像通天教主，申公豹之流，都各各為了自己的某種原因，暗地為他奔走，拼命。一句話，一切形勢都是利於他的。但是他的壽命延長一天，就是他的罪惡加重一天，加多一天，種種掙扎的手段，剛剛都變成了他的罪惡，不過格外使人民認清他，惱恨他，加強打倒他的決心罷了。另一方面呢，恰好相反，起初，人是少的，力量是小的；但是他們是「天命所歸」，於是登高一呼，萬眾都響應了。撲滅他們！他們的敵人永久也不會忘記。瞧，「三十六路伐西岐」，「誅仙陣」，「萬仙陣」，多厲害！並且「亂臣賊子」的頭銜，刻在他們的額角上，一離開隊伍，未必不真會「人人得而誅之」！然而無法，他們終要「會師孟津，觀政商郊」，打倒舊的朝廷，建立起新的朝廷

來。自然，他們失敗是有的，苦痛，死亡也是有的，哪有什麼關係呢？種種挫折造成了他們的最後勝利。並且那時候「正」教跟「邪」教的道法究竟誰高誰低也判然了。

又，舊勢力方面，白白死了許多忠臣義士武人說客，沒有發生什麼效果，是很可惜的。用《封神榜》的說法，這些枉死的人們，或者是因為「執迷不悟」吧。但像通天教主那樣法力無邊，該不會再執甚麼「迷」；乃因門下畜牲道中的角色太多，竟受小傢伙們的播弄，想用自己的道法，挽回已倒的狂瀾：卒至身敗名裂，遺臭於天下後世，未免太不上算。還有申公豹先生，本是「玉虛門徒」，也很懂得點「天命」「氣數」，本可以「返本還元」，成為真仙的吧，又不料為了一點私人意氣，甘心叛教，不辭勞瘁地到「三山五嶽」去煽動「道友」們來跟同教的師友弟侄們作對，以致斷送了許多「道友」的性命，自己也身填北海，更為不值。這些「逆天行事」的榜樣，《封神榜》也寫得不錯。

總之，《封神榜》這部書，光憑它的神怪這一點，就毒害了中國社會不知多深多久，是誰都不能辯護的。不過我們「讀書人」，本有點愛作「翻案文章」的怪癖，如果體會歷來說話之難，肯到沙裏淘金，弦外尋韻，就是很無聊的書，也未必不可以尋出多少意義來。若說想借「天命」「氣數」等江湖術士的濫調來妖言惑眾，則吾豈敢？

一九三四，七，六，上海

（選自《聶紺弩雜文集》，北京：三聯書店，1981 年）

鬼與狐

老舍

　　我所見過的鬼都是鼻眼俱全，帶着腿兒，白天在街上蹓躂的。夜裏出來活動的鬼，還未曾遇到過；不是他們的過錯，而是因為我不敢走黑道兒。平均的說，我總是晚上九點後十點前睡覺，鬼們還未曾出來；一睁眼就又天亮了，據說鬼們是在雞鳴以前回家休息的。所以我老與鬼們兩不照面，向無交往。即使有時候鬼在半夜扒着窗戶看看我，我向來是睡得如死狗一般，大概他們也不大好意思驚動我。據我推測，鬼的拿手戲是在嚇嚇人；那麼，我夜間不醒，他也就沒辦法。就是他想一口冷氣把我吹死，到底未能先使我的頭髮立起如刺猬的樣子，他大概是不會過癮的。

　　假若黑夜的鬼可以躲避，白天的鬼倒真沒法兒防備。我不能白天也老睡覺。只要我一上街，總得遇上他。有時候在家中靜坐，他會找上門來。夜裏的鬼並不這樣討人嫌。還有呢，夜間的鬼有種種奇裝異服與怪臉面，使人一見就知道鬼來了，如披散着頭髮，吐着舌頭，走道兒沒聲音，和駕着陰風等等。這些特異的標幟使人先有個準備，能打呢就和他開仗，如若個子太高或樣子太可怕呢，咱就給他表演個二百米或一英里競走，雖然他也許打破我的紀錄，而跑到前面去，可是到底我有個希望。白天的鬼，哼，比夜間的要屬害着多少倍，簡直不知多少倍。第一，他不吐舌頭，也不打旋風；他只在你不留神的時候，腳底下一絆，你準得躺下。他的樣子一點

也不見得比我難看，十之八九是胖胖的，一肚子鬼胎。他要能嚇嚇你，自然是見面就「虎」一氣了；可是一般的說，他不「虎」，而是嬉皮笑臉的討人喜歡，等你中了他的計策之後，你才覺出他比棺材板還硬還涼。他與夜鬼的分別是這樣：夜鬼拿人當人待，他至多不過希望拉個替身；白日鬼根本不拿人當人，你只是他的詭計中的一個環節，你永遠逃不出他的圈兒。夜鬼大概多少有點委屈，所以白臉紅舌頭的出出惡氣，這情有可原。白日鬼什麼委屈也沒有，他乾脆要佔別人的便宜。夜鬼不講什麼道德，因為他曉得自己是鬼；白日鬼很講道德，嘴裏講，心裏是男盜女娼一應俱全。更厲害的是他比夜鬼的心眼多，他知道怎樣有組織，用大家的勢力擺下迷魂大陣，把他所要收拾的一一的捉進陣去。在夜鬼的歷史裏，很少有大頭鬼、吊死鬼等等聯合起來作大規模運動的。白日鬼可就兩樣了，他們永遠有團體，有計劃，使你躲開這個，躲不開那個，早晚得落在他們的手中。夜鬼因為勢力孤單，他知道怎樣不專憑勢力，而有時也去找個清官，如包老爺之流，訴訴委屈，而從法律上雪冤報仇。白日鬼不講這一套，世上的包老爺多數死在他們的手裏，更不用說別人了。這種鬼的存在似乎專為害人，就是害不死人，也把人氣死。他們什麼也曉得，只是不曉得怎樣不討厭。他們的心眼很複雜，很快，很柔軟——像塊皮糖似的怎揉怎合適，怎方便怎去。他們沒有半點火氣，地道的純陰，心涼得像塊冰似的，口中叼着大呂宋煙。

這種無處無時不討厭的鬼似乎該有個名稱，我想「不知死的鬼」就很恰當。這種鬼雖具有人形，而心肺則似乎不與人心人肺的標本一樣。他在頂小的利益上看出天大的甜頭，在極黑暗的地方看

出美，找到享樂。他吃，他唱，他交媾，他不知道死。這種玩藝們把世界弄成了鬼的世界，有地獄的黑暗，而無其嚴肅。

鬼之外，應當說到狐。在狐的歷史裏，似乎女權很高，千年白狐總是變成妖豔的小娘子——可惜就是有時候露出點小尾巴。雖然有時候狐也變成白髮老翁，可是究竟是老翁，少壯的男狐精就不大聽說。因此，鬼若是可怕，狐便可怕而又可喜，往往使人捨不得她。她浪漫。

因為浪漫，狐似乎有點傻氣，至少比「不知死的鬼」傻多了。修煉了千年或更長的時間才能化為人形，不刻苦的繼續下工夫，卻偏偏為愛情而犧牲，以至被張天師的張手雷打個粉碎，其愚不可及也。況且所愛的往往不是有汽車高樓的痴胖子，而是風流年少的窮書生；這太不上算了，要按着世上女鬼的邏輯說。

狐的手段也不高明。對於得罪他們的人，只會給飯鍋裏扔把沙子，或把茶壺茶碗放在廁所裏去。這種辦法太幼稚，只能惱人而不叫人真怕他們。於是人們請來高僧或捉妖的老道，門前掛上符咒，老少狐仙便即刻搬家。在這一點上，狐遠不及鬼，更不及白日的鬼。鬼會在半夜三更叫喚幾聲，就把人嚇得藏在被窩裏出白毛汗，至少得燒點紙錢安慰安慰冤魂。至於那白日鬼就更厲害了，他會不動聲色的，跟你一塊吃喝的功夫，把你送到陰間去，到了陰間你還不知道是怎回事呢。

我以為說鬼與狐的故事與文藝大概多數的是為造成一種恐怖，故意的供給一種人為的哆嗦，好使心中空洞的人有些一想就顫抖的東西——神經的冷水浴。在這個目的以外，也許還有時候含着點教訓，如鬼狐的報恩等等。不論是怎樣吧，寫這樣故事的人大概都是

為避免着人事，因為人事中的陰險詭詐遠非鬼所能及；鬼的能力與心計太有限了，所以鬼事倒比較的容易寫一些。至於鬼狐報恩一類的事，也許是求之人世而不可得，乃轉而求諸鬼狐吧。

（選自《老舍幽默文集》，長沙：湖南人民出版社，1982 年）

畫鬼

豐子愷

《後漢書‧張衡傳》云：「畫工惡圖犬馬，好作鬼魅，誠以事實難作，而虛偽無窮也。」

《韓非子》云：「狗馬最難，鬼魅最易。狗馬人所知也，旦暮於前，不可類之，故難。鬼魅無形，無形者不可睹，故易。」

這兩段話看似道理很通，事實上並不很對。「好作鬼魅」的畫工，其實很少。也許當時確有一班好作鬼魅的畫工；但一般地看來，畢竟是少數。至於「鬼魅最易」之說，我更不敢同意。從畫法上看來，鬼魅也一樣地難畫，甚或適得其反：「犬馬最易，鬼魅最難。」

何以言之？所謂「犬馬最難，鬼魅最易」，從畫法上看來，是以「形似」為繪畫的主要標準而說的話。「形似」就是「畫得像」。「像」一定有個對象，拿畫同對象相比較，然後知道像不像。充其極致，凡畫中物的形象與實物的形象很相同的，其畫描的很像，在形似上便可說是很優秀的畫。反之，凡畫中物的形象與實物的形象很不相同的，其畫描的很不像，在形似上便可說是很拙劣的畫。畫犬馬，有對象可比較，像不像一看就知道，所以說它難畫；畫鬼魅，沒有對象可比較，無所謂像不像，所以說它容易畫。——這便是以「像不像實物」為繪畫批評的主要標準的。

這標準雖不錯誤，實太低淺。因為充其極致，照相將變成最優秀的繪畫；而照相發明以後，一切畫法都可作廢，一切畫家都可投筆了。照相發明至今已數百年，而畫法依然存在，畫家依然活動，即可證明繪畫非照相所能取代，即繪畫自有照相所不逮的另一種好處，亦即繪畫不僅以形似為標準，尚有別的更重要的標準在這裏。這更重要的標準是什麼？

簡言之：「繪畫以形體肖似為肉體，以神氣表現為靈魂。」即形體的肖似固然是繪畫的一個重要目標，但此外還有一個更重要的目標，是要表現物象的神氣。倘只有形似而缺乏神氣，其畫就只有肉體而沒有靈魂，好比一個屍骸。

譬如畫一隻狗，依照實物的尺寸，依照實物的色彩，依照解剖之理，可以畫得非常正確而肖似。然而這是博物圖，是「科學的繪畫」，決不是藝術的作品。因為這隻狗缺乏神氣。倘要使牠變成藝術的繪畫，必須於形體正確之外，再仔細觀察狗的神氣，盡力看出牠立、坐、跑、叫等種種時候形象上所起的變化的特點，把這特點稍加誇張而描出在紙上。誇張過分，妨礙了實物的尺寸、色彩，或解剖之理的時候也有。例如畫吠的狗，把嘴畫得比實物更大了些；畫跑的狗，把腳畫得比實際更長了些；畫遊戲的狗，把臉孔畫成了帶些笑容。然而看畫的人並不埋怨畫家失實，反而覺得這畫富有畫趣。所以有許多畫，像中國的山水畫，西洋的新派畫，以及漫畫，為了要明顯地表出物象的神氣，常把物象變形，變成與實物不符，甚或完全不像實物的東西。其中有不少因為誇張過甚，遠離實相，走入虛構境界，流於形式主義，失卻了繪畫藝術所重要的客觀性。但相當地誇張不但為藝術所許可，而且是必要的。因為這是繪畫的靈魂所在的地方。

故正式的作畫法，不是看着了實物而依樣畫葫蘆，必須在實物的形似中加入自己的遷想——即想像的工夫。譬如要畫吠的狗，畫家必先想像自己做了狗，（恕我這句話太粗慢了。然而為説明便利起見，不得不如此説。）在那裏狂吠，然後能充分表現其神氣。要畫玩皮球的小黃狗，（我自己曾經在開明小學教科書中畫過。）想像自己做了小黃狗，體驗牠的愉快的心情，然後能充分表現其神氣。想像的工作，在繪畫上是極重要的一事。有形的東西，可用想像使它變形，無形的東西，也可用想像使它有形。人實際是沒有翅膀的，藝術家可用想像使他生翅膀，描成天使。獅子實際是沒有人頭的，藝術家可用想像使牠長出人面孔來，造成 Sphinx。天使與 Sphinx，原來都是「無形不可睹」的，然而自從古人創作以後，至今流傳着，保存着，誰能説這種藝術製作比畫「旦暮於前」的犬馬容易呢？

我説鬼魅也不容易畫，便是為此。鬼這件東西，在實際的世間，我不敢説無，也不敢説有。因為我曾經在書中讀鬼的故事，又常常聽見鬼的人談鬼的話兒，所以不敢説無；又因為我從來沒確鑿地見聞過鬼，所以不敢説有。但在想像的世界中，我敢肯定鬼確是有的。因為我常常在想像的世界中看見過鬼。——就是每逢在書中讀到鬼的故事，從見鬼者的口中聽到鬼的話兒的時候，我一定在自己心中想像出適合於其性格行為的鬼的姿態來。只要把眼睛一閉，鬼就出現在我的面前。有時我立刻取紙筆來，想把某故事中的鬼的想像姿態描畫出來，然而往往不得成功。因為閉了目在想像的世界中所見的印象，到底比張開眼睛在實際的世間所見的印象薄弱得多。描來描去，難得描成一個可稱適合於該故事中的鬼的性格行為的姿態。這好比偵探家要背描出曾經瞥見而沒有捉住的盜賊的相貌

來，銀行職員要形容出冒領巨款的騙子的相貌來。閉目一想，這副相貌立刻出現；但是動筆描寫起來，往往不能如意稱心。因此「鬼魅最易」畫一說，我萬萬不敢同意。大概他們所謂「最易」，是不講性格行為，不照想像世界，而隨便畫一個「鬼」的意思。那麼亂塗幾筆也可說「這是一個鬼」，倒翻墨水瓶也可說「這是一個鬼」，毫無憑證，又毫無條件，當然是太容易了。但這些只能稱之為鬼的符，不能稱之為鬼的「畫」。即稱為畫，必然有條件，即必須出自想像的世界，必須適於該鬼的性格行為。因此我的所見適得其反：「犬馬最易，鬼魅最難。」犬馬旦暮於前，畫時可憑實物而加以想像；鬼魅無形不可睹，畫時無實物可憑，全靠自己在頭腦中 shape（這裏因為一時想不出相當的中國動詞來，姑且借用一英文字）出來，豈不比畫犬馬更難？故古人說「事實難作，而虛偽無窮」，我要反對地說：「事實易摹，而想像難作。」

我平生所看見過的鬼，（當然是在想像世界中看見的。）回想起來可分兩類，第一類是兇鬼，第二類是笑鬼。現在還在我腦中留着兩種清楚的印象：

小時候一個更深夜靜的夏天的晚上，母親赤了膊坐在床前的桌子旁填鞋子底，我戴個紅肚兜躺在床裏的簟席上。母親把她小時候聽見的「鬼壓人」的故事講給我聽：據說那時我們地方上來了一群鬼。到了晚上，鬼就到人家的屋裏來壓睡着的人。每份人家的人，不敢大家同時睡覺，必須留一半人守夜。守夜的人聽見一隻床裏「咕嚕咕嚕」地響起來，就知道鬼在壓這床裏的人了，連忙去救。但見那人兩臉通紅，兩眼突出，口中泛着唾沫。胸部一起一落，呼吸困急。兩手緊捏拳頭，或者緊抓大腿。好像身上壓着一塊無形的

青石板的模樣。救法是敲鑼。鑼一敲，鄰近人家的守夜者就響應，全市中鬧起鑼來。於是床裏的人漸漸蘇醒，連忙拉他起來，到別處去躲避。他的指爪深深地嵌入手掌中或大腿中，拔出後血流滿地。據被鬼壓過的人說，一個青面獠牙的鬼坐在他的胸上，用一手叉住他的頭頸，用另一手批他的頰，所以如此苦悶。我聽到這裏，立刻從床裏逃出，躲入母親懷裏。從她的肩際望到房間的暗角裏，床底下，或者桌子底下，似乎看見一個青面獠牙的鬼，隱現無定。身體青得厲害，髮與口紅得厲害，牙與眼白得更厲害。最可怕的就是這些白。這印象最初從何而來？我想大約是祖母喪事時我從經懺堂中的十殿閻王的畫軸中得到的。從此以後聽到人說兇鬼，我就在想像中看見這般模樣。屢次想畫一個出來，往往畫得不滿意。不滿意處在於不很兇，無論如何總不及閉目回想時所見的來得更兇。

學童時代，到鄉村的親戚家作客，那家的老太太（我叫三娘娘的），晚上叫他的兒子（我叫蔣五伯的）送我回家，必然點一裏香給我拿着。我問「為什麼要拿香」，他們都不肯說。後來三娘娘到我家作長客，有一天晚上，她說明叫我拿香的原因，為的是她家附近有笑鬼。夏夜，三娘娘獨坐在門外的搖紗椅子裏，一隻手裏拿着佛柴（麥秆兒扎成的，取其色如金條），口裏唸着「南無阿彌陀佛」，每天要唸到深夜才去睡覺。有一晚，她忽聞耳邊有吃吃的笑聲，回頭一看，不見一人，笑聲也就沒有了。她繼續唸佛，一會兒笑聲又來。這位老太太是不怕鬼的，並不驚逃。那鬼就同她親善起來：起初給她捶腰，後來給她搔背：她索性把眼睛閉了，那鬼就走到前面來給她敲腿，又給她在項頸裏提痧。夜夜如此，習以為常。據三娘娘說，他們討好她，為的是要錢。她的那把佛柴唸了一夏

天，全不發金，反而愈唸愈發白。足證她所唸出來的佛，都被他們當作捶背搔癢的工資得去，並不留在佛柴上了。初秋的有一晚，她恨那些笑鬼太要錢，有意點一支香，插在搖紗椅旁的泥地中。這晚果然沒有笑聲，也沒有鬼來討好她了。但到了那支香點完了的時候，忽然有一種力，將她手中的佛柴奪去，同時一陣冷風帶着一陣笑聲，從她耳邊飛過，向遠處去了。她打個寒噤，連忙搬了搖紗椅子，逃進屋裏去了。第二日，捉草孩子在附近的墳地裏拾得一把佛柴，看見上面束着紅紙圈，知道是三娘娘的，拿回來送還她。以後她夜間不敢再在門外唸佛。但是窗外仍是常有笑聲。油盞火發暗了的時候，她常在天窗玻璃中看見一隻白而大而平的笑臉，忽隱忽現，我聽到這裏毛骨悚然，立刻攢到人叢中去。偶然望了黑暗的角落裏，但見一隻白而大而平的笑臉，在那裏慢慢地移動。其白髮青，其大發浮，其平如板，其笑如哭。這印象，最初大概是從屍床上的死人得來的。以後聽見人說善鬼，我就在想像中看見這般的模樣。也曾屢次想畫一個出來，也往往畫得不滿意。不滿意處在於不陰險。無論如何總不及閉目回想時所見的來得更陰險。

所以我認為畫鬼魅比畫犬馬更難，其難與畫佛像相同。畫佛像求其盡善，畫鬼魅求其極惡。盡善的相貌固然難畫，極惡的相貌一樣地難畫。我常嫌畫家所描的佛像不像普通人，不能表出十全的美；同時也嫌畫家所描的鬼魅也太像普通人，不能表出十全的醜。雖然我自己畫的更不如人。

中世紀西洋畫家描耶穌，常在眾人中挑選一個面貌最近於理想的耶穌面貌的人，使作模特兒，然後看着了寫生。中國畫家畫佛像，不用這般笨法。他們讀萬卷書，行萬里路，留意萬人的相貌，

向其中選出最完美的耳目口鼻等部分來，在心中湊成一副近於十全的相貌，假定為佛的相貌。我想，畫鬼魅也該如此。讀萬卷書，行萬里路，研究無數兇惡人及陰險家的臉，向其中選出最醜惡的耳目口鼻等部分來，牢記其特點，集大成地描出一副極兇惡的或極陰險的臉孔來，方才可稱為標準鬼臉。但這是極困難的一事，所以世間難得有十全的鬼魅畫。我只能在萬人的臉孔中零零碎碎地看到種種鬼相而已。

我在小時候，覺得青面獠牙的兇鬼臉最為可怕。長大後，所感就不同，覺得白而大而平的笑鬼臉比青面獠牙的兇鬼更加可怕。因為兇鬼臉是率直的，猶可當也；笑鬼臉是陰險的，令人莫可猜測，天下之可怕無過於此！我在小時候，看見零零碎碎地表出在萬人的臉孔上的鬼相，兇鬼相居多，笑鬼相居少。長大後，以至現在，所見不同，兇鬼相居少，而笑鬼相居多了。因此我覺得現今所見的世間比兒時所見的世間更加可怕。因此我這畫工也與古時的畫工相反，是「好作犬馬」，而「惡圖鬼魅」的。

廿五年（一九三六年）暮春作，載《論語》九十二期

（選自《緣緣堂隨筆集》，杭州：浙江文藝出版社，1983年）

鬼話

施蟄存

　　兩月前在上海晤邵洵美先生，因為他正在對於西洋文學中的鬼故事發生很大的興趣，我也曾表示想寫一篇關於鬼怪文學的小文及一篇介紹英國鬼怪小說家勒法虞（Le Fanu）的文字，但這只是一張誇張的述願，雖然洵美先生竭力慫恿我把它們寫出來，但回頭一想，在種種情形之下，尤其是因為現在據說是一個崇尚現實主義的時代，我的文章似乎還是以不寫為妙。

　　這回《論語》要出一個鬼故事專號了，洵美連寫了兩封快信來要我供給一點文章，來湊個熱鬧，因為，據他說這個專號之成為事實，乃我「當時捧場」之故。所以非給寫文章不可。這樣說來，我竟無意中做了這個專號的發起人，即使不寫文章，也已逃不了提倡鬼怪文學的嫌疑，於是索性放筆來談談鬼了。

　　羅兩峰以畫《鬼趣圖》出名，然而有人卻以為這本領並不希罕。理由是畫鬼容易畫人難。畫人的眉眼精神，像不像有活人可對證；畫鬼的眉眼精神，像不像便無可對證，唯其無可對證，便可任意畫之。因此上，羅兩峰筆下之鬼，說不來還是羅兩峰心底之人，鬼趣圖實在還是人趣圖。非魚者子安知魚之樂，鬼趣圖之是否逼真，實在連羅兩峰自己也不明白，而況乎非羅兩峰心底人之鬼，更而況乎非羅兩峰畫中鬼之人！

喔唷！這樣一來，大有要把鬼故事專號這個計劃全部推翻的氣概，未免做了煞風景事。誠然，即使有人以「姑妄言之妄聽之」這句妙話來「打圓場」，這個「風景」也是準「煞」定了。倘若是你來「妄言」，那麼我既然知道你是妄言，如何還能「妄聽」得進去？倘若要我來「妄言」，即使你有「妄聽」的本領，我也實在「妄」不出「言」來。真的，就是「姑」也無從「姑」起。眼前老老實實的都是人，加緊工夫說人，也還沒說得像一個：哪裏還有工夫和能力去說一些素昧平生的鬼？

若是學學羅兩峰，做掛羊頭賣狗肉的勾當，說是講鬼了，而講出來的還是人，在我是不甘願的。然而世界上卻真有人喜歡這個，言者與聽者皆無不然。《閱微草堂筆記》裏的鬼更不必說，那非但決不是鬼（其實我也不知道要怎麼樣才決然是鬼！），簡直更不是人了；就是被稱為講鬼講得最好的《聊齋誌異》，那些鬼，似乎也個個都不是鬼——若不是已經轉世投胎的鬼，便是還未死卻的人。

而言者和聽者雙方都承認這是講得很好的鬼故事，好就好在那些鬼都不是鬼。這情形有一個專門名辭，叫做「諷刺」，據說也是屬現實主義範圍裏的。

我雖然不能說要怎樣講鬼故事才使人覺得這實在講的是鬼而不是人，但我以為既然要講鬼故事（最好自然是根本不講），那至少限度就應該講得一點也不像是人。但是我知道，倘若真有這樣一個偉大的講鬼故事者，人們非但會忽略了他，甚至會攢毆他的，理由是：誰叫他講得一點也不像鬼！

這個偉大的講鬼故事者，不僅在人間會遭逢到不被了解的命運，便是在鬼域中也是如此。讓我們先承認真有一個群鬼咻咻的鬼

域的存在。若把這偉大的講鬼故事者的傑作送到鬼域中去在第一流作家們所主辦的雜誌上發表，也不見得會有一個鬼讀者來捧場的，因為這些鬼們也需要「諷刺」，一定要把題目改過，說是講的是人的故事才行。

嗚呼，關於鬼的事情，不亦難言已哉！羅兩峰若以他的《鬼趣圖》改題作人趣圖，就不會得盛名藉藉如此了。人豈可以有「趣」？有「趣」斯有閒矣。有閒之人，尚且有幹罪戾，而況畫「有閒之人」之人哉！為羅兩峰計，若要把「鬼」字改做「人」字，必須連帶的把「趣」字改做「苦」字。因為人是只許有痛苦的，雖然臉上實在顯着笑容，並不妨事。再說蒲留仙筆下之鬼，若當時直捷痛快地一概說明是人，他的小說就是「鴛鴦蝴蝶派」，因為有飲食男女而無革命也。人有三等，上等人有革命意識而無飲食男女之慾，中等人有革命意識亦有飲食男女之慾，下等人則僅有飲食男女之慾而無革命意識。寫上等人的文章叫做社會的現實主義，寫中等人的文章叫做革命的浪漫主義，寫下等人的文章叫做鴛鴦蝴蝶派。所以蒲留仙如果要把他筆下的鬼一律說明了仍舊是人，必須把這些人派做是上中兩等的，才可以庶幾免乎不現實不革命之譏，雖然說這些人的革命意識到底還是為了飲食男女，並不妨事。

我的話似乎愈說愈遠了。然而實在並不遠，還是在這裏說鬼話。我承認我的唯一的失敗，無論我用什麼理由去反對羅兩峰和蒲留仙，但在大多數人的心理，前者總是善畫鬼的人，後者總是善講鬼故事的人。而這所謂大多數人的心理，可以分做兩派，一派是以對於人的認識去了解羅兩峰蒲留仙所「創造」出來的鬼，以為真像鬼，這就是現實主義的傑作。一派是明知其畫鬼和講鬼，實在是畫

人和講人，因為一口咬定了說是「鬼」，覺得夠味兒，這就是「諷刺」，這就好！

而我呢，看看畫的是人，聽聽講的是人，而畫者講者卻堅執說是鬼，我不明白。我明知道如果真有鬼，那一定有異於人的眉目精神。而眼前卻沒有一個真能講鬼故事的人，來給我講一些眉目精神迥異於人的鬼的故事。我願意把這個意見供獻給《論語》鬼故事專號的作者與讀者，要談鬼故事就得找一些真正的鬼來談談，若要在講鬼故事的時候還不能忘情於人，那才腐氣得可以！

（選自《論語》1936 年 91 期）

德國老教授談鬼

陳　銓

　　我在德國克爾大學讀書的時候，因為那兒我是唯一的中國學生，我又帶了一支破洞簫，所以每到星期末，都有本地的德國人請我到他們家裏去飲茶或者待飯。

　　有一次一位研究比較語言學的老教授，請我去吃晚餐，餐後，老教授上樓去作緊要工作去了，教授夫人也說一聲對不起到後邊料理家務去了，留下陪我的，是一位十一二歲的男孩子，和一位十六七歲的美麗女孩子，男孩子叫弗雷德，女孩子叫瑪麗亞。瑪麗亞小姐要求我吹了一陣洞簫，她說她很喜歡聽。她既然喜歡聽，我也不能說我不喜歡吹。吹完了，她又要我講一個中國的故事，我問她喜歡不喜歡聽鬼的故事，瑪麗亞小姐高興得跳起來，弗雷德也登時眉開眼笑。

　　我正要動首講的時候，瑪麗亞小姐忽然叫我同弗雷德都坐在地板上，她立起身來，走到門口，我還沒有問出口，屋子裏一霎時就沒有亮光了。四周漆黑的，伸手不見掌，有一個溫溫軟軟的東西，搭在我的肩上，輕輕地推我一下道：「陳先生，講吧！」

　　我們三個人緊緊地挨着坐下，我此時心中似乎有一種莫名其妙的恐怕，所以把他們兩人的手，緊緊地握在我的手中。瑪麗亞感覺着我的手有點戰慄，問我是不是太冷，我說不知道，他們兩兄妹又都把手搭在我的肩上。

我開首講鬼的故事了，講到可怕的地方，他們兩人都害怕得叫起來。我看見他們害怕，我倒變鎮靜了。我故意把鬼講得更可怕一點，形容得活靈活現，好像就在屋子裏邊一樣。瑪麗亞同弗雷德都緊緊地捉住我，怕我跑了，鬼來了他們沒有辦法。後來我又講到一個很可怕的地方，他們兩人都一齊大叫起來。教授夫人連忙從後邊跑出來問什麼事情，老教授也從樓上下來，問有什麼事體發生。教授夫人，把電燈扭開，瑪麗亞告訴他們我們在講鬼的故事，他們兩人都笑得了不得，同時也都感覺着興趣，老教授的緊要工作也不作了，教授夫人的家務也不料理了，大家都坐下來聽我講鬼的故事，因為他們二人沒有聽見頭一段，所以我又重新講起，足足講了一點鐘才講完。

　　老教授聽完了，把我大大地稱讚一番，說我的故事很有趣，並且說我的德國話講得好。接着他把長鬍子拭了一拭，大發起議論來。

　　「關於鬼的故事，德國也很多的。如果你到南方瓦爾堡去參觀，你可以看見馬丁路德翻譯《聖經》的屋子。相傳他翻譯《聖經》的時候，許多鬼老來同他搗亂，有一次他氣壞了，把桌上的藍墨水瓶拿起來向鬼劈面扔去，鬼逃了，藍墨水瓶在牆上打碎，把牆壁染了藍墨水的痕跡，現在遊人還看得見呢！守堡的人告訴我，許多美國人到這裏來參觀，總喜歡挖牆上的土，拿回去作紀念，結果牆壁年年要修理，但是剛修好不久，他們又挖了一個大坑！

　　「陳先生，你是專門研究文學的人，你當然知道浮士德的故事，在德國十六世紀的前半，已經知名了。相傳浮士德是一個能夠號召鬼魂的人，他到處遊歷，騙取人民的錢財。大家都說他隨身有

許多鬼，服從他的命令，這些鬼平常的人看不見，但是浮士德卻能夠看得見。到一五四零年，浮士德忽然暴病死了，一般人民都說浮士德用的鬼，到了時候，把浮士德活捉去了的；因為浮士德曾經同鬼定下了條約，鬼幫助他多少年，但是到了時候，浮士德的魂魄卻要去作鬼的奴隸。這個故事後來有人寫成書，書中把浮士德的地位提高一點，說浮士德世界上什麼學問都知道了，但是他自己還不滿足，所以去同魔鬼定條約。魔鬼要幫他廿四年的忙，但是到了時候，浮士德的魂魄必須隸屬於魔鬼。

「這一個浮士德民間的故事，不久就傳到英國去了。英國的大戲劇家馬羅把他寫成一部偉大的戲劇。因為浮士德這一種無限制求知的饑渴，進取的精神，同馬羅所處的伊利莎白時代，很相吻合，所以馬羅借浮士德把伊利莎白的時代精神，充分地表現出來。

「到十六世紀末葉十七世紀初年，英國有一群戲班子到德國來演戲，把馬羅的《浮士德》又帶到德國來。但是德國一般的群眾，不能了解欣賞馬羅《浮士德》高深的意義，美麗的詩詞，——沒有任何國家的群眾能夠了解欣賞高尚優美的東西——德國民眾所能夠欣賞的，只是《浮士德》裏面的魔鬼。英國戲子因為要迎合一般德國觀眾的心理，所以把魔鬼特別注重，扮相佈景動作，都盡力把魔鬼弄得很熱鬧，現在我們看當時遺留下來的廣告，就可以知道魔鬼是唯一號召觀眾的東西。

「後來英國戲子走了，德國人自己也編了一些浮士德平民劇本出來。由平民劇本，再進而為傀儡戲的劇本。歌德小的時候，就是因為看見浮士德的傀儡戲，所以種下了他後來編他偉大詩劇《浮士德》的動機。但是歌德《浮士德》中間的魔鬼，同《浮士德》故事，

《浮士德》平民戲劇，《浮士德》傀儡劇，以及馬羅的《浮士德》，中間的魔鬼有什麼區別呢？」

老教授忽然把這一個問題來問瑪麗亞，瑪麗亞一時答應不出來，老教授笑道：「你看，你們這些中學生，中學快畢業了，這點還不知道呢！」

「我知道了！」瑪麗亞忽然道：「我知道歌德《浮士德》的魔鬼，和其他《浮士德》的魔鬼根本不同的地方了，歌德以前人寫的魔鬼是壞的，歌德自己寫的魔鬼卻是好的。」

「為什麼是好的呢？」

「因為魔鬼就是歌德自己，前天學校先生才這樣告訴我們的！」

「為什麼是歌德自己呢？為什麼是歌德自己就是好的呢？」

「這我可不知道了。」

「我知道！」弗雷德連忙說。

「你知道什麼？我都不知道你還知道嗎？」瑪麗亞生氣道。

「我知道！我知道！」弗雷德道。

「嘻！」瑪麗亞把嘴一努。

「讓他講好了。」教授夫人道：「弗雷德，你知道什麼呢？」

「歌德是德國頂偉大的詩人，歌德當然是好的，他的魔鬼當然也是好的。」

「哈哈！」瑪麗亞得意笑道：「這就是你知道的嗎？好聰明！」

「沒有你聰明！你頂聰明了！」

「瑪麗亞！」這是老教授的聲音。

「弗雷德！」這是教授夫人的聲音。

瑪麗亞同弗雷德兩人都不講話了。老教授又繼續講道：

「剛才瑪麗亞說歌德《浮士德》中的魔鬼就是歌德自己，這句話是對的，但是只對了一半，因為我們應該說，是歌德自己的一部分。因為歌德個人的性格有兩方面：一方面是剛強的，一方面是柔弱的，一方面是光明磊落的，一方面卻是黑暗可怕的，一方面是積極建築的，一方面卻是消極摧毀的。這兩種不同的性格，可以說一正一反的性格，我們往往看他的作品中間，同時表現出來。歌德《浮士德》中間的魔鬼，是歌德反方面性格的表現，同時也就是宇宙間否定力量的表現。所以歌德的魔鬼，同以前其他《浮士德》中間的魔鬼都不相同。」

「這當然是一種很有趣味的見解，」我加入道：「但是在歌德還沒有寫《浮士德》以前，德國最有見識的批評家雷興已經注意到浮士德戲劇的可能性，而且想自己寫一本《浮士德》了。我不知道如果雷興寫《浮士德》，他對於鬼的問題，又怎麼樣解決？」

「雷興在他的《漢堡劇評》第一部裏邊曾經討論鬼魂的問題，在那裏他比較莎士比亞和福祿特爾兩人戲劇中間鬼的成分。雷興以為就在用鬼魂的地方，兩人藝術手腕的高下，就可以很清楚地看出來了。雷興以為雖然在光明運動的時代，大家不相信鬼魂，然而這一點不能拘束戲劇家，使他不把鬼魂領在劇台出現。——瑪麗亞，你上樓去把雷興《漢堡劇評》給我拿來。」

瑪麗亞一轉身跑上樓去，一會，把書拿來，老教授唸道：

「我們每人心中，都藏得有相信鬼魂的種子，在戲劇家為某一些人寫的戲劇，他們有這樣種子更是極平常不過的事情。這完全看他的藝術本事怎麼樣，能不能夠使這些種子發芽；他只消用幾個手法，很迅速地給大家不能不把劇中情節當成真實的理由。只要他有這個本事，我們在日常生活裏也許可以相信我們自己願意相信的事情，但是在劇場裏我們卻不能不相信他願意叫我們相信的事情。莎士比亞就是這樣一個戲劇家，莎士比亞差不多就是這樣唯一無二的戲劇家。在《哈孟雷特》的鬼魂面前，不管我們的頭髮蓋着相信鬼不相信鬼的腦袋也一樣地要根根豎立。福祿特爾先生想去應用這樣的鬼魂卻鬧糟了；他把自己同他的寧祿士鬼魂都弄得可笑。莎士比亞的鬼魂真正地從陰間來的，至少我們是這樣覺得。因為他來在緊張的時間，在恐怖的靜夜，有一切相關的連想，我們所有的人，從老媽子起，沒有一個不在等望鬼魂出現。但是福祿特爾的鬼魂，拿來作駭小孩子的玩意都不夠；他不過是一個化裝的戲子，沒有什麼，不說什麼，不作什麼在他那種地位他也許應該有的表示。他出現時的一切情形，沒有一樣不擾亂劇台的幻象，表露出一個冷靜作家的構想，他很想迷幻我們，恐怖我們，但是他不知道他應當怎麼辦。我們只消想這一點：在青天白日的時候，全國上下正在會議，一聲雷響，從墳裏走出一位福祿特爾式的鬼魂來。——」

老教授讀到這裏，我們大家都忍不住笑了。老教授看見我們笑，他也好笑，得意地再往下讀：

「福祿特爾曾經在哪兒聽說過，鬼魂是這樣地大膽？哪一個鄉村老嫗不能夠告訴他鬼魂怕陽光，不喜歡赴陽氣太盛的集會呢？福祿特爾當然知道，不過他太害怕，太討厭去利用這樣的情況。他很

想現一個鬼魂給我們看，但是這一個鬼魂，品格一定要高尚一點，也就是這一點高尚的品格，把一切都摧殘消滅。這一個除掉了鬼魂習慣上一切的東西的鬼魂，我們覺得他不成其為正當的鬼魂；凡是幻想不需要的東西，都擾亂了我們的幻想。如果福祿特爾曾經在啞劇上稍為留意，他也可以從另一方面覺得，叫一個鬼魂在人群裏出現，是不聰明的辦法。所有的人，一看見鬼魂，一定要表示驚恐，而且如果我們不要他像跳舞那樣同樣動作，一定要他們作種種不同的表示。在莎士比亞鬼魂只讓哈孟雷特一個人挨近他。在他母親在場那一齣，他母親卻不聞不見。我們一切觀察，都集中在哈孟雷特一人身上。我們愈是在他精神上發現恐怖擾亂的情況，我們愈是容易相信恐怖擾亂他精神的現象，把他認為哈孟雷特自己認為的東西。鬼魂對我們發生的影響，大部分由於哈孟雷特，而不由於鬼魂自己。」

「從雷興這一篇精警的議論看起來，」我說道：「文學裏邊應不應當用鬼，同科學發達，大家相信不相信鬼，完全沒有關係。因為藝術的世界是另外一個世界，同現實的世界不一樣的。我們走進了藝術世界，在那一個頃刻，我們就不能不承認藝術世界裏面一切的事情。也就是因為這一個關係，藝術才能夠引我們到超脫的世界，到無慾的世界。近代許多頭腦簡單的文學批評家，反對文學裏邊用鬼的成分，說是不真實，甚至於說恐怕引起迷信，真是幼稚得可笑。至於他們甚至於拿這一種觀點來批評文學，甚至於罵莎士比亞迷信，那更笨得無法庖治了！」

「雷興何嘗相信鬼，」老教授道：「但是雷興卻看出鬼在文學裏邊的重要。即如我們剛才談到《浮士德》的問題，雷興在他的《文

學通訊》第十六封信裏邊，已經引了一段民間《浮士德》劇本的一段，這一段就是講浮士德用魔術召鬼的一段。浮士德召來了七個鬼，想在七個鬼裏邊找一個頂快的。他問他們哪一個最快，七個鬼魂都同聲答應「我最快！」浮士德說：「你們七個鬼裏邊就有六個講謊話的！」他一個一個地問，問他有多麼快。第一個剛要回答，浮士德把指頭從火上跑過，指頭卻沒有燒着，他問第一鬼能不能夠在地獄中的火裏跑七次，可以不燒着，第一個鬼不敢答應。他又問其餘的鬼，第二個鬼說他有疫神的箭那樣快，第三個說他有風那樣快，第四個說他有光線那樣快，第五個說他有思想那樣快，第六個說他有復仇者復仇那樣快，浮士德都不滿意，都說不夠快。到後來還是第七個鬼說，他有從善變到惡那樣快，浮士德才高興，說世界上沒有比從善變到惡更快的東西，因為他自己曾經經驗過！」

「除掉歌德雷興以外，」教授夫人道：「席勒不是也作得有一個很長的關於一位能夠見鬼的人的故事嗎？」

「但是席勒那一個故事，」老教授道：「主要的目的，還是在證明欺騙。德國文學裏邊談鬼最奇妙的，恐怕還是要算霍夫曼。因為他對於世界的真實性，始終不能感覺，一切都是虛幻，一切都是杳茫，他的世界觀很有點像你前次告訴的那位中國哲學家的世界觀一樣。這一位中國哲學家夢着自己變作蝴蝶，醒來的時候，不知是他自己本來是蝴蝶，夢着他是哲學家呢，還是他自己本來是哲學家，夢着他變作蝴蝶？世界人生的真實性，既然這樣難得捉摸，所以霍夫曼的故事也都這樣荒誕自由。」

「世界人生的真實性，實在是很難抓住的，」我說道：「我們愈是要求真實，真實愈是杳茫。世界上的事情，你不細想，還覺得

沒有什麼，你一細想，多少以為有把握的事情，立刻就都沒有把握了。最好笑的就是前不久在哲學班，邁爾教授講到存在問題，講得太好了，講完以後，有一位學生去問他：『教授先生！到底我存在不存在？』——」

說到這裏，大家都笑了。

「你說到這一個學生，」教授夫人道：「我聯想起另外一個女學生。她也是學哲學的，長得非常漂亮，我生平很少看見過那樣漂亮的女人。她學了一年哲學，就瘋狂了，進醫院還不到一星期就死了。這還是四年前的事情。她死以後，剛半年，有一位男學生一天傍晚到植物園去散步。忽然看見一位女子，來同他招呼，看見他手裏有一本書，問是什麼書，這一位學生說是柏拉圖，於是這一個女子就同他討論柏拉圖的哲學，兩人愈談愈投機，竟自談到很夜深才分別。到分別的時候，這一位男學生，問她的姓名住址，預備以後再去拜訪她，她告訴他了。兩人分別握手的時候，這位男學生感覺着這位女子的手像冰一樣地冷，心裏幾乎有點吃驚，但是想到夜深露坐，也不覺得奇怪。第三天他找到這位女子的家裏，她父母告訴他，這位女孩子半年前已經死了。這一位男學生大驚失色，把那晚的事體，告訴她的父母，並且告訴他們，這位女子的裝束舉止，聲音笑貌，她父母說一點也不錯。這位男學生回宿舍以後，愈想愈怕，尤其是想到那冷冷的手，不覺毛骨悚然，這樣，不到半年，他也死了。從前植物園，晝夜不閉，現在七點鐘就關門，就是這個原故。」

我們談話到這裏的時候，我看錶已經十一點半了，我連忙起身告辭。當我出門的時候，教授夫人笑對我說：「你過植物園的時候，你要小心，也許那一位聰明美貌的女學生，會來同你談哲學！」瑪麗亞笑說道：「陳先生，你怕不怕？要怕我同弗雷德送你！」

我心裏雖然有點怕，雖然很想瑪麗亞送我，但是已經那樣夜深，我怎麼好意思麻煩她，所以只好道謝了。

回家時走植物園經過，我的整個心都緊了。一陣風吹來，樹枝亂搖，葉子飄雯雯地響，我駭了一大跳，扯伸腿就跑。足足跑了五分鐘，遠過了植物園，我才把腳步放鬆，快步走回家去。

開門，上樓，進房，開燈，全世界寂靜得要死，我忽然感覺無限孤獨，那個時候，我同我的女朋友已經絕交了。我痛恨我自己，剛才我為什麼要跑呢？還不如留在那裏同那一位已死的女學生談一晚的哲學呢。

倒在床上，翻來覆去，一直到天明，還沒有半點睡意，不但沒有人來，連鬼都沒有一個來陪伴我。

第二天晚上十二點，我故意跑到植物園門口來回走了半個多鐘頭，依然一無所遇，第三天晚上我再去，也沒有消息，正要動身回去了，忽然對面走來一位女郎，我想大概是女哲學家吧。

我壯起膽子走上前去，仔細一看，原來是瑪麗亞！

瑪麗亞告訴我，她剛才在戲園裏，看完瓦格勒的《巴西法》歌舞劇回來。我看見她一個人走，就要求了送她回家的差事。我們一路談談笑笑，可惜不久，就到門口了。

分別時瑪麗亞同我握手，她的手卻不像冰一樣地冷，是溫溫軟軟的。

（選自《論語》1936 年 91 期）

說鬼

林庚

　　小時候知道怕鬼起就一直很喜歡聽鬼的故事，這滑稽的情形後來知道別人與我一樣。及年歲漸長感於人世的無常，倒很願意真的有鬼，可惜生平所聽雖多終未能見，西洋科學昌明，以為一定沒有鬼了，誰知不然，這倒與我以無限的安慰，彷彿此生這一點希望還大可有為似的。

　　起初讀《楚辭·山鬼篇》，覺得若果有那樣一個鬼實在真也可愛，後見《宋書·樂志》曰：「晉孝武太元中，琅邪王軻之家，有鬼歌子夜，殷充為豫章，豫章僑人庾僧虔家亦有鬼歌子夜。」而《唐書·樂志》乃曰：「子夜歌者晉曲也。晉有女子名子夜；造此聲，聲過哀苦。」於是鬼不但可愛而且很可憐了。覺得鬼不可親近實在絕無理由，看《西遊記》時，對於孫猴子的降妖除怪甚覺有趣，但到「荊棘嶺三藏談詩」一段，實覺得這四眾所做的事有點不大對。那幾棵風雅的老柏丹楓，不過弄促狹的在月白風清之下，拉了三藏來談一夜，實在都無該死之罪。就是那棵杏樹，也正是山鬼中一流的人物；荒山之中，有如此點綴，何等情致！用豬八戒的嘴把它拱掉了，總覺得十分可惜。還有一種叫做木客的東西，不但不害人，還能保護行旅不為虎豹所傷，這在交通不便的古代乃是不可缺少的嚮導了。有些舊鞋破鼓夜壺茶碗等都會變鬼，並不怎樣太兇，只是喜歡嚇唬人，例如有時從窗戶紙外伸進一條尺長血淋淋的紅舌頭

來，但往往被人用朱砂筆在上面寫一個「大」字便捉住了；覺得非常之滑稽有趣。而且一切有生無生之物都可以跑來同人玩，說起來亦是人間一件美事也。《子不語》、《聊齋》中說鬼處甚多，但並不可怕，因為那些鬼彷彿都很正直講理。這點在人間便得不到，閻王爺鐵面無私所致歟？還是凡鬼本都如此則不得而知了。

對於鬼字向來人多有好感，如稱李賀曰「鬼才」明明便是激賞之語，摸一個小孩的頭而說：「這孩子鬼精靈」，蓋即說他聰明也。雖然諺語中有：「閻王好見，小鬼難纏。」的話，語氣之間究竟還是小事一端，而且此話是以人間想像陰司，小鬼或終於不免含冤地下歟？只有稱西洋人曰「洋鬼子」那確有點不甚高明，蓋「洋鬼子」，在言外即有「敬鬼神而遠之」的暗示，雖然明明稱之曰鬼，其實是不敢惹他。豈陽氣不盛之所致歟？談民族文學者應注意及之。

鬼的定義其實很難下，不過如果將山精海怪一類非人東西都除外，則鬼者魂也，原來就是人的靈魂。世界上有沒有鬼到如今頗難斷定，但有些人沒有靈魂則頗可以知之；想到這裏，我反覺得人的面孔是有些可怕了。

六月九日，午刻，北平風雨詩社

（選自《論語》1936 年 91 期）

鬼故事

邵洵美

　　天下事也真奇怪，一方面文明國家的政府在禁止人民迷信；而另一方面科學最發達的國家卻有許多學者在研究靈魂學，並創有鬼之說。本來鬼之有無，目前雖然還無從證實，但是生死的神秘，始終是最易引起人類興趣的問題。每一個人家都有他家傳的鬼故事；無論是如何意志堅強的人，在某種情景之下，他也免不掉有使他毛骨悚然的念頭。「子不語，怪力亂神。」但是在《春秋》裏，鬼出現的記載也不少。《聊齋誌異》在我國文學史中佔不朽之地位；有一個時代，它竟成為我國短篇小說典型的體裁。人死則為鬼，凡是人都有做鬼的希望：對於生路絕望的人，這是一個解決；對於衣食飽暖的人，這是一個恐怖。古今中外不知有多少偉大的文學作品是採用這個題材的；即說它是一切藝術誕生的動力，也不能說是過於誇張的議論。

　　沒有一個有文學作品的國家，不有多少篇關於鬼的故事。鬼故事在文學上的價值如何，我不說；但它感人之深，卻是誰也不能否認的事實。歐美許多通俗小說，冒險，偵探，鬼怪，是三種取用不竭的題材；他們的功效，在能直接刺激人的情感，所以行銷幾十萬本的往往是這一類的作品。

　　我國不知從什麼時候起，鬼故事便不再被文人採用了。在通俗作品上說，武俠小說在近幾年來還風行，黑幕小說也有過它黃金

的成功；而純粹以鬼來做題材的，簡直可以説沒有。這個好像和當局的破除迷信的政績是有關係的，但是黑魆魆的影子，幾曾離開過一般人的眼簾？我當然並不想提倡迷信，不過因為最近常和朋友討論我國通俗小説的種種問題，同時又因為最近世界文學及電影的潮流，有許多鬼怪的傾向，所以想在這裏把自己對這方面的興趣談談。

這種興趣的成形，我須得回想到當我七八歲的時候。我有一位堂房叔叔，他真是個埋沒的天才，我們更可以説是一個被科舉制度所犧牲的天才。他十一二歲便已寫得一手好字，做得一手好文章；十五歲便考中了秀才；一心想做狀元，誰知此後竟屢試屢敗，到後來他的長輩和他自己都灰心了，但是功名的野心卻永遠在他身上種了根。好像他在二十歲左右還發過一時期的官痴，每天早晨總要拿一張桌子放在中廳，自己坐在上面椅子裏，模仿着審問罪犯的樣子，自言自語，拍桌拍凳。後來革命起義，他從家鄉來上海，住在我們家裏，那時他已三十多歲了。他住在後天井的東廂房裏，一天到晚讀着小説筆記，或是畫些鍾馗之類的圖像。吃過夜飯，我們總去找他；在綠幽幽的煤汽燈下，他用了高低遲速的口吻，講到我們眼睛雖然疲倦也還不敢閉攏的，是奇妙曲折的鬼怪故事。在當時我們一群小孩子的心裏，這位長輩真有着使鬼差神的法術；原來他的夢想也正是因為人世的功名無望而在希求死了以後補任森羅天子的缺職。他現在也許已在什麼地方做了城隍，查對着恩怨簿，把刑罰加上一般他在陽間所痛恨的人們哩。

他每次講到一種鬼，開始總有一長篇關於面貌，服裝及性格的形容：使一個個都好像活現在我們面前，這便是他的天才！不但

是我們一群小孩，即連帶領我們的女傭人，也都聽得身體不敢側動，等到故事講完，他們站了起來，拉緊了我們的手，一路故意高聲笑談，使空氣變得熱鬧些，再加緊了腳步，呼擁地奔到前天井的樓上。睡覺的時候，誰也不敢熄燈，也不敢再提起方才所聽到的一切；關緊了房門，去到夢裏出汗。

後來我自己也會看書了，《聊齋誌異》便成了我早晚的伴侶。引我入勝處當然除了鬼以外還有辛十四娘等的溫柔；但是在這本書裏我卻找見了那位叔叔所講的故事的骨幹，他是用了多少的苦心和才力使他們變得更生動更入情入理。我於是也學會了講故事的方法，怎樣地用了手勢去繪染鬼怪的臉具，怎樣地留心了聽眾的表情去加重或是收小自己的聲調。我的講鬼的藝術便也大進。

文明書局的《筆記小說大觀》出版，我更是每天手不釋卷；這些東西，或則以文筆勝，或則以說理勝，總不及《聊齋》的有聲有色。後來識了英文，便讀外國的鬼故事。從鬼故事又對偵探及俠義小說發生了興趣。三年前住在巨籟達路的時候，因為和增嘏兄妹的居處極近，幾乎每天互相交換這種神怪故事，時常談到天亮。

襟兄李國芝，自備播音機械，曾經有一個時期，請一位徐老生每夜講鬼，我聽過幾次，可惜徐先生很少新的創作，聽多了便會感到枯燥。但是李徐兩先生不能不算是目前公開對鬼故事發生濃厚興趣的兩個人。

因為這樣，所以我對近人小說裏有談鬼的，總希望能注意得到。郭沫若先生的自傳裏曾談起過鬼，但是他講完了以後使用科學的方法去解釋那完全是潛意識作用。巴金先生最近出版了一本《神鬼人》，我立刻去買來讀了，誰知他講的並不是鬼。

我覺得目前的許多新小說，講人也應當講厭了，況且講人也太難。那麼，為什麼不講些鬼呢？我覺得講鬼故事有五樣可以取巧的地方：稱之曰五易。

　　（一）易寫：正像畫鬼比畫人容易一樣，談鬼也比談人容易。究竟沒有一個人真的見過鬼；即有，也無非是些活鬼：有鬼的容貌，而無鬼的氣節；有鬼的虛空，而無鬼的清靈；有鬼的行為，而無鬼的道德。所以談起真鬼來便格外容易，你可以憑空虛構，但是也不妨把這些活鬼來做模型：材料決不會貧乏，故事決不會平凡。特別是對白，你儘可以多講鬼話，一定能得到不少人的歡心；而且即使講錯了些也沒多大關係，因為既是鬼話，那麼，犯起法來便是犯的鬼法，閻羅王不來尋着你，陽間的官吏是有管轄的限制不能受理的。

　　（二）易懂：事非切身經歷，終難徹底了解。這句當然不是說人有做鬼的經驗。我的意思是我們中國人，大半自小都聽到過鬼故事，所以講來決不會像一般新偶像的名詞那樣陌生刺耳。況且凡是人大半怕死，怕死便是怕做鬼；愈是怕，便愈是留意；正像自己做了虧心事，便處處防備人家的說話舉止，聽來又似乎都是在指摘自己，觸目驚心。因此講起鬼故事來，人家非特容易懂，並且還會代你添油加醬，潤字飾句呢。

　　（三）易得同情：周作人先生在《大公報》文藝副刊上發表過一篇短文叫做《說畏天憫人》，大概說中國文章裏常多報應之說，原因是為了受得委屈，無從報復，便只有希望他們死了以後受最後的審判了。鬼故事的有趣與易得同情處亦在此。在鬼故事裏面，我們可以使一般在陽間作惡而漏法網的，到陰間去受刑罰：我們的世

界裏，不平事實在太多了；但是儘管他們如何聲勢顯赫，到頭來總免不掉有一天要做鬼；這時候我們便有了發泄的機會了。被壓迫者究竟多，痛快處，哪個不拍手叫好？當然也有一般文人，利用鬼故事，來發泄心頭之恨的；譬如意大利的詩人但丁在他的傑作《神曲》裏，便把一切所痛惡的人完全送進地獄裏去吃苦。他所痛惡的人，也正是大眾所痛恨的人，所以這部作品的不朽除了文筆以外，恐怕也得力於此不少。

（四）易成功：一篇作品的受人賞識，時間與環境極有關係。茅盾的得名是因為他在人家都不寫長篇小説的時候寫了《蝕》；《論語》半月刊的銷行是因為當時人要説話，而説話不便，於是面裝笑容，淚向心底流的風氣大盛；勃克夫人的成功是因為她在全世界注意中國之際，採用中國題材來寫了許多小説。英雄雖亦造時勢，但時勢造英雄的例子究竟多。鬼故事容易成功便在此地，因為無論什麼時間什麼環境總有鬼空氣散佈着，哪怕是熱鬧的戲院，擁擠的舞廳，你也會陰森森聽見鬼叫。街頭巷尾也莫不等待着有許多愛聽鬼話的人。有了這種常備的便利，還怕不受歡迎嗎？

（五）易記：我常説，小説的第一個條件是要有故事。因為每個人看完一本小説的時候，能永久留在他心裏的是故事。你可以重複地轉講給人家聽，一傳十，十傳百，這故事便從此不朽。新小説大半是一篇沒頭沒腦的散文，我不懂他們為什麼偏要呼它作「小説」。講起鬼來，你便一定有一個「故事」；所以鬼故事容易記。我們在茶餘酒後時常聽人説「我親眼看見……」，其實他無非是把人家的鬼故事記在心裏，現在拿出來變賣罷了。

有了以上這五個條件，鬼故事因此永遠在人類裏佔着特殊的地位。它的形成，幾乎可以說完全憑着直覺，觀察和理想。但是一切藝術的成形，又何非憑着直覺，觀察和理想？

（選自《論語》1936 年 91 期）

略談莎士比亞作品裏的鬼

梁實秋

莎士比亞作品裏關於靈異的（Supernatural）描寫是很多的，鬼是其中之一。所謂鬼，是專指人死了而變成的那種精靈。至於 Fairies、Nymphs、Devils、Witches 等等，不在我們的討論範圍之內。

談鬼是一件很普通的習慣，有趣味，有刺激，不得罪人，不至觸犯忌諱，不受常識的約束，——比談旁的都方便。《冬天的故事》第二幕第一景有這樣的一段：

> 瑪：在冬天最好是講悲慘的故事：我有一個講鬼魔的故事。
> 赫：好，我們就聽這個。來，坐下：說吧，你盡力談鬼來嚇我吧；你是很會的。
> 瑪：有一個人——
> 赫：不，來坐下；這再說。
> 瑪：他住在墳地附近……

這也許是一段寫實的描寫。冬日圍爐取暖的時候，不正是談鬼的絕好機會嗎？

莎士比亞的時代，是各種迷信流行的時代。哲姆斯一世便是著名的篤信神鬼的國王，他於一五九七年刊行他所作的《妖怪學》

（*Daemonologie*）。他可以因巫術而興大獄，殺戮以千百計，只這一件事就可以反映這時代是如何的愚闇。莎士比亞時代的戲劇常常包涵鬼怪之類，此種風氣可以說是從奇得的《西班牙之悲劇》以後便非常流行的。舞台的場面上，往往有神鬼出沒的機關。大概鬼出來是從舞台地板上的一個洞裏鑽出來，表示他是從地下來的意思。一般的觀眾是迷信的，相信鬼的存在，至少是以為鬼是有趣。

《哈姆雷特》一劇告訴我們許多關於鬼的事。鬼平常是不出來的，除非他是有什麼冤抑。他出來的時候，總穿着生時的服裝，並且總在夜裏，等到天亮雞叫就要匆匆的消逝。（這和我們的《聊齋》說鬼大致彷彿。）鬼不輕易啟齒，須要生人先向他開口。平常和鬼交接談話（cross）是很危險的，容易被鬼氣所殛（blasted）。要想被除鬼怪之類，須要用拉丁文說話。鬼是怯懦的，喧嘩的人眾可以把鬼形衝散。（武松驚散了大郎的陰魂，大概即是同一道理。）鬼有時不令別人看見，只令被他所願意能看見他的人看見。鬼並不積極的害人。中國鬼故事裏，頗有些惡厲的鬼，啖人肉，吮人血，甚至還有「拉替身」之說，莎士比亞作品裏的鬼比較起來是文明多了，然而可也就沒有我們中國文學中的鬼那麼怪誕離奇。

莎士比亞作品中的鬼也有可怕些的。譬如，《凱撒大將》第四幕第三景，凱撒的鬼出現的時侯，布魯特斯說：

> 這燈光何等的慘淡！哈！誰來了？
> 我想是我的眼睛有了毛病
> 幻鑄成這樣怪異的鬼形。
> 他向我來了。……

《李查三世》第五幕第三景，群鬼在李查王夢中出現之後，李查王也説：

> 慈悲，耶穌！且慢！我做夢了。
> 啊怯懦的心，你使我何等苦痛！
> 燈火冒着青光。正是死沉的午夜。
> 抖顫的肉上發出恐懼的冷汗。

這情景都有些可怕。固然有虧心事的人格外覺得鬼可怕，但是鬼出現的時候，燈光變色，也自有一種陰慘怕人的暗示。《馬克白》裏的班珂的鬼在宴會席間出現的樣子，搖着血漬的頭髮，使得馬克白神經錯亂，若應用近代舞台的技術以投影法表演出來，無疑的是很驚人的景象。

莎士比亞信鬼嗎？我們卻很難説。從表面上看，莎士比亞在作品裏常常描寫到鬼，穿插鬼的故事，頗使我們疑心莎士比亞也許是並未超出那時代的迷信。但是我們若更深一步考查，我們也可以發見莎士比亞作品中的鬼完全是一種「戲劇的工具」。鬼，在莎士比亞劇中，永遠不是劇中的主要部分，永遠是使劇情更加明顯的方法，永遠是使觀眾愈加明瞭劇情的手段。鬼的出現，總是有因的。或是因了冤抑而要求報復，或是因了生前有藏鏹在地而出來呵護，或是因了將有不祥之事而預做朕兆。所以把鬼穿插到作品裏去，是一種藝術安排，不一定證明作者迷信。當然，莎士比亞若生於現代，他就許不寫這些鬼事了。

鬼，實在是弱者的心裏所造出來的。王充《論衡》所謂：「凡天地之間有鬼，非人死精神為之也，皆人思念存想之所致也」，「人

病則憂懼，憂懼見鬼出」，「畏懼則存想，存想則目虛見」。莎士比
亞似乎也明白這一點道理。在《馬克白》裏，馬克白夫人一再的代
表着健全的常識，點破她的丈夫的「憂懼見鬼出」的虛幻心理。馬
克白所見的空中短刀，是恐懼的「描畫」，他所見的鬼也是如此。
《魯克里斯的被姦》第四百六十行是最有意義的：「這些幻影都是弱
者頭腦的偽造。」

（選自《論語》1936 年 92 期）

神·鬼·人
戲場偶拾

柯　靈

關於土地

　　土穀祠，在浙東的農村裏，是一種權威的殿堂，它幾乎支配着絕大多數「愚夫愚婦」的心靈。按時燒香，逢節頂禮，謹願者一生受着凌虐，不但毫無怨尤，並且往往退而自譴，以為倘不是無意中曾獲罪戾，必定是前世作孽的報應，還得在土地神前獻出點點滴滴的血汗錢，去捐造門檻，購買琉璃燈油，表示虔心懺悔，以免除死後的災難。因為這正是人們死後所必經的第一關，根據傳說，無常拘了人們的靈魂，首先就得到土穀祠去受鞫的。所以我們鄉間的風俗，病人一斷氣，家屬就得哭哭啼啼地到土穀祠裏「燒廟頭紙」，其實是代死人打招呼。——「燒廟頭紙」的大抵是「孝子」，而「孝子」云者，又並非「二十四孝」中人物，不過是死者的兒子的通稱，不知怎麼，老子或老娘一死，兒子就被通稱為「孝子」了。

　　民間的疫癘，田產的豐歉，據說也全在土地神的權限之內。遊魂入境，須先向土地註冊；老虎吃人，也得先請求批准。這一位「里廟之神」，照職位看來，大約是冥府的地方長官之類吧；然而他不但執掌陰間的政情，還兼理陽世的人事，其受人敬畏，實在也無怪其然。

關於土地的法相，我小時候曾在故鄉的土穀祠裏瞻仰過，峨冠博帶，面如滿月，莊嚴而慈祥，真像一位公正廉明的老爺。旁邊坐着的土地娘娘，也是鳳冠霞帔，功架十足。然而奇怪，一上舞台，他們卻完全走了樣。

在紹興戲——並非目前上海的「越劇」，而是在當地稱為「亂彈班」的一種戲劇裏，觀眾所看見的土地，就完全是另一種面目。黃色的長袍和頭巾，額前掛着扁扁的假面具，一手拐杖，一手麈尾，一部毫不漂亮的花白鬍子。更奇怪的是鼻子上塗着白粉，完全跟小丑一樣，猥瑣而可笑，跟廟裏塑着的，不可以道里計。（在京戲裏所見的，彷彿也是這樣。）而扮土地的演員，也大抵在生旦淨醜以外，連名稱也沒有的「大櫓班長」之流。——紹興的亂彈班，每班都用一隻夜航船一樣的大船，載着全班演員和道具，漫遊於村鎮之間，演戲前泛舟而來，演完戲放棹而去。船夫兩名，掌櫓兼司燒飯，開鑼以後，還得上台幫忙，扮些無關重要的角色。尊為「班長」，意存諷刺，正如「紙糊的花冠」之類，鄉下人有時是也極懂紳士的幽默的。

那地位的低落，也簡直出人意表。據我的記憶，舞台上以土地為主角或要角的戲，似乎半出也沒有。大抵是神道下凡、貴人登場的時候，這「大櫓班長」所扮的「里社之神」，這才以極不重要的配角身份出現。三句不離本行，開頭的引子，就是「風調雨順平安樂，家家戶戶保康寧」。冠冕堂皇，正如要人們下車伊始所發表的宣言。但所做的事，又大抵並不如此。只要是略有來歷的神道，對於土地，彷彿都有任意呼召的權利，望空喊一句「土地哪裏？」他就會應聲而至，驅遣使喚，無不如命，而辦的往往只是一些小差，

如驅逐小鬼、看管犯人之類。好像是在《寶蓮燈》裏的吧？神仙自然是極其乾淨的，這戲裏卻有一位聖母娘娘未能免俗，跟凡人發生了戀愛，還懷了孕；結果卻終於為她的令兄二郎神所膺懲，關在山洞裏受苦，石子充飢，山泉解渴，不許再見天日，以肅「仙紀」。當二郎神載唱載舞地宣佈着這判決的時候，土地就在旁邊唯唯諾諾地答應。這一回他不再管「風調雨順」，只好做監獄裏的牢頭了。神仙畢竟比凡人聰明，類似以防空壕代集中營的辦法，他們是早已發明了的。

遇見一些落魄貴冑、失路王孫——自然以將來就要飛黃騰達的為限，土地就搖身一變而為保鑣，跟在後面，使他們「逢凶化吉，遇難成祥」。有時他們蒙了冤屈，當庭受審，要打屁股了，土地還得撅臀以承，被打着四面亂跳亂叫；而被打屁股的本人，則因為自己毫無被打的感覺，又不知道冥冥中還有土地在代受苦刑，瞪起眼睛，弄得莫名其妙。

看到這裏，台下的看客們禁不住笑了，笑的是土地的狼狽。

這也實在是令人「忍俊不禁」。——託權貴之蔭餘，仰強梁之鼻息，唯唯諾諾，志在苟全，剝脫了尊嚴和威勢，表現在戲劇裏，他不過是冥府的狗才！

但在戲台以外，鄉下人對於土地，卻仍舊十分尊敬，供在廟堂，像尊敬所有的神明一樣。我想，這大概是因為鄉下人知道土地雖然渺小，對於老百姓，卻依然居高臨下，操着生殺予奪之權的緣故。

關於女吊

魯迅先生曾經介紹紹興戲裏所表現的女吊——翻成白話，也就是「女性的吊死鬼」。他以鋼鐵似的筆觸，勾勒出壯美的畫面，以為這是「一個帶復仇性的，比別的一切鬼魂更美、更強的鬼魂。」

這自然是獨到而精確的見解。《女吊》的寫作，又正當杌陧之年，針對着「吸血吃肉或其幫閒們」的死之說教，有如閃電劃過暗空，朗然提供這麼個勇於復仇的鮮明的形象，作者的深心，我們更不難了解。但提到女吊，要說單純的印象，就我從小看戲的經驗，那麼她的峭拔凌厲，實在更動人心魄。

最刺目的，幾乎可以說是對於視覺的突擊的，是女吊的色彩。如果用繪畫，那麼全體構成的顏色只有三種：大紅、黑和白，作着強烈的反射。紅衫、白裙、黑背心，蓬鬆的披髮，僵白的臉，黑眼、朱唇、眼梢口角和鼻孔，都掛着鮮紅的血痕。這跟上海有些女性的摩登打扮，雖然可以找出許多共通點來——至少是情調的近似，可是，說句實話，那樣子實在不大高明，要使人失卻欣賞的勇氣的。

《目蓮》是鬼戲，所以可以看到在別的劇戲裏所沒有的男吊；女吊出場，也有特別緊張的排場和氣氛。但在普通的紹興戲裏，她也是一位跟觀眾極熟的常客，動作唱詞都差不多，就是唱詞沒有幫腔，不佐以喇叭聲，情形就鬆弛得多。——那是一種很奇特的喇叭，頸子細長，吹奏起來，悲涼而激越，鄉下人都叫做「目蓮嗒頭」，似乎是專門號召鬼物的音樂，《目蓮》戲以外，就只有喪家做道場才用它，夜深人靜，遠遠地聽起來，令人毛骨悚然。

「目蓮嗐頭」吹完一支「前奏曲」，接着是一陣焰火，女吊以手掩面，低着頭出現了。（舊劇裏面，好像神佛出場，才用焰火，用以表示其身份的特殊；然而鬼中的女吊出場大抵用焰火，而神中的土地出場就未必有，這是兩種很有趣的例外。）她雙手下垂：一手微伸，一手向後，身體傾斜，就像一陣鬼頭風似地在台上轉。我小時候膽很小，看到這裏，照例戰戰兢兢，閉起眼睛，不敢加以正視；直到後來大了一點，才有勇氣去對面：看她接着就在戲台中央站定了，一顆蓬鬆的頭，向左、向右、向中，接連猛力地顛三下，恰像「心」字裏面的三點，接下去的動作，就是像《女吊》裏所寫的：「她兩肩微聳，四顧，傾聽，似驚，似喜，似怒……」凡是看過紹興戲中的女吊的，我想誰也不能不佩服魯迅先生的藝術手腕之高，就是這簡單的幾筆，也已經勾出了那神情的全部。但在這同時，還有幾聲吱吱的尖銳的鬼叫聲，然後是唱詞——那彷彿是這樣的四句：

奴奴本是良家女，從小做一個養媳婦，
公婆終日打罵奴，懸樑自盡命嗚呼！

緊接着來了一聲寒侵肌骨的嘆息，和石破天驚似的呼喊：

哎喲，苦呀，天哪！……

讓我在這裏補說一句，那神情實在是很令人驚心奪魄的。她冷峻、鋒厲，真所謂「如中風魔」，滿臉都是殺氣。然而從另一方面看，也因此顯得莊嚴和正大，不像世間的有些「人面東西」，一面孔正經，卻藏着一肚皮邪念；或者猥瑣而狎昵，專門在背後喊喊喳喳，鬼鬼祟祟。

陰司對於橫死的鬼魂，好像是也要下地獄的。根據陽世「好人怎麼會犯罪呢」的邏輯，那理由自然也十分充足。可是女吊之類的厲鬼的行動，彷彿又很自由，她就像總是飄飄蕩蕩，乘風漫遊着，在找着復仇和「討替代」的機會。

當然，「討替代」是十足的利己主義，人們對女吊之所以望而生畏，也許正是這原因。不過作為一種戲劇上的角色來看，也仍然是一種性格強烈、生氣充沛的角色。被壓迫者群中，不是常有因為受着過多的凌虐，因而變得十分粗暴恣肆，對人世取了敵視的態度，無論親疏敵友，一例為仇的嗎？那麼女吊的「討替代」，累及無辜，也就很容易解釋了。人與人之間，如果有壓迫者與被壓迫者對立存在，其難望於「海晏河清」，也正是必然。看看某一類人的鬼氣森森，我想，恐怕還不如女吊似的凌厲峭拔，因為這畢竟更多些人味。

有趣的是女吊好像也會開玩笑。記不清是什麼戲了，花花公子搶親，為一位懂法術的人所捉弄，竟請女吊代了庖，被當作新娘用花轎抬去，洞房之夜，把正在狂喜的公子嚇得不成人樣。那樣子就簡直有些嫵媚，即使是台下的小孩子，也要拍掌大笑，一點不覺得她可怕了。

關於拳教師

有皇帝，一定有太監；有豪門，一定有奴才。奴才有好幾種，一種是專門趨炎附勢、幫兇助焰的角色，唯命是聽，無惡不作；另一種以忠僕自居，進諍言，舒悲憤，似乎耿直非凡，而不越主奴界

限，又往往見忌於同輩，剩得牢騷滿腹；還有一種，則是絕頂的聰明人，以幫閒身份，據清客雅座，捧酥腿，湊時風，暗中獻計，背後搗鬼，卻不落絲毫痕跡，圓通而超脫。這最後一類，性格複雜，由優伶扮演，是要由「二花臉」——也就是魯迅先生在《二丑藝術》一文中所說的「二丑」擔任的。

最能夠代表二丑的特色，至於淋漓盡致的，是王爺府裏花花公子的拳教師之類。

他們歪戴帽子，身穿寬大海青，手裏還大抵有一把摺扇，十分的瀟灑豁達。他們不但專工拍馬，而且兼擅吹牛，所以在公子的眼裏，又是了不起的英雄，「天上的龍捉來當帶繫，山上的虎撮來當貓嬉」，有着如此驚人的本領的。可是他自己一出場，可就嬉皮笑臉地跑到台口，向看客指着自己的粉鼻，公開秘密，送出了這樣的獨白：

> 我格師爺哪景光？
> 長又長，大又大，
> 壯又壯，胖又胖，
> 嚇得退，像金剛，
> 嚇勿退，像戎囊。
> 礱糠叉袋，紙糊金剛。
> 我做事體的溜光滑，
> 我格拳頭只好嚇嚇，
> 我打別人——像瞎雞啄麥！
> 別人打我——Kuan Tuan！一記敲煞！

「哪景光」者，「怎麼樣」也。「格」字有「這」與「的」的意思，Kuan Tuan 則是打人的聲音，狀其猛烈也。紙糊金剛，一戳即破，礱糠叉袋，大而無當。他承認自己是這麼徒有其表的傢伙。

接着他自敍經歷，從前怎樣在少林寺裏拜師，又怎樣因為性子暴躁，被師父趕了出來，流落江湖，在街坊上蕩蕩水碗，打打沙拳。——這些都是走江湖的玩藝。——後來又忽然怎樣的遇見「倒霉的公子，十瞎的眼睛」，賞識了他，留他進府，充當教席。夤緣附會，他就此闊綽起來，「難是地裏爬到天裏帶哉」：

　　住格是高廳大屋，
　　吃格是大魚大肉，
　　穿格是非紅則綠，
　　坐格是藤棚椅褥，
　　困格眠床是紫檀紅木——裏雕《西廂》，外雕《三國》，
　　用格馬桶是水晶嵌白玉，
　　馬桶上雕格是「天官賜福」，
　　屙下去——Sin Lin Whuan Luau，好像羅通掃北，
　　四個丫頭走進走出，服侍我 Lôh，
　　困到半夜裏燕窩煮粥，
　　……
　　我實格樣子享福，
　　死帶下來，單少一副壽板棺木。

Sin Lin Whuan Luan 也還是形聲，「帶」者「了」也，「我 Lôh」者就是「我」。

這真是得意忘形，躊躇滿志。然而他決不忘靠山隨時可倒，自己的地位也隨時有動搖的危險，所以決不對靠山死力效忠。例如公子看中了人家的小姐，家丁主張搶，教師卻總是獻計去騙，躲在背後，不肯出面的。他八面玲瓏，不但在主子面前最得寵幸，在看客眼裏，也最容易邀原諒，因為他不但無忠僕之可憐，無家奴之可惡，而且善於插科打諢，自道來歷，毫不隱諱，又彷彿極其坦率的緣故。

　　這坦率是替自己留下的退步，一旦靠山倒頹，或者發現別有更大的靠山的時候，他可以另投生路，不必提防懸空。

　　而插科打諢則是他鑽謀爬撞的最好法門。

　　他們是「走千家，吃千年」的。在現實生活中，我們只要看看無論什麼場合，都能融通適合，無論什麼朝代，總是春風得意的先生們，就大抵是這二丑所扮的角色。

一九四〇年

（選自《柯靈雜文集》，北京：三聯書店，1984 年）

話中有鬼

朱自清

　　不管我們相信有鬼或無鬼，我們的話裏免不了有鬼。我們話裏不但有鬼，並且鑄造了鬼的性格，描畫了鬼的形態，賦與了鬼的才智。憑我們的話，鬼是有的，並且是活的。這個來歷很多，也很古老，我們有的是鬼傳說，鬼藝術，鬼文學。但是一句話，我們照自己的樣子創出了鬼，正如宗教家的上帝照他自己的樣子創出了人一般。鬼是人的化身，人的影子。我們討厭這影子，有時可也喜歡這影子。正因為是自己的化身，才能說得活靈活現的，才會老掛在嘴邊兒上。

　　「鬼」通常不是好詞兒。說「這個鬼！」是在罵人，說「死鬼」也是的。還有「煙鬼」，「酒鬼」，「饞鬼」等，都不是好話。不過罵人有怒罵，也有笑罵；怒罵是恨，笑罵卻是愛——俗語道，「打是疼，罵是愛」，就是明證。這種罵儘管罵的人裝得牙癢癢的，挨罵的人卻會覺得心癢癢的。女人喜歡罵人「鬼……」「死鬼！」大概就是這個道理。至於「刻薄鬼」，「嗇刻鬼」，「小氣鬼」等，雖然不大惹人愛似的，可是笑嘻嘻的罵着，也會給人一種熱，光卻不會有——鬼怎麼會有光？光天化日之下怎麼會有鬼呢？固然也有「白日見鬼」這句話，那跟「見鬼」，「活見鬼」一樣，只是說你「與鬼為鄰」，說你是個鬼。鬼沒有陽氣，所以沒有光。所以只有「老鬼」，「小鬼」，沒有「少鬼」，「壯鬼」，老年人跟小孩子陽氣差點

兒，憑他們的年紀就可以是鬼，青年人，中年人陽氣正盛，不能是鬼。青年人，中年人也可以是鬼，但是別有是鬼之道，不關年紀。「閻王好見，小鬼難當」，那「小」的是地位，所以可怕可恨；若憑年紀，「老鬼」跟「小鬼」倒都是恨也成，愛也成。——若說「小鬼頭」，那簡直還親親兒的，熱熱兒的。又有人愛說「鬼東西」，那也還只是鬼，「鬼」就是「東西」，「東西」就是「鬼」。總而言之，鬼貪，鬼小，所以「有錢使得鬼推磨」；鬼是一股陰氣，是黑暗的東西。人也貪，也小，也有黑暗處，鬼其實是代人受過的影子。所以我們只說「好人」，「壞人」，卻只說「壞鬼」；恨也罷，愛也罷，從來沒有人說「好鬼」。

「好鬼」不在話下，「美鬼」也不在話下，「醜鬼」倒常聽見。說「鬼相」，說「像個鬼」，也都指鬼而言。不過醜的未必就不可愛，特別像一個女人說「你看我這副鬼相！」「你看我像個鬼！」她真會想教人討厭她嗎？「做鬼臉」也是鬼，可是往往惹人愛，引人笑。這些都是醜得有意思。「鬼頭鬼腦」不但醜，並且醜得小氣。「鬼膽」也是小的，「鬼心眼兒」也是小的。「鬼胎」不用說的怪胎，「懷着鬼胎」不用說得擔驚害怕。還有，書上說，「冷如鬼手馨！」鬼手是冰涼的，屍體原是冰涼的。「鬼叫」，「鬼哭」都刺耳難聽。——「鬼膽」和「鬼心眼兒」卻有人愛，為的是怪可憐見的。從我們話裏所見的鬼的身體，大概就是這一些。

再說「鬼鬼祟祟的」雖然和「鬼頭鬼腦」差不多，可只描畫那小氣而不光明的態度，沒有指出身體部分。這就跟着「出了鬼！」「其中有鬼！」固然，「鬼」，「詭」同音，但是究竟因「鬼」而

「詭」，還是因「詭」而「鬼」，似乎是個兜不完的圈子。我們也說「出了花樣」，「其中有花樣」，「花樣」正是「詭」，是「譎」；鬼是詭譎不過的，所以花樣多的人，我們說他「鬼得很！」書上的「鬼蜮伎倆」，口頭的「鬼計多端」，指的就是這一類人。這種人只惹人討厭招人恨，誰愛上了他們才怪！這種人的話自然常是「鬼話」。不過「鬼話」未必都是這種人的話，有些居然娓娓可聽，簡直是「昵昵兒女語」，或者是「海外奇談」。說是「鬼話！」儘管不信可是愛聽的，有的是。尋常詿語也叫做「鬼話」，王爾德說得有理，詿原可以是很美的，只要撒得好。鬼並不老是那麼精明，也有馬虎的時候，說這種「無關心」的「鬼話」，就是他馬虎的時候。寫不好字叫做「鬼畫符」，做不好活也叫做「鬼畫符」，都是馬馬虎虎的，敷敷衍衍的。若連不相干的「鬼話」都不愛說，「符」也不愛「畫」，那更是「懶鬼」。「懶鬼」還可以希望他不懶，最怕的是「鬼混」，「鬼混」就簡直沒出息了。

從來沒有聽見過「笨鬼」，鬼大概總有點兒聰明，所謂「鬼聰明」。「鬼聰明」雖然只是不正經的小聰明，卻也有了不起處。「什麼鬼玩意兒！」儘管你瞧不上眼，他的可是一套玩意兒。你笑，你罵，你有時笑不得，哭不得，總之，你不免讓「鬼玩意兒」耍一回。「鬼聰明」也有正經的，書上叫做「鬼才」。李賀是唯一的號為「鬼才」的詩人，他的詩濃麗和幽險，森森然有鬼氣。更上一層的「鬼聰明」，書上叫做「鬼工」；「鬼工」險而奇，非人力所及。這詞兒用來誇讚佳山水，大自然的創作，但似乎更多用來誇讚人們文學的和藝術的創作。還有「鬼斧神工」，自然奇妙，也是這一類

頌辭。借了「神」的光,「鬼」才能到這「自然奇妙」的一步,不然只是「險而奇」罷了。可是借光也大不易,論書畫的將「神品」列在第一,絕不列「鬼品」,「鬼」到底不能上品,真也怪可憐的。

原載一九四四年昆明《中央日報》、《星期增刊》

(選自《朱自清文集》3 卷,南京:江蘇教育出版社,1988 年)

有鬼無害論

廖沫沙

　　看過孟超同志改編的《李慧娘》演出，人們都說這是一齣好戲，不但思想內容好，而且劇本編寫得不枝不蔓，幹淨利落，比原來的《紅梅記》精煉，是難得看到的一齣改編戲。

　　可是年輕的觀眾看過這齣戲，卻感覺有點缺陷：即是現代作家改編的劇本，為什麼還保留舊戲曲的迷信成分，讓戲台上出鬼，豈不是宣傳迷信思想？

　　我們中國的文學遺產（其實不止是中國的文學遺產）——小說、戲曲、筆記故事，有些是不講鬼神的，但是也有很多是離不開講鬼神的。台上裝神出鬼的戲，就為數不少。如果有人把傳統的戲曲節目作個統計，有鬼神上台或鬼神雖不上台，而唱詞道白與鬼神有關的節目，即使佔不到半數，也總是佔個幾分之幾。這類戲，如果把中間的鬼神部分刪掉，就根本不成其為戲了。人們說，「無巧不成書」，這類戲正好是「無鬼不成戲」。試想，《李慧娘》或《紅梅記》這齣戲，如果在遊湖之後，賈似道回家就一劍把李慧娘砍了，再沒有她的陰魂出現，那還有什麼戲好看的呢？

　　戲是人編寫出來的，戲台上出現鬼神，是因為人的腦袋裏曾經出現過鬼神的觀念。前人的戲曲有鬼神，這也是一種客觀存在，沒有辦法可想。問題在現代的人來改編舊戲曲，可不可以或應不應該接受、繼承前代人的這些迷信思想？

這是一個很值得討論的問題。

依照唯物論的說法，世界上是沒有超物質的鬼神存在的。相信有鬼神，是一種迷信，是人們的錯覺、幻想。鬼神迷信在人們的頭腦中發生的根源，最初是由於人對自然力量的蒙昧無知；隨後又因為階級的劃分，人對社會鬥爭的壓力，感覺和自然力量同樣的不可理解，這樣就使代表自然力量的鬼神，同時代表一種社會力量，正像恩格斯所說的，「神的自然屬性同社會屬性綜合為一體」，成了「一個萬能之神的上帝」。

這種綜合自然屬性和社會屬性的鬼神，隨着社會的發展，隨着人對自然力量的控制，愈到後來，他的自然屬性愈少，而他的社會屬性愈多。因為階級鬥爭的矛盾，愈來愈超越人對自然鬥爭的矛盾。

在文學遺產中的鬼神，如果仔細加以分析，就可發現，他們代表自然力量的色彩已經很少，即使他們的名稱還保存着風、雷、雲、雨，實際上他們是在參加人世間的社會鬥爭。本來是人，死後成鬼的陰魂，當然更是社會鬥爭的一分子。戲台上的鬼魂李慧娘，我們不能單把她看作鬼，同時還應當看到她是一個至死不屈服的婦女形象。

文學作品，是現實世界的反映，在階級社會，就是階級鬥爭的反映。《紅梅記》這部文學遺產之所以可貴，就因為它揭露了賣國賊的荒淫殘暴，摧殘婦女；《李慧娘》之所以改編得好，就因為它把一部三十四場的《紅梅記》（玉茗堂本），集中最精彩的部分，提煉為六場戲，充分發展了這場鬥爭，而以「鬼辯」作為鬥爭的高潮，勝利地結束鬥爭。

是不是迷信思想，不在戲台上出不出鬼神，而在鬼神所代表的是壓迫者，還是被壓迫者；是屈服於壓迫勢力，還是與壓迫勢力作鬥爭，敢於戰勝壓迫者。前者才是教人屈服於壓迫勢力的迷信思想，而後者不但不是宣傳迷信，恰恰相反，正是對反抗壓迫的一種鼓舞。

　　我們對文學遺產所要繼承的，當然不是它的迷信思想，而是它反抗壓迫的鬥爭精神。戲台上的鬼魂，不過是一種反抗思想的形象。我們要查問的，不是李慧娘是人是鬼，而是她代表誰和反抗誰。用一句孩子們看戲通常所要問的話：她是個好鬼，還是個壞鬼？

　　如果是個好鬼，能鼓舞人們的鬥志，在戲台上多出現幾次，那又有什麼妨害呢？

　　這裏我倒要向演出《李慧娘》的北方昆曲劇院建個議：既然是演出一個「好鬼」，是不是可以把「好鬼」的形象表演得更可愛些，而不是更可怕些？李慧娘從頭頂上摘下的「腦袋」，是不是可以免了？她的「武器」，不是還有兩把什麼扇子，可以使用嗎？

原載一九六一年八月三十一日《北京晚報》
（選自《廖沫沙雜文集》，北京：三聯書店，1984 年）

怕鬼的「雅謔」

廖沫沙

中國科學院文學研究所出版過一本《不怕鬼的故事》。這當然是本好書。但是現在看來，單是一本《不怕鬼的故事》還不夠用，還得有一本「怕鬼的故事」。

出版《不怕鬼的故事》，是為了破除迷信，告訴人：鬼是沒有什麼可怕的。倘使再出一本「怕鬼的故事」，那有什麼意思呢？難道要宣傳迷信，提倡怕鬼？

在《不怕鬼的故事》中，不是有許多不怕鬼的人，也同時有許多怕鬼的人麼？沒有怕鬼的人，就顯不出不怕鬼的人的勇敢和智慧；沒有不怕鬼的人，也顯不出怕鬼的人是多麼卑怯和愚蠢。在這本故事中，不論怕鬼的與不怕鬼的，又都有一個共同點：都承認有鬼。是一群「有鬼論」者，而不是「無鬼論」者。只要世界上還有人相信有鬼，就會有怕鬼的人，當然也會有不怕鬼的人。

不是嗎？在《不怕鬼的故事》這本書中，不但有不怕鬼的故事，也夾帶着怕鬼的故事。試舉一例：

> 嘉靖中，錫人王富、張祥俱有膽，素不畏鬼。夏日同飲溪上，日將晡，王曰：「隔溪叢塚中，昨送一新死人，汝能乘流而過，出其屍於棺外乎？」張曰：「吾能黑夜出之。」王曰：「果爾，當輸臘釀一甕。吾先取來等汝。」俄，日沒，張遂過溪，見棺

已離蓋，方疑之，忽棺中出兩手抱張頸。張懼而私祝曰：「汝少出，俟我賭勝，明日當葬而埋汝。」言畢，抱益急。張大叫，聲漸微。溪旁人家聞聲，群持火來照，抱張頸者乃王也：蓋詭言取酒，從便處先渡，出屍而伏棺中耳。（明·浮白齋主人《雅謔》）

這大概是一段實錄，因為有年號、有地點，年號是明朝的「嘉靖」，是明世宗朱厚熜的年號，當公元一五二二年至一五六六年，地點是江蘇的無錫，作者也是明朝的人。他記錄這段實事，就像我們現代人寫一篇開棺出屍的新聞報道，登在報紙上，是一樣的。

故事的特點是沒有出現鬼，只有一具新喪的屍體。這是《不怕鬼的故事》全書中唯一沒有鬼而怕鬼的故事。這也可以證明作者是在記錄客觀事實，沒有捏造誇大。但是故事的確寫得很有意思。故事中的兩個人物，都號稱「素不畏鬼」，實際上卻一個真不怕鬼，就是「出屍而伏棺」的王富；一個真正怕鬼，就是被王富從棺材中伸手抱住頸項，嚇得半死的張祥。

兩人都說「素不畏鬼」，為什麼一個真不怕，而另一個卻真正怕呢？王富敢於「出屍而伏棺」，並且自己去裝鬼嚇人，可見他心目中是沒有鬼的，所以他不怕。張祥雖口出大言：「吾能黑夜出之。」實際上卻心裏懷着一個鬼胎，所以一見棺已離蓋，就驚疑不止，再見棺中伸出兩隻手，更心驚膽裂，分不清人是鬼，慌忙告饒許願；還不行，就失聲大叫，以至驚恐慾絕，顯出一副活見鬼的醜態。

張祥既是一個怕鬼怕得要死的人，為什麼又口講大話，敢連夜去開棺出屍呢？故事中也有交代：為了賭勝王富所許的一罈酒，就

連自己的膽量究竟是大是小，也忘之腦後。他不但好酒貪杯，見利忘義，而且是個空口說大話，顧前不顧後的賭棍。

我說，還得有一本「怕鬼的故事」，就正是要挑選一些口稱不怕鬼而實際怕鬼怕得要死的人，把他們寫成故事，以便活畫出他們的醜態百出。

上引故事的原作者，署名為「浮白齋主人」。看他寫的這段故事，倒真是值得浮一大白；他的書名是《雅謔》，也的確是既雅且謔。一個明朝人能這樣寫作，難道我們今日就沒有這樣的有才有志之士來「雅謔」一番麼？

（選自《廖沫沙雜文集》，北京：三聯書店，1984 年）

《鬼趣圖》和它的題跋

黃苗子

　　話説十八世紀乾隆年間，有一位賣畫為生的藝術家，他久住在揚州天寧門內彌陀巷；揚州這個地方，風景秀麗，文化集中，並且是當時富甲全國和勢傾朝野的鹽商集中之地。（從記載上看，這位畫師可能在生活上受到當時大鹽商馬曰琯兄弟的照顧。）他早年拜了鼎鼎大名的文人金農（冬心）為師，參與了那時影響極大的反保守主義、反封建正統的藝術流派——「揚州八怪」。他的名字叫做羅聘（號兩峰、字遁夫，自稱「花之寺僧」），是「揚州八怪」中最年輕的一個。

　　羅兩峰大約在乾隆三十六（一七七一）年，為了給他的老師印文集的事，跑到北京住下，他飽看了當時所謂「乾隆盛世」上層社會的真實面貌，忽然動了念頭，要給這些人開個玩笑，於是利用他生理上的特點——眼睛生得比別人藍一些，便宣稱自己這雙藍眼睛能看見鬼物；他説鬼這種東西「凡居室及都市，憧憧往來不絕，遇富貴者，則掩壁蛇行；貧賤者則拊肩躡足，揶揄百端。」（俞蛟《夢庵雜著》，卷七，《羅兩峰傳》）於是便把唯有他自己能看見的「鬼」畫成為「鬼趣圖」。在當時的京城裏，這幾幅裱成長卷的《鬼趣圖》便轟動一時；有的看了嘆賞驚奇，有的看了作會心的微笑。畫師羅兩峰因為有這一雙怪眼和一卷怪畫，便很受到社會人士的注意，「三至都門，所主皆當代巨公。」（蔣寶齡《墨林今話》卷四）也就馬上成為當時的名畫家了。

《鬼趣圖》一共八幅：第一幅滿紙煙霧，隱隱看見些離奇的面目肢體。第二幅一個短褲尖頭的胖鬼急步先行，一個戴着纓帽的瘦鬼在後面跟着他。第三幅一個衣服華麗面目可憎的「闊鬼」拿着蘭花在靠近一個紅衣女鬼作昵語狀，旁邊一個拿扇的白帽無常在那兒傾聽。第四幅一個矮鬼扶杖踞地，一個紅衣小鬼在他的挾持下給他捧着酒鉢。第五幅一個長腳的綠髮鬼，伸出長手作抓拿狀。第六幅是一個大頭鬼，前面兩個一面跑步、一面慌張回顧的小鬼。第七幅在風雨中一個鬼打着傘匆匆忙忙地走，前面有個先行的，還有兩個鬼腦袋在傘旁出現。第八幅是楓林古塚，兩個白骨巉岩的髑髏在說話。

　　羅兩峰不但喜歡畫鬼，（傳說他還畫了一卷《鬼雄圖》長卷，未見諸家著錄。）而且喜歡說鬼，雖然他不承認所畫和所說的都是開玩笑，（《兩峰香葉草堂詩集》中有《秋夜集黃瘦石齋中說鬼》一詩，末云：「妄聽且憑君，我語非妄語。」）可是誰都知道這位畫家在播弄狡獪，他一本正經地借鬼來罵人。

　　羅兩峰自少追隨「語多放誕，不可以考工氏繩尺擬之」（《冬心〈畫佛題記〉自序》）的金農；並且在馬曰琯兄弟所來往的著名學者中，也受到當時進步的思想家戴震等人「遏欲之害甚於防川」等主張個性解放的思想影響。另一方面，在清朝貴族的統治下，殘酷的「文字獄」不能不叫人寒心，牽涉到「人」的事情總不大好談，說「鬼」還比較穩當。《鬼趣圖》的創作，不過和較早的《聊齋誌異》及同時期的《子不語》、《閱微草堂筆記》等文學作品同一類型（當然各人的中心思想可能不一致），也是當時整個文藝風氣反映在繪畫上的一種表現。然而這在繪畫上便產生了一種新的風格，成為現

代漫畫的濫觴，並且給當時毫無生氣的、正統派、保守派佔優勢的清代畫壇投下了一顆炸彈。

清道光年間，學者吳修（思亭）提到《鬼趣圖》的作法説：「先以紙素暈濕，後乃行墨設色，隨筆所至，輒成幽怪之相，自饒別趣。」（《青霞館論畫絕句》）這種從潑墨山水引用到人物畫上來的方法，把空靈渺溟的氣氛表現得十分成功。在人物刻劃上，作者使用簡練樸拙的線條，表現古怪出奇的形狀，使人看了輕鬆可笑，充分地把「鬼趣」刻劃出來，成為一幅在小品風格上説明作者湛深的藝術修養的作品。

《鬼趣圖》的諷刺對象到底是誰呢？畫家始終在賣關子。可是二百年來好幾十位詩人，卻借它寫出不少嬉笑怒罵的絕妙好詞來。

中國藝術有一個顯著特徵，就是畫和文字結合。「詩中有畫，畫中有詩」，可以互相發明，使作品的藝術性加強。我説這是顯著特徵，因為這是西洋畫中所沒有的，誰也未見過在《蒙娜麗沙》上題詩一首這回事。

羅兩峰的《鬼趣圖》，「棲毫甫竟，題翰已多」（吳穀人《記羅兩峰》）。剛畫好就有不少人在上面題詠。後來這個卷子他自己帶回揚州，一七七九年以後，羅兩峰兩次再到北京，這幅自己最心愛的作品都隨身帶着，遇到知己朋友便拿出來欣賞，便也有不少人在上面借題發揮起來。有位「石湖漁隱」吳照，就題上兩首七絕：

> 白日青天休説鬼，鬼仍有趣更奇哉；要知形狀難堪處，我被挪揄半世來！

肥瘠短長君眼見，與人踵接更肩摩。請君試說閻浮界，到底人多是鬼多？

徐大榕題的是：

早歲已持無鬼論，中年多被鬼揶揄！何人學得燃犀法，逼取真形入畫圖？

短長肥瘦態何殊？更有么魔貌絕姝。我向終南求進士，青天莫放鬼群趨。

袁子才把羅兩峰引為同調，認為只有他們兩個人知道鬼的有趣，他寫道：

我纂鬼怪書，號稱《子不語》，見君畫鬼圖，方知鬼如許！知此趣者誰？其唯吾與你。

畫女須畫美，不美城不傾；畫鬼須畫醜，不醜人不驚！美醜相輪迴，造化為丹青。

傳說「鬼死為聻」，袁子才最後幽默地寫道：

我聞鬼化聻，鴉鳴國中在，胡不兼畫之，比鬼當更怪。君曰姑徐徐，尚隔兩重界。

周有聲的題跋卻和袁子才相反，他在一首長古的末段寫道：

……我聞古人畫馬入馬腹，畫鬼當憂墮鬼族。不知人鬼相隔只一塵，畫取何嫌竟逼真——卻愁他日升天去，鬼向先生乞畫人！

從人在陽間畫鬼想到將來死後鬼在陰間要畫人，可謂匪夷所思。其實人看見鬼的世界陰風慘慘，但在鬼看起來，那種人吃人的階級社會才更陰慘呢！

　　關於第二幅瘦鬼跟着胖鬼那張畫，蔣士銓這樣題：

> 王家僮約太煩苦，鬼奴嘻嘻隨鬼主，主人衣冠幸且都，如何用此尫羸軀？但有筋肋無肌膚。無衣無褐但有襦，破帽籠頭纏曼胡，徐行掉臂學腐儒。吁嗟乎！餓鬼啾啾啼鬼窟，不及豪家廝養卒；但能倚勢得紙錢，鼻涕何妨長一尺！

郭祥伯在一八○六年題的：

> 不坐而趨，不褲而襦，前行姬姬，後行趺趺。噫彼藍縷，豈窮之徒？豈無妾馬，尒驅爾娛？曰其生前，高冠大車。

　　都是極挖苦之能事。蔣士銓把這一肥一瘦說是「鬼奴鬼主」，我看是可能的，看那瘦鬼一身精光，卻還戴着清朝官帽，可見他雖然做了餓鬼，還放不下封建奴才的臭架子。郭祥伯卻把喧赫不可一世的封建統治者剝去外皮，露出本相（指那兩個只穿牛頭褲的窮鬼說是生前「高冠大車」的大人物），也是蠻有意思的想法。

　　自號「蜀山老猿」的文學家張問陶，給第八幅那在林子裏的兩個髑髏，題上慷慨悲憤的一首詩：

> 愈能腐臭愈神奇，兩束骷髏委路歧。對面不知人有骨，到頭方信鬼無皮！筋骸漸朽還為屬，心肺全無卻可疑。黑塞青林生趣苦，莫須爭唱鮑家詩。

這就是清朝封建貴族統治下上流社會的縮影！在這個社會裏見到的多是毫無骨氣的人（不知人有骨），他們所有的本領是剝削人民，到了最後，連老百姓的皮都剝光了（到頭方信鬼無皮）。快要沒落的封建地主階級一天一天腐朽下去，壓迫剝削的手段卻是變本加厲起來（筋骸漸朽還為厲）。這些傢伙都是沒有心肝的涼血動物！在這個社會裏生存是苦惱的，李長吉的詩句有：「秋墳鬼唱鮑家詩，恨血千年土中泣！」與其說是鬼的哀怨，不如說是人的愁苦。

羅兩峰的《鬼趣圖》，這樣地引起當時詩人們的共鳴，他們的詩和羅兩峰的畫在風格和內容上便結合起來，成為一個完美的整體，給清代中葉的藝壇留下了佳話。

羅兩峰畫《鬼趣圖》，和吳敬梓寫《儒林外史》差不多同時。《儒林外史》寫成「人爭傳寫之」（程魚門《吳敬梓傳》）。《鬼趣圖》畫成也到處受到當時知識界的歡迎。這說明了十八世紀中葉反抗腐朽的封建制度的思想，反映在文學藝術上所形成的浪漫主義運動正在出現。當時繪畫部門那呆板乏味的「四王」山水（「四王」是有他們自己的成就的，這裏指的是當時模仿他們的「四王」流派），及毫無生氣的「如意館」宮廷派花鳥畫，都已失去社會的支持。先進的人們，對藝術要求回到「人的社會」中來；同時，人們也了解到文網日密的情況下，看不到真正的「人」，便看看「鬼」也就滿足，何況當時整個繪畫界保守頑固的空氣濃厚，庸俗的畫家，即使畫人也只是「千人一面」（曹雪芹《紅樓夢》中語），失去了人味。因此宋葆淳在這個卷子裏嘆息着：「庸手畫人不似人，妙手畫鬼得鬼趣！」

但是即使談狐說鬼，也會觸犯封建上層社會的忌諱。因此對羅兩峰深切「愛護」的程魚門便也在題跋中勸他寧可多畫些梅花，「斯圖即奇特，洗手勿輕試」，主要也是怕在政治上會遭到毒手。乾隆以後，揚州八家的影響只在水墨花卉及寫意山水方面創開新路，諷刺性的漫畫作品，卻沒有大量發展起來，直到清末，封建皇朝已經極端衰弱，那時中國畫形式的諷刺畫，才開始出現。

（選自《貨郎集》，天津：百花文藝出版社，1981 年）

著者簡介

陳獨秀（1879–1942）

原名慶同，官名乾生，字仲甫，號實庵，安徽懷寧（今安慶）人。《新青年》雜誌創始人、「新文化運動」發起者和領導者、「五四運動」主要領導人、中共創始人之一。他是傑出的政論家，其政論文章汪洋恣肆、尖銳犀利，《敬告青年》等很多篇章是中國近現代歷史上少有的、傑出的代表作。

代表作品：《敬告青年》、《辯護狀》等。

劉半農（1891–1934）

江蘇江陰人，原名壽彭，後名復，初字半儂，後改半農，晚號曲庵。中國新文化運動先驅，文學家、語言學家和教育家。參與《新青年》雜誌的編輯工作，積極投身文學革命，反對文言文，提倡白話文。魯迅先生在《憶劉半農君》一文中稱：「我願以憤火照出他的戰績，免使一群陷沙鬼將他先前的光榮和死屍一同拖入爛泥的深淵。」

代表作品：《揚鞭集》、《瓦釜集》、《半農雜文》等。

魯迅（1881–1936）

浙江省紹興人。原名周樹人，字豫才，小名樟壽，至 38 歲，始用魯迅為筆名。文學家、思想家。1918 年發表首篇白話小説《狂人日記》，震動文壇。此後 18 年，筆耕不綴，在小説、散文、雜文、散文詩、舊體詩、

外國文學翻譯及古籍校勘等方面貢獻卓著，創作的眾多文學形象深入人心。他的作品有不朽的魅力，直到今天，依然擁有眾多讀者。

代表作品：《朝花夕拾》、《吶喊》、《彷徨》等。

胡適（1891–1962）

學者、詩人。安徽徽州績溪人，倡導「白話文」，領導新文化運動。在家鄉私塾讀書時深受程朱理學影響。求學美國時，師從約翰·杜威，回國後，宣揚思想自由，信奉實用主義哲學。寬容與自由，是其作品中的兩大主旋律。

代表作品：《中國哲學史大綱》、《嘗試集》等。

茅盾（1896–1981）

原名沈德鴻，字雁冰，浙江嘉興桐鄉人。中國現代著名作家、文學評論家、文化活動家和社會活動家，五四新文化運動先驅者之一。茅盾用一支筆描繪出舊中國人們的生存狀態，塑造出一個個栩栩如生的人物形象，真實再現了歷史變革時期的社會風貌。他臨終前將 25 萬元稿費捐出設立文學獎，是我國長篇小說創作最具影響力的獎項之一。

代表作品：《子夜》、《風景談》等。

唐弢（1913–1992）

原名唐端毅，曾用筆名風子、晦庵等，生於浙江省鎮海縣。著名作家、文學理論家、魯迅研究家和文學史家。所著雜文思想、藝術均深受魯迅影響，針砭時弊，議論激烈，有時也含抒情，意味雋永，社會性、知識性、文藝性兼顧。

代表作品：《推背集》、《海天集》等。

薰宇（作者資料從缺）

王力（1900-1986）

字了一，廣西博白人。語言學家、教育家、翻譯家、散文家和詩人。中國現代語言學的奠基人之一，師從梁啟超、王國維、趙元任、陳寅恪等。

代表作品：《漢語詩律學》、《漢語史稿》等。

靳以（1909-1959）

現代著名作家，原名章方敍，天津人。20世紀30年代寫了許多反映小市民和知識分子生活，描寫青年男女生活和愛情的小說。40年代目睹國民黨破壞抗戰，思想感情發生變化，作品中出現革命的傾向。新中國成立後熱情參加文化建設工作和各項政治活動。一生共有各種著作三十餘部。

代表作品：《血與火花》、《洪流》等。

吳晗（1909-1969）

原名吳春晗，字伯辰，筆名語軒、酉生等，浙江義烏人。著名歷史學家、社會活動家、現代明史研究的開拓者和奠基者之一。畢業於清華大學，師從胡適。

代表作品：《朱元璋傳》、《讀史札記》、《歷史的鏡子》等。

豐子愷（1898-1975）

浙江嘉興石門鎮人。原名豐潤，又名仁、仍，號子覬，後改為子愷，筆名 TK，以中西融合畫法創作漫畫而著名。其自幼愛好美術，後師從李叔同，也因此結緣佛學，故鄉居所命名「緣緣堂」。「一片片的落英，都含蓄著人間的情味。」（俞平伯評）

代表作品：《緣緣堂隨筆》、《畫中有詩》等。

秦牧（1919-1992）

廣東省澄海縣人。現代作家。20世紀30年代末開始發表作品。寫作範圍
頗廣，但以散文為主。他的文章搖曳多姿，光彩照人。藝術特徵鮮明，
風格獨具，與眾不同。秦牧散文特點之一，是言近旨遠，哲理性強。

代表作品：《土地》、《長河浪花集》等。

藍翎（1931-2005）

原名楊建中，山東單縣人。著名紅學家。從事業餘寫作五十餘年，早年
偏重文藝理論和古典文學研究，晚年側重散文雜文。

代表作品：《了了錄》、《金台集》等。

李伯元（1867-1906）

字寶嘉，別號南亭亭長，江蘇武進人。李伯元是個多產的作家，他構思
之敏，寫作之快，極為少見。

代表作品：《官場現形記》、《活地獄》等。

許地山（1893-1941）

名贊堃，字地山，筆名落華生。出生於台灣台南，成長於閩粵兩地。現代
文學史上一位別具一格的小說家、散文家，在學術研究上亦頗有建樹。
許地山一生創作的文學作品多以閩、台、粵和東南亞、印度為背景。

代表作品：《危巢墜簡》、《空山靈雨》、《道教史》等。

周作人（1885-1967）

原名櫆壽，字星杓，後改名奎綬，自號起孟、啟明、知堂等。魯迅之
弟，周建人之兄。周作人精通日語、古希臘語、英語，並曾自學古英

語、世界語。其致力於研究日本文化五十餘年，深得日本文學理念的精髓。其筆觸近似於日本傳統文學，以溫和、沖淡之筆，把玩人生的苦趣。代表作品：《藝術與生活》、《苦竹雜記》等。

曹聚仁（1900–1972）

字挺岫，號聽濤，浙江浦江人。章太炎入室弟子，現代作家、學者、記者，以散文創作立足文壇。

代表作品：《文史討論集》、《我與我的世界》等。

老向（1898–1968）

名王煥斗，字向辰，號老向。河北省辛集市（原束鹿縣）人。上世紀 30 年代即以京味、通俗文學著名。與老舍、老談並稱「三老」。

代表作品：《庶務日記》等。

種因（作者資料從缺）

李金髮（1900–1976）

原名李淑良，廣東梅縣人。據他在《我名字的來源》一文中說 1922 年在法國患病，老是夢見一位白衣金髮的女神領他遨遊太空，他覺得自己沒有病死，於是把自己的名字改為李金髮。是中國第一個象徵主義詩人和「中國雕塑界之泰斗」。

代表作品：《棄婦》、《微雨》等。

許欽文（1897–1984）

原名繩堯，生於浙江山陰。曾被魯迅讚評為「鄉土文學作家」的許欽文，以其可現的豐碩的小說稱譽於二三十年代的中國現代文壇，而在以後的大半世紀中，他則以散文獨標一幟。

代表作品：《理想的伴侶》、《鼻涕阿二》等。

陳子展（1898-1990）

原名炳堃，字子展。湖南長沙人。早年曾創作了大量的雜文，是 30 年代文壇著名的雜文大家。據《申報‧自由談》主編黎烈文説，該副刊的作者稿酬，最高者是魯迅和陳子展兩位。林語堂辦《人間世》，他最欣賞兩位作者——曹聚仁和陳子展。

代表作品：《楚辭解題》、《唐宋文學史》等。

汪曾祺（1920-1997）

江蘇高郵人士，京派作家的代表人物，師從沈從文等。被譽為「抒情的人道主義者，中國最後一個純粹的文人，中國最後一個士大夫」。他生於江南，居於京城，遍歷戰亂，飽嘗榮辱。卻用一生的沉澱，寫出至淡至濃的優雅與情致。

代表作品：《受戒》、《沙家浜》、《大淖記事》等。

金克木（1912-2000）

字止默，筆名辛竹，祖籍安徽壽縣，生於江西。著名文學家，翻譯家，對梵學、印度文化有深入研究。此外，在中外文化交流史、佛學、美學、比較文學、翻譯等方面也頗有建樹，為中國學術事業的發展作出了突出貢獻。被稱為「舉世罕見的奇才」。

代表作品：《梵語文學史》、《天竺舊事》等。

聶紺弩（1903-1986）

著名詩人、散文家。原名聶國棪，湖北京山人。在雜文、舊題詩創作和古典文學研究方面成就尤為卓著。他是中國現代雜文史上繼魯迅、瞿秋白之後，在雜文創作上成績卓著、影響很大的戰鬥雜文大家。其風格汪洋恣睢、用筆酣暢、反覆駁難、淋漓盡致，在雄辯中時時呈現出俏皮。

代表作品：《血書》、《寸磔紙老虎》等。

老舍（1899–1966）

原名舒慶春，字舍予。因生於立春，取名「慶春」，意為前景美好。上學後，自己更名為舒舍予，意在「捨棄自我」。現代小說家、作家。老舍的語言俗白精緻，他自己說：「沒有一位語言藝術大師是脫離群眾的。」因此，在其作品中，一腔京味兒，很是動人。

代表作品：《駱駝祥子》、《四世同堂》等。

施蟄存（1905–2003）

原名施德普，字蟄存，常用筆名施青萍、安華等，浙江杭州人。著名文學家、翻譯家、學者。施蟄存博學多才，兼通古今中外，在文學創作、古典文學研究、碑帖研究、外國文學翻譯方面均有成績。

代表作品：《唐詩百話》、《上元燈》等。

陳銓（1903–1969）

字濤西，四川富順人，劇作家。早年留學期間接受了尼采哲學的影響，被稱為「中國研究日耳曼學的鼻祖」、「尼采思想最有力的闡釋者」。

代表作品：《天問》、《野玫瑰》等。

林庚（1910–2006）

字靜希，著名詩人、學者。原籍福建閩侯（今福州市），生於北京。

代表作品：《夜》、《春野與窗》、《詩人屈原及其作品研究》等。

邵洵美（1906–1968）

祖籍浙江余姚，出生於上海。原名雲龍。新月派詩人、散文家、出版家、翻譯家。早年推崇「為藝術而藝術」，風流倜儻堪與徐志摩相媲美，

與胡適、梁實秋、林語堂、徐悲鴻、郁達夫、沈從文、施蟄存等過從甚密。1949 年後從事文學翻譯工作。

代表作品:《天堂與五月》、《花一般的罪惡》等。

梁實秋（1903-1987）

原名梁治華,生於北京,浙江杭縣（今餘杭）人。筆名子佳、秋郎等。散文家、文學批評家、翻譯家,國內首個研究莎士比亞的權威,曾與魯迅等左翼作家筆戰不斷。

代表作品:《雅舍小品》、《槐園夢憶》等。

柯靈（1909-2000）

原籍浙江紹興市斗門鎮,生於廣州,原名高季琳,筆名朱梵、宋約。當代著名作家、散文家和電影文學家。最早以散文步入文壇,其成就最大,影響最廣的也是散文。他的散文將古代文人之韻風與現代作家之思察融為一體,詞采飛揚、耐人咀嚼,堪稱散文之大家。

代表作品:《龍山雜記》系列,《柯靈電影劇本選集》等。

朱自清（1898-1948）

祖籍浙江紹興,原名自華,字佩弦,號實秋。中國現代文學史上傑出的散文家、詩人。21 歲開始發表詩歌並出版詩集。27 歲時執教於清華大學,研究中國古典文學,創作則以散文為主。其散文名篇膾炙人口,是真正深入街頭巷尾的文學經典,被譽為「天地間至情文學」。

代表作品:《背影》、《你我》、《歐遊雜記》等。

廖沫沙（1907–1991）

原名廖家權，筆名繁星，湖南長沙人，著名作家，雜文家。

代表作品：《鹿馬傳》、《分陰集》等。

黃苗子（1913–2012）

本名黃祖耀，廣東中山人。著名漫畫家、美術史家、美術評論家、書法家和作家。

代表作品：《貨郎集》、《無夢庵流水帳》等。

課堂外的讀本系列

陳平原、錢理群、黃子平 編

1.	男男女女	魯　迅、梁實秋、聶紺弩	等	ISBN: 978-962-937-385-6
2.	父父子子	魯　迅、周作人、豐子愷	等	ISBN: 978-962-937-391-7
3.	讀書讀書	周作人、林語堂、老　舍	等	ISBN: 978-962-937-390-0
4.	閒情樂事	梁實秋、周作人、林語堂	等	ISBN: 978-962-937-387-0
5.	世故人情	魯　迅、老　舍、周作人	等	ISBN: 978-962-937-388-7
6.	鄉風市聲	魯　迅、豐子愷、葉聖陶	等	ISBN: 978-962-937-384-9
7.	說東道西	魯　迅、周作人、林語堂	等	ISBN: 978-962-937-389-4
8.	生生死死	周作人、魯　迅、梁實秋	等	ISBN: 978-962-937-382-5
9.	佛佛道道	許地山、周作人、豐子愷	等	ISBN: 978-962-937-383-2
10.	神神鬼鬼	魯　迅、胡　適、老　舍	等	ISBN: 978-962-937-386-3